KB081201

6

글 박제후
일러스트 ICE

CONTENTS

프롤로그

우르쏘로.

'왕의 심장'이라 칭해지는 대군주급 몬스터이다.

인간들에겐 보통 하얀 거인이라고 불리는데, 그 이름에 몸서리 치지 않는 이가 없을 정도다.

십여 년 전 대전쟁 때에 워낙 악명을 떨쳤기 때문이다. 빌딩처럼 치솟은 거체로, 파괴를 동반하며 도심을 무심히 걷는 모습은 그야 말로 공포 그 자체였으니까.

인간이 보기에 하얀 거인에겐 마음이 없는 것만 같았다.

다른 몬스터들과 다르게 파괴의 쾌락을 느끼는 모습을 보이지 않았기 때문이다.

그저 기계적으로 도시를 부수고 인류를 불태웠다.

하지만 그건 헤아리기 어려운 존재를 직면했을 때 으레 할 법한 오해였다.

우르쏘로는 무심한 존재가 아니다. 그저 인간을 벌레 취급했기 에 짓밟으면서도 아무런 감정을 드러내지 않았을 따름이다.

실제론 그도 왕의 명령 같은 중요한 문제 앞에선 신중하게 생각을 거듭하는 존재였다.

　-구르르르….

　고민이 깊어지자 낮게 우는 그의 목소리가 점점 거칠어졌다.

　왕의 명령은 분명히 떨어졌다.

　다시 적과 전면전을 할 것을 말이다.

　문제는 시기였다.

　왕은 세세한 부분에 대해서 고민하지 않았다.

　그저 명령을 내릴 뿐이다.

　세부적인 사항에 대해 고민할 건 부하의 문제였다.

　문제는 우르쏘로의 휘하에 참모라고 할 만한 존재가 없다는 사실이었다.

　-못 배우고, 무식하며, 파괴적인 존재만 가득하군.

　우르쏘로는 자신의 발아래서 개미처럼 바글거리는 몬스터들을 보며 한탄사를 내뱉었다.

　동시에 어쩔 수 없는 현실을 인정했다.

　-물론 그게 우리다운 것이기도 하지….

　애초에 계획을 세우고 시기를 조율하는 건 몬스터에게 안 어울린다.

　야만적이고, 가혹한 폭력의 물결로 적을 쓸어버리는 게 우선이다. 여태 그래왔고, 앞으로도 그럴 것이다.

　그들에겐 계획 없이 승리를 쟁취할 충분한 힘이 있으니까.

　하지만 지금만큼은 다소간의 계획과 정보가 필요하겠다고 우르쏘로는 생각했다.

-우리의 문제는 정보의 부재를… 적을 얕잡아 보는 것으로 해결하려 한단 말이지.

　우르쏘로는 군주급 몬스터들이 자주 하곤 하는 말을 떠올려 봤다.

**　그런 하찮은 것들에 대해 알 필요 없다!**
**　인간과 천사란 비실거리는 것들!**
**　따로 파악하려 애쓰는 것도 시간 낭비다! 한 번에 치면 와르르 무너질 놈들이니까.**

　자동으로 머릿속에서 음성이 들리는 것만 같았다.

　우르쏘로는 다시금 동족의 성급함에 실망을 느꼈고, 이번만큼은 좀 달라야 한다고 생각했다.

　그렇게 고민을 거듭하던 중 뜻밖의 인물이 그를 찾아왔다.

　-뭐라? 다르쿠다라고?

　빌딩처럼 거대한 우르쏘로에게 보고하기 위해, 근처까지 날아오른 비행 몬스터가 연신 고개를 끄덕였다.

　"네! 네! 위대하신 분이여. 그 평판 나쁘고, 더러운 도망자가 찾아왔습니다. 부끄러움도 모르고!"

　시끄럽게 꽥꽥대듯 보고하는 목소리가 듣기 싫었을까?

　우르쏘로는 눈살을 살짝 찌푸렸다. 그제야 놀란 비행 몬스터는 황급히 멀어졌다.

　자칫했다가는 파리 잡듯 터져나갈 수 있기 때문이다.

　-불러봐라. 이 몸의 손바닥 위에 올라올 자신이 있다면 말이다.

"알겠습니다!"

보고를 한 비행 몬스터는 흠칫 놀라면서도, 곧 비릿한 미소를 지으며 멀어졌다.

재밌는 구경을 하게 생겼기 때문이다.

뭐랄까, 그건 당사자나 지켜보는 자나 모두에게 대단한 모험거리기 때문이다.

날개가 없다면, 빌딩처럼 거대한 우르쏘로와 대화하기 위해선 그의 손바닥 위에 올라가는 수밖에 없다.

우르쏘로는 왕을 제외하면 절대 고개를 숙여 대화하지 않기 때문이다.

그는 방문객을 자신의 손바닥 위에 태운 뒤, 150미터가량 들어 올려 이야기한다.

이는 대단한 담력이 필요하다.

세찬 바람이 부는 높은 곳에서, 거대한 거인의 눈알의 마주보며 얘기하는 부담 때문만은 아니다.

우르쏘로는 대화가 마음에 들지 않으면 그대로 손바닥을 오므려 방문객을 구겨버리기 때문.

그 가공할 악력을 버틴다는 건 말도 안 되고, 설령 피해도 150미터 아래로 추락할 따름이다.

하여 우르쏘로와 대화하기 위해 그의 손바닥 위에 오른다는 건, 호랑이 주둥이에 머리를 밀어 넣는 것보다 위험한 행위였다.

당연히 방문객이 손아귀에서 터질지, 말지를 구경하는 건 몬스터들 입장에서 즐거운 일이었다.

곧 소식을 들은 비행 몬스터들이 벌떼처럼 몰려와서 주변이 소란스러워졌다.

날갯짓 소리가 요란해지자 우르쏘로는 심기가 다소 불편해졌지만, 늘 겪는 일이라 그러려니 했다.

장대한 크기를 가진 그의 곁에는 늘 벌레처럼 몬스터들이 따라다녔으니까. 심지어 그의 몸에 기생하거나 둥지를 튼 존재도 있었다.

─위대한 존재시여! 다르쿠다가 손바닥에 오르겠다고 합니다!

소식을 전하기 위해 갔던 비행 몬스터가 흥분한 목소리로 돌아왔다.

이에 우르쏘로는 시선을 아래로 향했다. 고개는 거의 숙이지 않고, 눈동자만 굴려 밑을 살핀다.

그가 보기에 개미 같이 작은 것들은 다 그놈이 그놈이라 구분하기 쉽지 않았다.

다소 안력을 집중한 뒤에야, 개미들 중에서 은회색으로 매끄럽게 반짝이는 존재를 발견했다.

우르쏘로는 손을 아래로 뻗어서는 그것이 탈 수 있게 해줬다.

그게 벼룩처럼 튀어 올라 손바닥에 오르자, 거칠게 손을 들어올렸다.

도중에 떨어지든, 말든 알 바 아니었다. 덕분에 곧 우르쏘로는 이전보다 자세히 다르쿠다를 살펴볼 수 있게 됐다.

오밀조밀하고 섬세하게 생긴 느낌에 우르쏘로는 감탄했다.

─이런 작고 하찮은 존재도 팔과 다리, 이것저것이 다 달려있군.

다르쿠다는 그런 우르쏘로에게 담담히 인사했다.

"왕의 심장이시여. 위대한 분을 뵙습니다."

—다르쿠다. 카르페의 종복이었던 자여. 무슨 일로 찾아온 거지?

하얀 거인의 거대한 눈알이 다르쿠다를 파헤치듯 쏘아본다.

이글거리는 그 눈빛에 다르쿠다는 눈앞에 두 개의 태양이 떠 있는 것 같은 기분을 느꼈다.

하지만 침착함이야말로 다르쿠다의 장점이다. 전혀 동요하는 기색을 보이지 않은 채 답했다.

"비천한 저를 쓰실 일이 있을 듯하여 찾아왔습니다."

—눈치가 좋구나. 하긴 그 비열한 카르페 밑에서 일했으니 그럴 수밖에.

"인간과 천사 진영에 대한 정보를 지속적으로 제공할 수 있습니다. 큰 싸움을 일으키는데 도움이 될 거라 생각합니다."

—용케 알았군?

우르쏘로는 흥미롭다는 듯 눈꼬리를 살짝 올렸다.

현재 왕이 내린 전면전 결정은 엄정한 비밀이다.

무계획한 몬스터들이지만 그것은 철저히 지키고 있었다.

왕의 심장이라고 부르는 우르쏘로를 비롯해, 회의에 참석했던 측근의 군주급 몬스터들만 공유하는 작전이다.

다르쿠다가 알고 찾아왔다는 게 흥미로울 수밖에.

—누군가 네놈과 내통한 것이냐?

"그럴 리가 있겠습니까? 그저 상황을 보고 곧 대전(大戰)이 있으리라 예상했을 뿐입니다. 정보를 광범위하게 다루기에 가능한 부분이지요."

−자기 밥그릇을 찾는 재주가 빼어나구나. 다르쿠다.

  우르쏘로의 말투에서 경멸이 묻어났다.

  그도 그럴 게.

  그는 다르쿠다를 향한 안 좋은 풍문에 익숙했기 때문이다.

  몬스터들 대부분이 다르쿠다를 싫어했기에 들려오는 얘기가 고울 리가 없었다.

  하나 우르쏘로는 다르쿠다의 능력이 그 모든 걸 감수할 정도란 것 또한 알았다. 그래서 피어오르는 혐오에도 불구하고 기꺼웠다.

  −비천한 자도 어디든 쓸모가 있는 법이지.

  우르쏘로는 그리 말하며 지배력을 일으켰다.

  몬스터들이 상하관계를 맺을 때 지배력을 발휘하는 건 기본이었으니까.

  마치 기강을 잡기 위한 행위라고도 볼 수 있었다.

  물론 그것은 과거 카르페가 다르쿠다에게 했던 지배처럼 강력한 것은 아니다.

  지배한 몬스터의 위엄이나 사정에 따라 언제든 흔들릴 수 있는 것이나, 이는 나름대로 서열을 확인하는 중요한 요식행위기도 했다.

  짐승이 자신보다 강한 상대에게 배를 보이며 벌렁 뒤집어 지는 것처럼, 하급 몬스터는 상급 몬스터의 지배력을 받아들이는 것이다.

  주변에서 지켜보던 비행 몬스터들은 실망스러운 기색을 감추지 못했다.

  일이 무난하게 흘러갔기 때문이다.

  지배력을 발휘하는 건 부하로 받아들이겠다는 소리니까.

적어도 오늘은 다르쿠다가 저 거대한 손바닥에서 구겨지는 일은 없을 듯했다.

"아깝다! 아까워!"

"좋은 구경을 하는 줄 알았는데!"

"케게게게!"

하지만 그때 이변이 일어났다.

모두의 예상을 뒤엎고 다르쿠다가 자신을 향한 지배력을 거부했기 때문이다.

그건 마치 군주에게 하사받은 술잔을 걷어찬 격이나 마찬가지였다.

카아앙!

마력이 깨지는 요란한 소리가 허공을 울렸다. 지켜보던 비행 몬스터들은 경악으로 굳어버렸다.

실제로 몇몇 비행 몬스터는 날갯짓을 하는 걸 잊고 아래로 떨어져 버리기까지 했다.

우르쏘로는 분노했다.

-감히!

대번에 다르쿠다를 향해 하얀 거인의 손가락이 거대한 기둥처럼 위로 솟아올랐다.

이제 주먹을 쥐면 다르쿠다는 순식간에 으깬 토마토처럼 변할 게 틀림없었다.

그럼에도 다르쿠다는 여전히 얼음처럼 냉정했다.

당황하는 모습을 보이지 않는 차분함에 우르쏘로는 흥미가 돋아 손가락을 움직이지 않았다.

다르쿠다는 그런 점을 알아채고 재빨리 설명했다.

"무례를 용서해 주십시오. 이것은 위대하신 분의 심기를 상하게 하기 위함이 아니라, 일을 더 잘하기 위해서입니다."

-어째서 그렇게 되는 거지?

"최근 제가 メタトロン의 화신과 모종의 결탁을 했기 때문입니다."

-뭐라? メタトロン의 화신과?

몬스터들은 더 이상 메타트론의 화신 유제아를 쉽게 여기지 않았다.

이미 많은 이들이 그를 애송이 취급했다 목숨을 잃은 후다.

특히 최근에 몬스터를 압박해 온 일련의 사태가 유제아로부터 비롯된 걸 안 이후로, 그는 어지간한 대천사 이상의 문젯거리로 떠오른 상황이다.

"네, 그렇습니다. 메타트론의 화신 역시 우리 쪽에 대해 파악하고 싶어 합니다. 하지만 마땅한 수단이 없죠."

-그래서 네놈이 접근했다?

"맞습니다. 카르페 님이 쓰러진 이후 제가 소속이 없었기에 가능한 일이었습니다. 만약 절 지배하게 되면 메타트론의 화신은 더 이상 거래하려 하지 않을 것입니다."

-놈이 지배를 알아챌 수 있다고?

"그렇습니다. 지배의 대천사의 화신이니까요. 분명 이 관계는 유용하게 쓸 수 있을 것입니다. 하여 무도하게도 위대하신 분의 은혜를 거절했습니다. 자비를 베풀어 주십시오."

-고약한 것! 변명은 그럴싸하구나. 하지만 네놈이 인간을 위해 우리를 속이지 않는다고 어찌 확신한단 말이더냐!

　고성과 함께 하얀 거인의 거대한 손가락이 더욱 오므라 들었다.

　당장이라도 다르쿠다를 끝장낼 듯한 모습에 지켜보던 몬스터들이 흥분으로 괴성을 질러댔다.

　거대한 손가락이 다르쿠다를 짓이길 듯 가까워진 상태. 그야말로 바람 앞에 등불 같았다.

　"제가 어찌 감히 그러겠습니까? 하오나 설령 그렇다고 해도 도구는 쓰기 나름입니다."

　-쓰기 나름이라?

　"그렇습니다. 어차피 제 목숨은 온전히 위대하신 분께 달려 있습니다. 필요한 만큼 쓰고 버리시면 그만입니다."

　-감히 이 몸의 배포를 시험해 보려는 것이더냐? 건방진!

　말투는 사나웠지만, 어째서인지 다르쿠다를 포위하듯 모여 있던 손가락이 조금 느슨해졌다.

　"어찌 감히 그러겠습니까?"

　-말은 그럴듯했으나 널 믿을 수 없다. 결정적으로 네놈이 뭘 원하는지 알 수 없기 때문이다. 이익! 그것이야말로 가장 강력한 동기니까.

　실로 몬스터다운 발상이었다.

　그들은 이익이 아니라 다른 가치를 위해 움직일 수 있는 자들을 이해하지 못했다.

　다르쿠다는 그 때문에 오히려 쉽게 우르쏘로를 설득할 수 있을 것 같았다. 다행히 준비한 변명 거리가 있었다.

이것이라면 지배력을 거부한 것에 대한 그럴 듯한 핑계가 될 터.

"한 가지 간절히 원하는 바가 있습니다."

－말해보라. 너에 대한 처분은 그걸 듣고 결정하지.

"부디, 제가…. 왕의 권능으로 말미암아 몬스터 진영에서 자유로워지길 희망합니다."

다르쿠다의 대답을 듣자마자 우르쏘로는 격노했다.

－이런 어리석은! 반역자 같으니라고!

거인의 목청은 마치 폭탄이라도 터지는 것만 같았다.

심지어 어마어마한 풍압에 다르쿠다는 그의 손바닥 위에서 떨어지지 않기 위해 애써야 했다,

주변에서 듣고 있던 비행 몬스터들도 흥분해서는 박쥐 떼처럼 사방으로 날아다녔다.

"반역자!"

"반역자! 다르쿠다!"

온통 다르쿠다를 비난하는 소리가 사방에 가득했다.

당장이라도 주변을 가득 채운 악의가 다르쿠다를 갈기갈기 찢어발길 것만 같다.

하지만 그때 우르쏘로가 일갈했다.

－그만!

그와 동시에 침묵이 찾아왔다.

우르쏘로는 분노하긴 했지만, 동시에 상대의 갈망이 그럴 듯하다고 여겼다.

-그래, 양진영의 오랜 싸움에 진력하는 놈들이 이렇게 하나씩 나오긴 했지.

예를 들자면, 천사 진영의 우리엘도 그런 자였다.

하지만 대부분 그런 이들은 자기 소망을 이루지 못한다.

아주 운 좋고 영민한 이들만이 드물게 이 영원의 굴레에서 탈출하는 게 가능했다.

몬스터의 경우는 왕이 권능을 발휘해 놓아줘야 한다.

극히 어려운 일이다.

하지만 하얀 거인은 왕의 심장이라 불릴 정도로 왕과 가까운 존재. 그에게 부탁하면 몬스터의 왕에게 청을 넣어볼 수 있었다.

다르쿠다는 그 점을 고려해 이런 핑계를 준비한 것인데, 확실히 먹혔다.

우르쏘로는 감히 자신의 의무를 벗어던지겠다는 다르쿠다를 건방지게 여기면서도 그 욕망을 그럴 듯하다 평가했으니까.

한참 말없이 다르쿠다를 보던 그는 다소 누그러진 말투로 명했다.

-쓸만한… 아니, 결정적인 정보를 가져와라. 그렇게 한다면 왕에게 네 소망을 상신해 보겠다.

"감사합니다. 위대하신 분."

결국 우르쏘로는 다르쿠다의 제안을 받아들였다.

그 뒤 몇 가지 이야기가 더 오간 후에, 다르쿠다는 무사히 지상으로 내려올 수 있었다.

사방에서 못마땅해 하는 시선이 쏟아졌지만 다르쿠다는 무사히 그곳을 떠났다. 그러자 우르쏘로의 측근 중 하나가 물었다.

"믿을 수 있겠습니까? 저 불온한 자가 사실 카르페의 몰락과 연관돼 있을지도 모를 일입니다."

-상관없다. 애초에 믿음이란 썩은 밧줄만큼 의미 없는 가치다. 그저 이용할 수 있느냐가 중요할 뿐이다.

좋은 정보를 가져온다면 괜찮은 일이고, 잘못된 정보라면 역으로 이용한다. 만약 쓸모없다면 먼저 처분하면 그만이라 우르쏘로는 생각했다.

1. 내 너희를 자유롭게

　오늘 노량진 신성지의 분위기는 무거웠다.

　바로 산달폰 클랜의 거두이자, 전대의 전설적인 헌터였던 태산 장흥억의 장례식이 진행됐기 때문이다.

　삼건장 중 하나였던 군주급 몬스터 즈굴과의 싸움에서 장흥억은 자신의 힘을 모두 폭발시켰다.

　그때 사용한 회굉반조의 여파로 결국 그는 강북전쟁이 끝난 후 얼마 버티지 못했다.

　장례는 대천사가 주관하는 가장 명예로운 대천사장大天使葬으로 진행됐다.

　실제로 오늘 장례에는 서열 1위 메타트론을 위시해서 내로라하는 인물들이 참가했다.

　식장에는 고인의 종교를 고려해 카톨릭 신부가 위령 기도를 올리고 있었다.

　"지극히 어지신 하느님 아버지. 이제 이 훌륭한 헌터이자 인류의 버팀목을 아버지께 보내나이다. 부디 고인의 영혼에 무한한 자비와 은혜를 베푸시어……."

그 뒤로도 한참 진행된 장례는 경건한 분위기 속에서 그렇게 끝이 났다.

한 시대의 거인이 또 이렇게 사라졌다.

메타트론은 오늘만큼은 좋아하는 초코우유도 마시지 않고 장흥억을 추모했다.

검은 상복을 입고 입을 굳게 닫은 녀석은 후회하듯 내뱉었다.

"돌아보면 장흥억에게 미안한 게 많구나."

"어떤 점이?"

"살아생전에 싸늘하게만 대했던 것 같다. 살갑게 말을 걸어와도 쏘아붙이기 일쑤였지."

"그랬나……."

생각해 보니 과거 메타트론은 꽤 캐릭터가 달랐지.

대인관계에 문제가 있다는 점에선 별 차이가 없지만, 태도 자체가 지금이랑 다르게 훨씬 차가웠다.

서열 1위 천사로서의 위압감도 장난 아니었고.

아니, 생각해 보면 나랑 처음 만났을 때도 그런 식이었다.

함정에 휘말려 전멸한 우리 하이에나단을 보며 일을 망쳤다고 비난할 정도였으니까.

내가 그녀의 화신이 된 후에야 마음을 열고 지금 같은 모습을 보여주게 된 것이다.

사실 이게 본모습이라 할 수 있는데 말이야.

그걸 잘 아는 나는 메타트론과 장흥억의 관계를 안타깝게 여겼다.

"너 말이야. 거리를 둔다고 괜히 눈 부라리지 말고 친하게 지냈으면 좋았잖아."

"맞는 말이다."

내 지적에 메타트론은 순순히 고개를 끄덕였다.

"그래도 늘 껄껄 웃으면서 본녀를 대해줬지."

"장흥억 선배라면 그렇겠지."

"이제는 다 추억이구나. 그런데 추억 속에 쌓인 미안한 감정이… 치울 수 없는 짐처럼 가슴팍에 남는구나."

나는 별 말하지 않고 메타트론의 손을 잡아줬다.

그런 마음가짐을 모르지 않기 때문이다.

나 역시 많은 하이에나 동료를 잃어버렸고, 가슴 한구석에 후회를 줄줄이 쌓아올리고 있으니까.

메타트론은 멍하니 하늘을 바라본다.

"……그때는 모두가 다 있었지. 산달폰, 장흥억, 지금은 없는 여러 인물들. 돌이켜 보면 그 시절이 마치 여름처럼 빨리 지나가 버렸구나."

아마 메타트론의 추억 속에는 그 과거의 기억이 찬란하게 남은 모양이다.

"메타트론, 계절이란 건 순환하는 법이야. 여름이 지났다고 영영 사라지는 건 아니라고."

"그런 것이냐?"

"그래. 주변을 봐."

나는 주위를 가리켰다.

그녀의 주위에는 많은 인물들이 있었다.

티르리온 백인대.

청성 칼리엘.

철심장 쿠니엘.

미카엘라와 스이엘.

어느새 메타트론은 외롭지 않은 존재가 됐다.

"메타트론, 지금은 겨울 날씨처럼 쓸쓸하게 느껴져?"

메타트론은 멍하니 근처에서 저마다 대화를 나누는 자들을 살펴봤다.

그녀는 한참을 홀린 듯 그걸 바라보다 살며시 미소 지었다.

"그럴 리가. 그래… 이번에는 이 계절을 소중히 여길 것이다."

장흥억의 장례가 끝나고 분위기가 수습되자, 나는 가장 중요한 문제에 집중했다.

그건 단연코 바라카엘의 처리다.

본디 밖으로 뻗어나가려면 내부 문제부터 정리해야 하는 법.

더군다나 바라카엘의 경우는 죄목도 확실하다. 아군을 버리고 도망친 패장이니 처벌이 필요했다.

나는 이 문제를 주로 가브리엘과 의논해 나갔다.

백당의 총수이기도 한 그는 다시 잡은 실권을 공고히 하기 위해 바라카엘을 처리하고자 했다.

"가브리엘 님. 일은 잘 진행되고 있습니까?"

나는 눈앞에 있는 가브리엘의 환영에게 물었다. 그러자 백발의 덩치 큰 대천사가 자신감 넘치게 고개를 끄덕였다.

-물론입니다. 유제아 의장님.

가브리엘은 현재 작전 상황에 대해 설명해왔다.

바라카엘이 버티고 있는 성소의 상황과 이를 공략하기 위해 주변에 배치된 클랜들까지.

-대천사 나나엘, 카마엘, 자르키엘의 클랜에서 적극적으로 나섰습니다. 큰 어려움 없이 바라카엘을 체포할 수 있으리라 생각합니다.

"훌륭하군요."

나는 만족스럽게 고개를 끄덕였다.

아무리 바라카엘이 강하다고 해도 가브리엘을 위시로 한 백당 전체가 나선 상황이다.

놈을 정리하는 건 시간 문제였다.

게다가 대천사 가브리엘이 마치 상급자에게 보고하듯 공손한 태도를 하고 있는 것도 마음에 들었다.

그 정도로 인간과 천사 진영에서 내 위치가 높아진 탓이다. 강북 전투 이후에 거의 나는 새도 떨어뜨릴 지경이 됐으니까.

-네, 며칠 안에 좋은 소식을……

웃는 낯으로 말하던 가브리엘의 얼굴이 갑자기 딱딱하게 굳는다. 그러더니 당황한 듯 눈을 부릅뜨기까지 한다.

비록 환영에 불과하나 그의 표정이 눈앞에 있는 것처럼 생생하게 보였다.

"가브리엘 님? 무슨 문제라도…?"

-큰일 났습니다! 라파엘! 라파엘의 신성지가 무너졌습니다.

다급하게 외치는 게 그야말로 날벼락이라도 맞은 것 같다.

"뭐라고요? 아니, 지금 뭐라고?"

-지금 이럴 때가 아닙니다. 즉각 상황을 확인해야겠습니다!

기함을 토한 가브리엘은 연락을 끊고 사라졌다. 대천사는 다른 대천사 신성지의 위치나 상태 등을 파악할 수 있다.

그렇기에 가브리엘은 실시간으로 이상을 알고 사색이 된 것이리라.

"일 났군."

라파엘의 신성지가 무너지는 건 보통 일이 아니다.

전진기지처럼 앞으로 튀어나온 메타트론의 노량진 신성지와는 다르게, 다른 대천사의 신성지는 대한민국의 신新 수도 안산을 둘러싸 보호하는 형태를 취하고 있다.

하여 대천사의 신성지 하나가 무너져 버리면, 든든한 울타리에 구멍이 뚫리는 것이나 마찬가지다. 그 틈으로 몬스터가 밀고 들어오면 그야말로 낭패.

아니, 이럴 때가 아니지.

나도 바로 가까이 있는 대천사를 찾아갔다.

"메론아-!"

메타트론을 찾아가자 마침 곁에는 미카엘라와 스이엘도 있었다. 셋은 날 발견하자마자 달려들 듯 몰려왔다.

"유제아! 이놈! 왜 이제 왔냐! 야단났다."

가장 앞서 온 메타트론이 발을 동동 굴렀다.

　나는 거두절미하고 물었다.

"라파엘이 사고 친 거 맞지?"

　신성지가 무너지는 데는 크게 두 가지 요인이 있다.

　하나는 외부의 공격을 받아 소멸하는 것.

　또 다른 하나는 대천사 본인이 신성지를 거둬들이는 것이다.

　라파엘이 정상적인 놈이라면 일단 첫 번째 경우를 생각했을 터.

　예상 못한 강력한 적의 공격에 라파엘 클랜이 일격을 먹은 게 아닐까 싶었겠지.

　하지만 그 라파엘이 아닌가.

　이건 절대로 일부러 그런 거다.

　불안, 불안하긴 했는데 설마 이렇게 나올 줄이야.

　바라카엘 일부터 처리하고 손봐주려고 했는데, 이렇게 극단적인 수를 꺼낼 줄은 생각도 못했다.

"틀림없다! 이건 고의다! 외부에서 간섭한 거면 이렇게 신성지가 급격히 무너질 리가 없다."

　메타트론은 내 질문에 확신을 갖고 답해줬다.

　옆에 있던 미카엘라도 심각한 표정으로 고개를 끄덕였다.

"우리는 신성지를 만들 때 많은 공을 들인단다. 그렇기에 설령 대군주급 몬스터가 와서 두들겨도 이리 허망하게 사라지진 않아."

　결국 라파엘이 고의로 문제를 일으킨 거라 할 수 있다.

"놈이 뭘 하려는 거지?"

"지금부터 그걸 빨리 파악하는 게 중요한 일이겠지. 서두르자. 소녀의 주인님."

우리 넷은 즉각 이번 일에 대한 대응을 시작했다. 그리고 곧 얼마 지나지 않아 라파엘이 모두의 상상을 초월하는 미친놈임을 알게 됐다.

반나절 전.
라파엘의 신성지.

"바라카엘. 이 걸레짝 같은 대천사야. 살다보니 네놈이 도움이 되는 날도 있구나. 존나게 귀여워서 뽀뽀라도 해주고 싶네. 캬하하핫!"
라파엘은 아주 즐겁다는 듯 배를 잡고 웃어댔다.

지금 모든 이의 시선이 바라카엘에게 쏠려 운신이 편해진 탓이다. 라파엘의 앞에서 환영으로 대화중이던 바라카엘은 얼굴을 와락 구겼다.

―정말 역겨운 소리만 지껄여 대는군. 라파엘.

"역겨운 건 네놈 상판대기지. 가뜩이나 거지들 옷처럼 너덜너덜했는데, 카르페에게 맞은 이후 원래 형체가 안 남아 있네? 그 정도가 되면 회복마법도 포기했다고 해야겠지. 캬! 마법이 거부한 사나이. 오지는데?"

―닥쳐라! 못 들어주겠군. 창놈 같은 게!

"아, 정말 그건 오해라니까? 지금껏 이 라파엘을 멋대로 쑤신 사람이 없어. 왜 다들 나만 보면 몸이라도 파는 줄 아는 거야?"

　─네놈의 시궁창처럼 더러운 그곳의 안위 따윈 알 바 아니다. 어서 계획을 실행하라.

　현재 완전히 궁지에 몰린 바라카엘에겐 라파엘이 유일한 희망이었다.

　성소까지 완전히 포위된 답답한 형국에서 라파엘이 대형 사고를 치면 빠져나갈 방법이 생겨날 터.

　아마 안산이 박살 날 게 틀림없으니, 그는 우선순위에서 밀리게 된다.

　"재촉하지 말라고. 생긴 건 보스다운데 인내심은 정말 좆개 수준이네. 그러니까 네놈이 유제아에게 발린 거야."

　─그놈 얘기는 꺼내지도 말도록! 그리고 분명히 알아둬라. 유제아 놈은 가까운 시일 안에 내가 해부해 버릴 테니. 대체 그토록 건방진 놈의 피와 살은 뭐로 이뤄져 있는지 확인해야겠다.

　"자자, 그건 나중에 직접 확인해 보시고 슬슬 대화는 이 정도로만 하자. 나도 비위가 약한 편이거든. 네놈 면상을 보는 것도 이제 한계야."

　─이 빌어먹을 놈이! 아니, 그것보다 정확한 시간을 알려줘야…!

　"시끄럽고."

　라파엘은 바라카엘과의 통신을 일방적으로 끊고 낄낄거렸다.

　솔직히 바라카엘이 어떻게 되든 알 바 아니었다. 이미 계획의 실행은 코앞. 그간 어그로를 끌던 바라카엘은 이제 용도를 다했다.

　"자, 그럼. 우리 이쁜이들 보러 가볼까. 낄낄낄."

라파엘은 양손을 파리처럼 싹싹 비비며 어딘가로 향했다.

그가 향한 곳은 라파엘 클랜의 가장 깊은 곳으로, 무려 지하 12층이었다.

놀랍게도 그곳은 마치 만화에 나오는 거대 로봇이라도 보관할 수 있을 정도의 장소였다.

현재 그곳에는 불길한 것들이 바글바글거렸다.

"키야! 존나게 멋진 광경이구먼."

라파엘은 눈앞에 펼쳐진 광경을 보며 감탄을 금치 못했다. 그도 그럴 게, 그간 라파엘이 몰래 모아온 마정석들이 언데드 몬스터로 탈바꿈해 있었기 때문이다.

그 수는 오백가량.

군주급 몬스터만 아홉이었다.

"역시 칼두두 놈이랑 손을 잡길 잘 했다니까!"

라파엘은 뼈의 군주라 불리는 칼두두와 거래해 사령술을 배웠다. 그걸 바탕으로 그간 수집한 몬스터의 마정석을 언데드 몬스터로 재창조했다.

몸체가 될 시체는 지난 강북전투에서 얼마든지 얻을 수 있었다. 군주급 몬스터조차 여럿 쓰러져 죽은 격전이었기 때문이다.

어려움이 없었던 건 아니나, 적시에 강북전투에서 빠졌던 라파엘에겐 충분히 가능한 일이었다.

"이 잘난 몸이 즈굴에게 맥없이 뒤진 것에는 다 이런 이유가 있단 말이에요."

실제로 라파엘은 강북전투의 승리보다 언데드의 재료가 될 몬스

터 시체의 수집에 더 열을 올렸다.

휘하의 클랜원들도 그의 이런 뜻을 적극적으로 수행했다. 지금 라파엘 클랜원들은 이리저리 뛰어다니며 만들어진 언데드 몬스터의 상태를 살피고 있었다.

"이놈이 흉악한 성질을 드러냅니다!"

"벌써부터 그러면 곤란하다! 통제를 위한 마법을 세 배는 강하게 걸어."

"하지만 그럼 부작용이!"

"상관없다! 오래 쓸 놈들은 아니야."

"알겠습니다!"

여기저기서 바쁘게 외치는 소리가 가득했다.

라파엘은 입 꼬리를 씩 올리며 그 광경을 바라봤다.

"하여간 깨물어주고 싶을 정도로 예쁜 새끼. 섬기는 대천사를 닮아서 그런지 다들 존나게 성실하다니까. 나쁜 일 한정이지만 말이야. 킥킥!"

그렇게 라파엘 클랜은 최종점검을 빠르게 완료했다.

이제 언데드 몬스터와 함께 라파엘의 목적을 열렬히 수행할 준비가 끝난 것이다.

라파엘은 출정을 앞두고 한 마디 하기 위해 그들 앞에 섰다.

"이 씹새끼들아!"

대뜸 욕부터 하는 모습에도 휘하의 천사와 헌터들은 낄낄 웃어댈 따름이다.

불량하고 위험한 분위기가 대천사와 추종자들이 꼭 닮아 있었다.

"너희가 평소부터 이 세상에 대해 불평불만이 존나게 많았던 걸 내 모르지 않는다."

그리 말을 꺼낸 라파엘은 휘하의 천사들을 가리켰다.

"거기 닭날개 달고 있는 우울한 새끼들아. 네놈들은 진짜 천사도 아닌데, 천사 흉내 내기로 한 윗놈들 결정 때문에 입이 언제나 튀어나와 있지. 귀찮아 죽겠을 거다. 인간들 챙기고 돌봐주느라."

"맞습니다!"

"거. 씨발. 우리가 몬스터랑 싸워주면 됐지. 인간들 똥기저귀까지 갈아주라고 하는 꼴 아니냐? 이게 언제부터 이랬는지 모르겠지만, 세상이 씨발스럽게 잘못 돌아가고 있단 말이야."

"크하하하하!"

한참 휘하 천사들 앞에서 인간을 씹어대던 라파엘은 옆에 있던 헌터들을 불렀다.

"야, 인간 새끼들."

"네, 대천사님."

"갑자기 껌처럼 씹어대니까 어이없지? 기분 존나 꿀렁꿀렁 안 좋고."

"아닙니다!"

"아니긴 뭘 아니야. 새끼들. 표정이 벌써 계급장 떼고 한 판 붙자는 얼굴인데. 이 새끼들 나 혼자 있었으면 라파엘이고 뭐고 얼굴에 침이라도 뱉을 기세네."

웃음과 고함 등으로 주변이 다시 시끄러워졌다.

라파엘은 안하무인에 싸가지 없는 대천사였지만, 그래도 휘하 클랜원들에게는 제법 살가웠다. 그래서인지 거친 말이 쏟아지고 있어도 다들 낄낄거릴 뿐이다.

"저희가 어떻게 라파엘님께 침을 뱉겠습니까? 대신 나중에 뒤통수 거하게 칠 테니 그때 용서해 주십시오."

"저! 저! 빌어먹을 새끼들 말하는 본새 좀 보게. 아무튼, 이 씹새끼 인간들아. 아까 한 말은 너희랑은 해당사항 없어. 내가 늘 불만인 게 뭔지 알지?"

"네! 알고 있습니다!"

"그래. 신성지만 믿고 사육장의 햄스터처럼 안락하게 살아가는 가축 같은 인간 새끼들을 증오하는 거야. 너희는 존나게 인생 적극적으로 사니까 싫어하지 않아."

"아니, 저희는 그런 대사… 밑에 덜렁덜렁 달린 분에게 듣고 싶지 않은데 말입니다."

"이런 시팔! 저 새끼들 입 좀 막아라. 이래선 출정 전에 몇 시간은 떠들어야겠네. 아무튼 이 발로 차버릴 연탄재 같은 놈들아. 주목 좀 하라고. 이번에 우리가 할 일은 아주 중요하다. 그야말로 대격변을 일으키는 거라고."

라파엘은 지금껏 어떤 천사도 생각해 본 적 없는 정신 나간 계획을 세웠다.

바로 신성지 시스템의 붕괴.

그에겐 어느 진영의 승리 따위 중요한 게 아니었다.

그저 현재 시스템이 마음에 안 들 뿐이다. 다 박살내지 않으면 속이 안 풀릴 테니 기어코 사고를 치는 거다. 그 와중에 피가 강물처럼 흐르든 말든 알 바 아니었다.

"혼란 중에 너희도 큰 이득을 얻을 수 있을 거다. 아니면 좆도 못해보고 그냥 뒤질 수도 있지. 하지만 지금의 답답한 상황보다는 나을 거야. 너희 헌터 새끼들은 이대로는 미래가 없어. 안 그래? 유제아 그놈이 끼고 도는 애들만 잘 나가는 거야. 니들은 개처럼 굴러도 알아주질 않는다니까?"

"맞습니다!"

"그래, 이 시팔 새끼들. 앵무새처럼 대답은 꼬박꼬박 잘해요. 이제 주둥이 놀리는 건 이쯤이면 됐다. 가자, 안산으로. 가서 인간들에게 진정한 자유가 뭔지 가르쳐 주자고. 물론 그 와중에 많은 햄스터가 죽겠지만, 원래 매서운 선생이 잘 가르치는 법이야. 전군! 출진!"

라파엘은 그 즉시 자신의 성소로 이동해 신성지를 무너뜨리는 절차에 들어갔다.

그우우우웅!

마력이 휘몰아치며 요란한 소리가 난다. 그와 함께 신성지를 유지하던 힘이 라파엘의 몸 안으로 흘러들어갔다.

라파엘은 가슴팍이 터질 듯 타오르는 격통에 더 없는 충만함을 느꼈다.

"낄낄낄! 본체로 날뛸 생각을 하니 흥분되는군."

나는 얼이 다 빠질 것 같았다.

라파엘이 미치광이인 건 알았다. 그래도 설마 이 정도일 줄이야.

자기 살 길 찾으려 했던 우리엘은 아주 귀여운 수준이 아닌가? 라파엘 이 정신 나간 새끼는 인간과 천사 진영을 싹 말아먹으려고 작정했다.

"정말이야?"

원윤아의 보고에 나는 다시 물었다.

"네, 서둘러 대응해야 합니다. 안산이 불타고 있어요."

놀랍게도 라파엘은 신성지를 무너뜨린 뒤 자신의 병력과 함께, 대한민국의 심장인 안산을 공격했다. 그리고 마구잡이로 파괴에 나섰다.

지금껏 어떤 몬스터도 해보지 못한 업적을 아군의 대천사가 이뤄낸 것이다.

문제는 그것만이 아니었다.

어찌된 영문인지 언데드 몬스터들이 라파엘을 따르고 있다는 것.

칼두두 놈이랑 뭔가 있었나? 언데드 몬스터라고 하면 강북에 있는 그놈이 전문가인데….

하지만 고민하고 있을 시간이 없었다.

이미 미카엘라를 비롯해 여러 세력이 안산으로 급파됐다. 곧 격렬한 시가전이 벌어지기 시작할 것이다.

뉴스에선 긴급보도가 이어지고 있었다. 불타는 안산의 시가지를 배경으로 해서 기자가 잔뜩 흥분한 상태다.

-믿을 수가 없습니다! 몬스터가! 몬스터가 대한민국의 중심지에

들어왔습니다! 군경이 급파됐지만 전혀 힘을 쓰지 못하고 있습니다. 대한민국이 뿌리째 흔들리는 와중입니다!

콰아앙!

기자가 말하는 와중에도 폭음이 터져 나오고 있었다.

요란한 소리와 함께 빌딩 하나에서 불길이 치솟는다. 그리고는 와르르 무너져 내렸다.

먼지 구름이 거대하게 일어나더니 꽤나 멀리 떨어져 있는 기자가 있는 곳까지 덮쳐왔다.

마치 사막의 모래폭풍과 같았다.

-으아아아!

기자의 비명과 함께 화면이 자욱하게 일어난 먼지로 가득 찼다.

-김상진 기자! 김상진 기자! 괜찮으신가요!

중계방송의 진행을 맡고 있는 캐스터가 다급히 기자를 불렀다. 한데 먼지가 대충 걷혔을 때 전혀 다른 목소리가 답해왔다.

-야, 시끄러워. 김상진인가 뭔가 찾을 거 없어. 내가 대신 대답해 줄 테니까.

-네? 연결된 분은 누구시죠.

-짜잔! 니들이 존나게 궁금해 하는 분이시지.

놀랍게도 화면에 나타난 이는 대천사 라파엘이었다. 보고 있던 나는 자리에서 벌떡 일어날 수밖에 없었다.

"저 빌어먹을 놈이!"

뺀들뺀들한 미소가 아주 남의 복장을 뒤집는 구석이 있었다.

라파엘은 불길이 점점 치솟고 있는 안산 시가지를 가리키며 웃어댔다.

　-다들 이게 다 무슨 꼴인가 싶겠지? 지금부터 한 번만 설명해줄 테니까 잘 들으라고. 이건 말이야. 내가 너희 인간에게 주는 선물이라고.

　-네? 그게 무슨 말씀이신지?

　캐스터의 목소리에서 방송도 잊은 황당함이 묻어 나왔다.

　-모르겠어? 이 라파엘의 친절한 배려를? 나는 너희 썩을 인간들에게 진정한 자유를 선물한 거야. 더는 천사에게 사육되는 가축이 아닌, 스스로 운명할 결정할 자유 종족이 되게 해준 거라고. 가히 인간의 은인이라 할 만하지.

　평소에도 들어온 라파엘의 궤변이었다. 이제는 방송에 나와서까지 지랄을 하는구나 싶었다.

　-이제 다들 존나게 강하게 크럼! 네놈들이 담벼락 안에서 웅크리며 평화를 즐기던 시절은 끝났다!

　-라파엘 님! 그건 대체!'

　-시끄럽다! 인간들아. 여기서 내 진심을 전하마. 죽어라! 그리하여 새로운 삶을 얻어라!

　그 말과 함께 폭음이 터지더니 카메라가 나가버렸다. 이 역대급 상황에 캐스터는 말을 더듬으며 어쩔 바를 몰라 했다. 나는 고개를 저으며 티비를 껐다.

　"죽어서 새로운 삶을 얻으라니…."

　과연 형용모순의 대천사다운 말이 아닌가. 그 와중에도 지휘부로 계속 보고가 올라왔다.

　나는 강북의 몬스터를 견제할 인력 빼고는 모두에게 최대한 빨리 안산으로 달려가 달라고 부탁했다. 인구 1,500만의 신 수도가 위기에 처했으니까.

옆에 있던 메타트론도 침통한 표정이다.

"본녀가 나서지 않아도 되겠느냐?"

"아무 힘도 없으면서. 신성지만 잘 지키고 있어주라."

메타트론은 강북전투에서 분신체를 태워 힘을 발휘했다. 이후 아직 회복은 못하고 있다.

"본체가 나서지 않아도 되냐는 말이다."

"아직 쉽게 결정할 수 없어. 만약 그걸 라파엘이 유도한 거라면? 또 무슨 수가 튀어나올지 모르지. 일단 바라카엘이 어찌 나올지 봐야 해."

말은 그렇게 했지만 나는 내심 한 가지를 실감하고 있었다.

신성지 시스템.

평화를 가져다줬던 기존의 체계가 붕괴하고 있다는 사실을.

이미 라파엘이 자기 신성지를 버리고 본체로 날뛰고 있다. 여기에 대응하려면 결국 다른 대천사도 신성지를 버리고 본체로 상대해야 한다.

이래저래 신성지를 유지할 여력이 없게 된다. 라파엘은 아마 이런 것까지 유도한 걸까? 기존의 체계를 어떻게든 개박살내겠다는 강한 의지가 느껴졌다.

다만 아직은 라파엘의 의도를 완전히 파악한 게 아니라, 최소한의 대화는 해봐야 한다.

사실 원하는 바가 있어 거대도시를 붙잡고 인질극을 벌이는 상황이라는 게 차라리 나을 텐데.

그게 아니라 정말로 파멸을 바란다면 대천사의 본체가 나설 수밖에 없다.

-유제아 의장!

그때 대천사 가브리엘에게서 연락이 왔다. 눈앞에 떠오른 가브리엘의 환영은 침중한 기색이다.

"상황이 어떻습니까!"

나는 다급하게 물었다.

라파엘이 난리를 피는데도 아직 쫓아가지 않은 건 이것 때문이다. 라파엘이 날뛰면, 궁지에 몰려 있던 바라카엘도 호응할 게 뻔한 일.

다만 바라카엘이 어느 정도로 나올지가 미지수라, 둘 중 더 심대한 위협에 대응하기 위해서였다.

-바라카엘이 기어코 선을 넘었습니다. 신성지를 버리고 본체로 튀어나오려고 합니다.

"맙소사…"

이쯤 되면 진짜 뒤가 없이 막 가자는 거다. 바라카엘도 어차피 실각할 테니 두려울 게 없는 모양이다.

-유 의장님. 바라카엘에 대응하기 위해 저도 본체를 꺼낼 수밖에 없습니다.

"크으…"

내 입에선 절로 침통한 신음이 흘러나왔다.

바라카엘은 지난 강북전투로 상처입긴 했지만, 대천사 중에서도 수위에 꼽을 실력자다. 아무리 가브리엘이라 해도 분신체만 갖고 상대할 수는 없다.

　결국 가브리엘의 신성지도 구멍이 날 테고, 방어선은 이제 엉망이 되겠지. 아마 인간들은 더는 신성지 뒤쪽에서 안락한 삶을 살아갈 수 없을 터.

　일이 어떻게 수습되든 라파엘이 자기 뜻을 이룬 건 확실해 보였다.

　아무래도 새로운 시대를 거부할 수는 없는 것 같다. 하지만 그것도 일을 수습한 뒤에 할 고민이다. 당장 안산을 비롯해 인간의 거주구가 불바다가 되게 생겼으니 대응이 우선이다.

　"알겠습니다. 가브리엘 님. 상황이 이런데 신성지의 유지 같은 걸 생각하고 있을 수 없지요. 바라카엘을 부탁드립니다. 안산 쪽 일은 제가 맡지요."

　-알겠습니다.

　가브리엘과 통신이 끝나자 나도 자리에서 일어났다.

　직접 라파엘을 만나러 갈 작정이기 때문이다.

　"유제아, 조심해야 한다."

　옆에서 따라오던 메타트론은 걱정스러운 기색이다.

　"너무 신경 쓰지 마. 쿠니엘이 있으니까."

　철심장 쿠니엘은 과거 서열 4위의 대천사. 현 서열 4위의 대천사인 라파엘을 견제하기에 확실한 카드다.

　"물론 쿠니엘은 강하다. 하지만 라파엘이 무슨 수를 동원했을지 모르니 조심해야 한다."

　"하긴, 저쪽도 쿠니엘이 올 거란 걸 알고 있었을 테니까."

　아직 라파엘쪽 전력이 어떤지 정확히 파악되진 않았다. 하여 이쪽에서도 신성지가 무너지는 대가를 감수하고 얼마나 많은 대천사의 본체가 나서야 할지 알 수가 없다.

현재는 본체는 쿠니엘만이고 나머지 대천사는 분신으로 보조하는 걸로 정해졌다.

"메타트론, 이런 난리가 났으니 몬스터가 어떻게 나올지 알 수 없어. 놈들을 잘 막아줘. 특히 용산 요새가 공격당할지도 몰라."

"알겠다. 본녀가 살펴보겠다."

나는 일단 그렇게 메타트론과 일을 분담한 후 안산으로 향했다. 일단 라파엘의 그 재수 없는 면상을 봐야 할 테니까.

안산에 도착하자마자 날 맞이한 광경은 잔인했다.

도시가 불타고 있었다.

몬스터 산업의 특수로 번영한 대한민국의 신新 수도가 화마에 휩싸인 것이다.

가스가 터진 듯 건물 여기저기서 간헐적으로 폭발이 일어나고 있었다.

콰아앙!

폭음과 함께 땅이 울렸다. 시커먼 연기가 연신 하늘로 치솟고, 그속에서 적과 아군의 천사들이 치열한 공중전을 벌이고 있었다.

이 모든 광경이 마치 종말의 한 장과도 같이 느껴졌다.

아주 쑥대밭이 되어 가고 있구나.

그나마 다행인 건, 신 수도인 안산이 어마어마하게 크다는 점이다.

과거와 다르게 안산은 여러 개의 도시가 합쳐져 탄생한 메트로폴리탄이니까.

그런 탓에, 라파엘이 기습적으로 찌르고 들어왔음에도 아직 도시의 일부만 점령했을 뿐이다.

즉각 출동한 천사와 헌터들이 방어진을 구축했고, 양 세력은 치열하게 부딪치는 중이었다.

"협상은?"

나는 먼저 현장에 와서 지휘를 하던 미카엘라에게 물었다.

"완전히 결렬됐단다. 애초에 라파엘 쪽에서 응할 생각이 없던 걸로 보이네⋯."

미카엘라는 드물게 인상을 찌푸리고 있었다. 매사 침착한 편인 그녀에게도 이번 일은 상정 밖인 모양이다.

"지금 도시 곳곳에서 싸움이 벌어지고 있는데, 길어질수록 이쪽이 불리해."

당연히 그럴 수밖에 없다.

저쪽은 도시를 박살내려 하고, 이쪽은 지키려 한다. 싸움터가 도심지인 이상 무조건 저쪽이 유리했다.

실제로 라파엘 클랜 놈들이 여기저기 방화를 해대는 탓, 불길을 잡는 데에만 투입된 인력도 상당하다고. 당연히 그만큼 전투에서 밀리게 된다.

"오래 끌면 좋을 거 없겠네. 바로 라파엘을 쳐서 잡는 게 좋을 듯."

"소녀의 의견도 같다. 하지만 라파엘 쪽의 전력이 생각보다 강해서 어렵겠구나…."

미카엘라는 내가 도착하기 전에 분신체로 이미 라파엘과 한 차례 부딪치고 온 상황이다.

애초에 승부를 결하기긴 무리였고, 라파엘쪽 동향을 파악하기 위해서였다고 한다. 그곳에서 미카엘라는 중요한 사실을 알아왔다.

라파엘이 부활시킨 언데드 몬스터 중에 군주급이 여러 마리란 것. 그래서 이쪽에 대천사들이 모여 있음에도 쉽사리 승패를 논하기 어려운 지경이 됐다.

아무래도 가브리엘이 했던 것처럼 신성지를 포기하고 본체가 튀어나온다는 과감한 결단이 필요할지도 모르겠다.

그렇게 고민만 깊어 가는데 라파엘 쪽에서 연락이 왔다.

"유제아 의장님! 라파엘이 의장님과 대화를 원합니다."

"뭐? 나랑? 어서 연결해봐."

말을 하자마자 내 앞에 라파엘의 환영이 떠올랐다.

녀석은 내 얼굴을 보자마자 이죽였다.

-유제아. 이제야 좀 볼만한 표정을 짓고 있네. 역시 네놈은 죽상이 잘 어울린다.

"라파엘! 미쳤냐!"

-예의가 부족한 건 여전하네. 남은 심사숙고해서 한 일인데 미쳤냐니?

"심사숙고라고?"

나는 어처구니가 없어서 양손 검지로 관자놀이를 가리키며 말했다.

"그렇다면 너는 생각을 하지 마. 지금 무슨 짓을 한 건지 알아? 모처럼 흑당과 백당이 힘을 결집해 몬스터와 대항하려는 형국이었다. 그런데 이렇게 개판을 쳐?"

—그렇게 지랄발광을 하는 걸 보니 내가 아주 존나게 좋은 타이밍에 터뜨렸나봐? 키키킥.

"너 딱 기다리고 있어. 만나면 그 주둥이부터 찢어줄 테니까. 이러면 너도 손해라는 걸 모르겠나?"

—어째서?

"결국 몬스터들 좋은 일만 하는 거잖아. 네놈도 천사 진영에 속해 있다. 우리가 약해지고 밀려나면 라파엘 클랜에도 좋을 거 하나도 없다고."

—하하! 유제아. 너는 아직 날 모르는구나. 그리고 다른 존재가 너 자신과 같을 거란 선입견에 빠져 있어.

"뭐?"

—모두가 너처럼 이득을 위해 움직이는 건 아니란 말이다. 손해? 상관없다. 이 멍청아. 패배? 감수할 수 있어. 내게 중요한 건 오로지, 나 자신의 결단이야.

"그래서 네놈 결단이 뭔데? 인간에게 자유를 주겠다는 개소리를 믿으라고?

—아하하, 믿기 싫으면 믿지 않아도 좋아. 하지만 지켜보라고. 이 고통을 이겨내면 인간들은 더욱 강해질 테니까. 과거 대전쟁 때 인간 중에 영웅이라 할 존재가 훨씬 많았던 걸 기억해 봐.

"망할. 영웅이 나오건 말건 그러다 인간이 망할지도 모른다고."

-뭐, 그렇게 되면 어쩔 수 없지. 인간을 사랑하는 입장에서 무척 아쉬울 것 같지만. 낄낄낄. 너무 무정하다 생각하지 말고. 적어도 마지막에는 눈물 한 방울 정도는 흘려줄 테니까.

　"이런 정신 나간 놈이 있나…."

　-사실 말이야. 나도 한동안 방황하다 내린 결론이라고. 이 좆같은 신성지 시스템이 정착한 이후에 인간이란 우리가 돌봐주는 가축에 불과하게 됐단 말이야? 이건 안 될 말이지. 너희를 위해서.

　"그래서?"

　-그래서는 뭐. 이 라파엘 님께서 사랑하는 인간들을 위해 존나게 고민했다 그거지. 그리고 확고부동한 결론에 도달했다는 말씀! 지금 이 방법이야말로 유일한 해결책이야. 오로지 이 라파엘 님만이 인간의 진정한 자유를 위해 싸우는 투사라고! 알겠어?

　그리 말하는 라파엘의 눈은 광기로 일렁이고 있었다.

　뭐랄까, 그에게서 설득이 절대 불가능할 것 같은 극단주의적인 모습이 보였다. 이게 유일한 정답이라고 믿는 게 틀림없었다.

　본래 헤매다 답을 찾으면 그것에 집착하기 마련이다. 사고가 좁아지고 다른 길은 부정하게 된다.

　라파엘이 딱 그런 모습이었다. 차라리 지럴 기면 불의 대천사라 불렸던 라미엘처럼 생각 없이 살면 더 좋을 텐데 말이야.

　저렇게 꼬인 놈이 열심히 머리를 굴려서 결론을 내리니 이런 식 겁할 만한 일이 벌어지는 게 아닌가.

　"하아…. 어쩌다 대천사 중에 이런 또라이가 나와서는."

　한숨을 쉰 나는 결국 방법은 하나뿐임을 깨달았다.

"그래, 말로 안 되면 물리적으로 교정해 줘야지. 기다리고 있어. 머리가 으깨지는 와중에도 그 투철한 사상이 그대로인지 볼 테니까.

유제아와 대화를 끝낸 라파엘은 뭐가 재밌는지 계속 깔깔댔다.

"유제아 새끼, 얼굴 벌겋게 달아오른 게 보기 좋네. 언제나 냉철하게 지는 뭐든 다 안다는 듯 구는 게 짜증났는데 말이야. 킥킥!"

옆에 있던 엽왕 임철웅은 우려를 표했다.

"이번 일은 도를 넘었습니다. 협상의 여지는 없는 것입니까?"

그 말에 라파엘은 웃음기를 싹 지우고는 인상을 찌푸렸다.

"이 새끼, 또 고리타분한 소리하네?"

"지금이라면 수습할 여지가 있습니다. 이대로 가다가는 모든 게 더 나빠질 겁니다."

"이봐, 엽왕. 그러라고 이러는 거야. 정말 모르겠나? 응?"

"라파엘 님."

"시끄러워. 이제 와서 위선 떨지 마라. 존나게 보기 싫으니까. 애초에 그랬으면 이 몸의 손을 잡지 말았어야지? 지도 힘이 탐나서 사마외도를 걸은 주제에 착한 척할 생각인가? 어차피 이제는 돌이킬 수 없어. 그냥 밀고 나가야해."

엽왕은 어떻게든 라파엘이 안산을 때리는 일만은 막고 싶었다. 하지만 그의 설득은 씨알도 먹히지 않았다. 그렇다고 때려 치고 나갈 수도 없는 노릇.

본래 섬기던 바라카엘과 척을 진 데다가, 라파엘에게 특별한 힘을 받았기 때문이다.

그는 고뇌할 수밖에 없었다.

'내가 믿는 것을 관철하기 위해 라파엘과 손을 잡았는데, 결국 그의 악행을 돕고 있구나. 어째서 이렇게 된 것이지…….'

속으로 한탄하면서도 어차피 이제는 돌이킬 수 없다는 라파엘의 말에는 공감했다.

그런 그의 마음을 짐작이라도 한 것처럼 라파엘이 살살 달랬다.

"나도 인간이 완전 망하라는 건 아니야. 이건 좀 매운 채찍이지만 결국 인간에게 도움이 될 거라니까? 마치 백신을 맞는 것과 같은 거지."

"백신입니까?"

"그래, 맞고 아프거나 뒤지는 놈 좀 나오겠지만 결국 도움이 된다 그거야."

"제발 그랬으면 좋겠군요."

엽왕은 무거운 한숨과 함께 그리 답했다.

2. 욕망은 모든 일의 시작이다

안산에서 사상 초유의 일이 벌어졌다. 대천사가 자기 신성지를 버리고 인간의 도시를 공격했다라. 소식을 들은 몬스터도 처음에는 믿지 않았다.

"크르르릉! 아무리 우리가 물정에 어둡다지만 말도 안 되는 얘기를 가져왔군."

"맞다. 우리가 정보를 소홀히 하는 건, 스스로의 힘에 자신 있기 때문이다. 바보 취급해선 곤란해."

"대체 이런 황당한 소문의 출처가 어디지?"

처음의 놀람과 달리 다들 곧 시큰둥한 반응이 됐다.

강북의 몬스터들에겐 그런 말도 안 되는 풍문보다, 현실적인 문제가 훨씬 컸으니까.

그건 바로 강북을 반으로 가른 두 거대 세력 중 어디로 향하냐는 것이다.

하나는 옛 대군주 카르페의 삼건장 중 하나인 즈굴의 파벌이었고, 다른 하나는 죽음에서 돌아온 자라 불리는 칼두두의 파벌이었다.

사실 몬스터들은 생리적으로 언데드를 싫어했기에 칼두두보단 즈굴을 택해야 맞았다.

하지만 그걸 망설이게 하는 부분이 있었으니 즈굴의 세력이 칼두두에게 밀린다는 점이다.

아무래도 불리한 쪽에 자진해서 들어가고 싶어 하는 놈들은 없었다. 하나 그렇다고 언데드 세력에 속하자니 뭔가 찝찝하다.

이런 이유들로 현재 강북의 몬스터들은 양 진영 중 어디를 택해야 할지 무척이나 난감했다.

그건 결코 쉬운 고민이 아니었다.

"둘 중 하나를 택하긴 해야 해. 계속 중립을 유지하며 간을 보다가는… 승자가 나왔을 때 대가를 치르게 될 테니까."

"모르지 않는다! 쿠에엑."

즈굴과 칼두두 모두 중립에 있는 몬스터들을 연일 압박하고 있었다. 모호한 태도를 취한 채 버티는 것도 이제 한계에 다다른 상황.

그렇게 고민만 깊어 가는데, 남쪽에서 계속 새로운 소식이 전해져 왔다.

방어선의 신성지가 사라졌다, 대천사들이 본체를 꺼내들고 싸우더라, 인간들의 도시 방향에서 연일 검은 연기가 밀려 들더라, 항상 그런 얘기였다.

처음에는 무시했지만 이야기가 계속 들려오니 무시할 수가 없었다. 점점 귀가 솔깃해지는 자들이 여럿 나왔다.

"소문이 사실이라면 말이다. 이때다 하고 쳐들어가면 쉽게 이기는 거 아니냐?"

"그래, 천사를 잡아먹고 힘을 흡수하기도 쉬울 것 같은데…. 몇

놈만 먹어치워도 지금보다 훨씬 높은 자리로 올라갈 수 있다."

"칼두두와 즈굴은 자기들끼리 싸우라고 냅두고, 우리가 먼저 가보는 건 어떨까? 큰 수확을 올릴 지도 모른다."

몬스터들의 두 눈이 탐욕으로 번들거렸다.

당연히 즈굴과 칼두두도 이런 분위기를 모를 리가 없다. 아니, 오히려 더욱 자세한 정보를 갖고 있었다.

안산이 정말로 불타고 있으며, 유제아와 라파엘이 자기 세력을 이끌고 시가지에서 일진일퇴를 거듭하고 있음을 말이다.

분명 이건, 앞으로의 일에 변곡점이 될 중요한 사건이었다. 즈굴과 칼두두 역시 이를 잘 알았기에 한가롭게 강북에서 상대랑 죽치고 있어선 안 된다는 생각을 하게 됐다.

그러던 중, 즈굴이 먼저 칼두두에게 연락을 넣었다.

─죽음에서 돌아온 칼두두여. 꽤나 연락하기 힘들더군.

수정구 너머로 실실대는 목소리에 칼두두는 냉담하게 대꾸했다.

"비아냥거릴 거면 대화를 끝내겠다. 애초에 너 같이 수준 떨어지는 놈이랑 대화하기도 싫었으니까."

─뭐라? 수준?

"그렇다. 즈굴 네놈은 몬스터의 수치다. 어디 할 짓이 없어 인간이 준 목줄을 차고 개처럼 봉사했던 거지?"

칼두두의 지적에 즈굴의 눈에서 불길이 일어났다. 단순히 감정을 표현한 게 아니라 실제로 그랬다.

안광이 번쩍이더니 시퍼런 불길이 눈에서 치솟는다. 즈굴에게 있어 그건 역린과도 같은 오점이었다.

군주급 몬스터 중에선 가히 최고 수준이라 할 수 있던 그가 인간에게 지배되어 온갖 아첨을 해야 했으니까.

　현재 즈굴이 강북에서 벌어지는 패권 다툼에서 언데드인 칼두두에 밀리는 것도 그런 흠결 때문이다.

　몬스터들은 강한 자를 섬긴다.

　설령 그게 불길하고, 꺼려지는 언데드라 해도 약한 자보단 낫단 판단이었다.

　이런 까닭에 즈굴과 협상에 나선 칼두두의 태도에는 상대적으로 여유가 있었다.

　하나 그렇다고 칼두두의 미래 역시 낙관적인 건 아니다.

　왜냐하면 강북이란 위치가 참으로 애매했으니까.

　아래로는 오랜 대적인 인간과 천사가 있다.

　위로는 평양의 왕을 위시로 한 몬스터 무리가 있는데, 이들도 적이나 마찬가지였다.

　즈굴은 반역자였고, 칼두두는 하얀 거인과 깊은 원한을 가졌으니까.

　그렇기에 둘은 강북에서 필사적으로 땅따먹기를 하면서도 불안감을 느낄 수밖에 없었다.

　위나 아래에서 군대가 들이치기 전까진, 적어도 단일한 세력이 들어서야만 했다.

　그렇기에 즈굴은 칼두두가 겉으로 보이는 태도의 상당부분이 가식이란 걸 알았다.

　그는 간신히 치밀어 오르는 화를 삭이며 말했다.

-그딴 식으로 주둥이 놀리지 않는 게 좋을 거다. 칼두두. 경고하지.

"감히!"

-내가 될 대로 되란 식으로 깽판치면 어떨 것 같나? 크흐흐흐! 네 놈은 절대 강북에서 세력을 일굴 수 없어.

지금 양 진영은 치열하게 싸우고 있었지만 어느 정도는 선을 지키고 있었다.

왜냐하면 상대 세력 역시 흡수해야 후일을 대비할 수 있기 때문이다. 감정에 치우쳐 섬멸해 버리면 그만큼 강북의 전력은 후퇴한다.

이겨도 몬스터의 반이 사라지면 미래가 없다. 아무리 몬스터가 빨리 생산된다지만, 막대한 수를 잃어버리면 복구까진 한세월이니.

그렇기에 칼두두는 즈굴의 이런 협박에 한 발짝 물러날 수밖에 없었다.

"알겠다. 하고 싶은 이야기가 뭐지? 네놈도 이대로는 안 된다는 걸 알 거다."

한창 으르렁대다 겨우 대화할 분위기가 만들어졌다. 즈굴은 상대를 찢어죽이고 싶었지만, 감정 때문에 이런 기회를 놓칠 순 없었다.

-그래, 이대로는 안 되지. 멸망으로 가기 전에 우리는 인정해야 한다.

"무엇을?"

-서로를 간절히 찢어발기고 싶지만 그게 어려움을 말이야.

"크흠…."

-어차피 우리는 상대방을 쉽게 제압할 수 없다. 금쪽같은 시간이 가고 있음에도 그래. 그럴 바에는 방법을 바꾸자고. 아무리 상대가 꼴 보기 싫어도 사는 게 우선이 아닌가?

"그래서?"

-알면서 물어보는군. 우리끼리 그만 다투고 이 기회를 이용하자는 거다. 어차피 상대방을 굴복시키기도 지난한데 서로의 영역을 인정하고 남진하자고.

"널 어떻게 믿으라고? 즈굴. 이 반역자야."

-그건 계약의 마법이 단단히 해결해주겠지.

"단단히라… 웃기는 소리."

-하지만 그게 우리의 보잘 것 없는 신뢰에 약간의 보증은 되어줄 테니까.

즈굴은 한동안 정전을 제의해왔다. 그리고 일종의 연합체를 만들어 과거 르카와 카르페의 협력을 따르자고 했다.

-이런 상황에서 우리가 싸울 이유가 없다. 그건 패망으로 돌진하는 어리석음일 뿐 아닌가? 강북은 대업을 도모하기에 좁은 땅이야. 반드시 강남까지 확보해야 해.

"흠…."

칼두두가 흔들리는 기색을 보이자 즈굴은 더욱 열정적으로 설득에 나섰다.

-이참에 천사들을 아주 개박살내서 앞으로 십 년은 설치지 못하고 방어만 하게 만들자고. 그래야 우리에게 미래가 열려. 안 그런가?

즈굴의 물음에 칼두두는 공감하지 않을 수 없었다. 그런 기색에 즈굴은 이미 자기 제안이 먹힐 것임을 알았다.

-실패를 생각하고 머뭇거리지 마라. 칼두두여. 모든 일은 욕망으로부터 시작되는 법. 그 마음속에 품은 불씨가 작으면 큰 불을 일으키지 못한다.

"좋다…. 야심을 위해 과감한 결정을 해야 할 순간이로군."

"남은 대천사의 신성지가 단 3개라니…."

나는 작전지도를 내려다보며 다시 한 번 아연실색해졌다.

"유제아, 현실을 받아들여."

담담히 말하는 스이엘의 말에도 쉽게 답할 수 없었다. 현재 신성지를 유지하는 대천사는 오로지 셋.

서열 1위 대천사 메타트론, 서열 2위 대천사 미카엘라, 서열 7위 대천사 나나엘이다.

앞에 둘은 강북에 있는 몬스터를 견제하기 위해 남았고, 나나엘은 마검 쇠보르그의 힘으로 분신으로도 본체의 힘을 쓸 수 있는지라 굳이 신성지를 무너뜨릴 이유가 없었다.

하지만 나머지 대천사들은 저마다의 이유로 신성지를 포기했다.

서열 3위 대천사 가브리엘과 서열 5위 대천사 바라카엘은 본체를 꺼내 성남 일대에서 격전 중이다.

서열 6위 대천사 이후디엘, 서열 8위 대천사 카마엘, 서열 9위 대천사 자르키엘, 서열 10위 대천사 세라피엘은 날뛰는 라파엘의 무리를 상대하기 위해 어쩔 수 없이 본체로 나서야 했다.

라파엘에겐 언데드 군주급 몬스터가 아홉이나 있었기 때문에 부득이한 결정이었다.

마지막으로 내 옆에 있는 서열 11위 대천사 스이엘은 아직 제대로 된 신성지를 구축하지 못한 채 강북전투 이후로도 계속 본체로 활동 중이다.

그나마 다행인 점은 라파엘과의 대치가 소강상태라고 해야 할까.

우리 쪽이 본체로 대거 나서자 라파엘은 더는 안산을 부수겠다고 날뛰질 못했다. 그도 그럴 게, 앞으로 전투는 그야말로 한타 싸움이기 때문에 신중을 기할 수밖에 없다.

라파엘을 위시로 한 아홉의 언데드 군주급 몬스터와 본체로 나선 대천사들의 대결이다.

"지진 않을 거야. 걱정할 거 없어. 유제아. 이쪽 전력도 막강하니까."

스이엘은 위로하는 어투로 말해왔다. 틀린 얘기는 아니다. 이쪽은 철심장 쿠니엘까지 합치면 대천사가 일곱이나 된다.

거기에 현현할 수 있는 나도 있고.

문제는 언제, 어디서 싸우냐다.

최근 언론에선 난리가 났지만 쉽사리 결전을 벌이지 않는 게 이런 까닭이다.

나는 물끄러미 여러 신문사의 기사들을 살펴봤다.

〈건국이래 최악의 위기. 각 클랜간 내전 발발.〉

〈안산을 침공한 건 몬스터가 아니었다!〉

〈천사들 간의 알력으로 고통 받는 대한민국. 선량한 시민들의 피해 잇따라.〉

〈외국인 투자자 일제히 매도세. 금융시장에서 달러가 썰물처럼 빠져나가는 중.〉

〈대통령 특별담화문 발표. 각 클랜은 책임감 있는 자세로 이번 사태를 해결해⋯.〉

〈유제아 의장의 독선의 결과. 무리한 대북방전쟁에 대한 반발?〉

〈민간인 사상자 속출. 대천사 클랜의 안일한 대응 논란.〉

온갖 비난이 가득했다.

특이하게도 이번에는 천사들을 향한 날 선 의견이 많았다.

원래 대한민국에서 천사란 불가침의 존재다. 애초에 그들이 나타나지 않았다면 진작 망했을 나라니까.

그런데 천사의 도움으로 이제는 몬스터 산업의 중심지 위치까지 올라섰다.

역시 사람이 배가 부르면 옛 은혜를 잊는 법인가 보다. 다 죽어가는 거 살려놓고 돈도 벌게 해줬더니, 이제 도시가 일부 박살났다고 벌떼처럼 들고 일어났다.

〈대천사들의 권위는 인류사회의 위험. 이제는 그 힘을 내려놔야⋯.〉

특히 대천사들을 통제해야 한다는 적극적인 기사까지 있어 내 눈살을 찌푸리게 했다.

문제는 이런 의견이 점점 강해지고 있다는 거다. 천사와 헌터들에 대한 정부차원의 통제가 필요하단 거다.

아니, 애초에 천사가 없었으면 정부가 여태 남아있지 않을 텐데 말이지.

"시류를 읽지 못 하는군."

가뜩이나 이번 일로 신성지 시스템이 무너져서, 더는 안락한 보호를 받지 못할 터였다.

이제는 도심지 어디로 몬스터가 기어 들어와도 이상하지 않을 테니까.

천사들을 어르고 달래서 예전처럼 해달라고 해도 부족할 판에 이렇게 비난만 하고 있다니….

앞으로 어떻게 될지 뻔하네.

라파엘의 깽판 때문에 벌어진 일이긴 하나, 신성지란 의무를 벗어던진 천사들이 과거처럼 인간을 보호하는데 온 힘을 다할지는 의문이다.

다들 강북전투 이후 잠자던 호전성을 일깨운 참이다.

인간의 피해를 감수하고라도 북진해서 몬스터와 싸우자는 의견이 대세가 될 게 뻔했다.

"어쨌든 그건 그거고……."

이번 사태 이후에 정부의 태도 역시 달라질 거란 점은 여실했지만, 그건 나중에 고민할 부분이다.

일단은 그 간악한 라파엘 놈에게 어떻게든 한 방 먹어줄 필요가 있었다. 나는 대치 상태가 이어지는 동안 계속 머리를 굴렸는데, 마침내 그럴싸한 방법을 찾아냈다.

아니, 그 방법이 찾아왔다고 하는 게 맞을까?

"우리엘. 이렇게 다시 볼 줄은 몰랐는데."

작전에 대해 고민하던 밤, 몰래 나를 찾아온 인물을 보며 놀라지 않을 수 없었다.

밤의 그림자 속에서 까마귀 가면을 쓴 인물이 쓱 걸어 나온 것이다. 주둥이가 긴 저 가면은 이제 우리엘의 상징이 되었다. 과거 얼음처럼 시리고 깨끗한 이미지의 대천사는 온데간데 없었다.

"유제아 의장."

"의외의 만남에 이거 당황스럽군. 복수를 위해 온 거라면 때가 안 좋다고 밖에 할 말이 없는데."

"딱히…. 복수를 위해 온 것은 아니다."

"그래? 이를 갈고 있을 거라고 생각했는데."

당연히 격렬한 칼부림과 함께 재회할 줄 알았다. 하지만 지금 그는 점잖았고 할 말이 있는 듯해보였다.

"우리엘, 너는 즈굴이랑은 다르군. 그 녀석은 다시 만났을 때 내 근육을 한 결, 한 결 찢어내겠다고 했거든."

"불쾌하다. 나를 그딴 몬스터와 비교하지 마라. 물론 그렇다고 네 놈에게 아무 감정 없는 건 아니다."

"그럴 테지."

나는 담담히 고개를 끄덕였다. 지배란 행동은 분명 이 대천사의 자존심에 무지막지한 상처를 입혔을 테니까.

그럼에도 이리 찾아왔다는 건 뭔가 원하는 바가 있다는 거겠지.

"무얼 원하나? 우리엘."

"거래."

"거래라… 계속 말해봐."

"이번에 라파엘 때문에 곤란한 걸 알고 있다. 내가 이 문제를 해결하는데 도움을 줄 수 있을 것 같단 말이지."

여기까진 예상할 수 있는 바였다. 문제는 우리엘이 무엇을 원하냐는 것이다. 한데 예상 밖의 말이 나왔다.

"대신 사면을 원한다."

"뭐? 사면이라고?"

생각지도 못한 말에 되묻을 수밖에 없었다.

"그래."

"아니, 우리 잘나신 우리엘 님께선 이제 어떤 진영에서도 속하지 않고 유유자적 하는 거 아니었나?"

"비꼬는 건 그쯤하지. 유제아. 양쪽 모두에게 배신자로 통하는 나다. 적어도 한쪽에서라도 쫓기지 않았으면 한다."

"음, 그렇다고 해도 이전의 지위를 되찾긴 무리일 듯한데."

아무리 공을 세워도 벌인 일이 있는지라 예전으로 돌아가긴 무리니까.

우리엘 역시 그걸 아는지라 고개를 끄덕인다.

"다시 대천사가 되는 것까진 바라지도 않는다. 원하지도 않고. 그저 적대적이지 않은 태도 정도면 충분해."

"완전히 제3자가 되겠다는 거군."

확실히 지금 처지면 피곤하긴 할 거다. 우리엘은 배신자다. 다만 내 지배하에 있었기에 척살대상이 되지 않은 거다. 하지만 자동으로 풀려나 버렸으니 이제 찾아내 죽여야 할 목표다.

특히 미카엘라 성격이면 지난 번 노량진 방어전에서 제대로 물먹은 걸 결코 그냥 넘어가진 않을 터. 그저 라파엘과 바라카엘이 연달아 사고를 치는 탓에 아직 여유가 있을 뿐이다.

이번 일이 정리되고 나면 우리엘도 공적에 오르게 되는 게 당연한 수순이었다.

그 외에도 홀로 떠돌며 어려움이 많을 터였다. 기본적인 마법 물품이나 도구도 구하는데 제한이 됐을 테고.

천사들은 이세계에서 물건을 소환하는 마켓을 가지고 있는데, 그걸 이용하지 못하게 된 것만 해도 큰 타격이다.

즉, 본인의 안전과 편의를 위해 사면을 원한다는 그거군.

"아무튼, 라파엘 문제를 해결해주는 대가로 사면을 원한다 그 거군?"

"옳다."

"그거라면 다른 대천사를 찾아갔어야지. 왜 내게 왔나. 천사의 문제는 천사끼리 해결해야 할 텐데…."

"웃기는 소리를 다하는군. 네놈이 서열 1위, 2위 대천사를 옆에 끼고 권세를 누림을 누가 모른다고. 쯧! 쓸데없이 변죽을 울릴 것 없다. 이런 일을 네놈이 아니라면 누구와 거래할까."

틀린 말은 아니었다. 서열 1위, 2위인 메타트론과 미카엘라는 내

열렬한 지지자니까.

나는 어깨를 으쓱인 뒤에 대꾸했다.

"라파엘 쪽에 붙을 수도 있었을 텐데? 꼭 사면만이 살 길은 아니니까."

"잘도 그런 소리를 하는군. 유제아. 그런 미치광이는 이쪽에서도 거절이다. 나는 모든 걸 불태우고 망가뜨리고 싶은 게 아니야. 그저 날 구속하는 멍에를 벗어던지고 싶을 뿐이다."

"좋아. 하지만 널 어떻게 믿지? 사실 그 거래란 게 날 엿 먹이려는 수작질인지도 모르잖아."

우리엘의 성격상 복수를 위해 그렇게까지 할 것 같지는 않지만, 확신은 할 수 없는 일이니까.

"어떻게 하면 믿겠나? 유제아."

"지배를 다시 받아들여라."

"뭐라?"

"일시적인 지배다. 우리 거래가 완료될 때까지. 서로의 이득에 반하는 명령은 하지 않겠다고 약속하지."

사실 이건 거짓말이다. 나는 더 이상 이런 강력한 천사를 추가로 지배할 여력 따윈 없으니까.

애초에 우리엘의 천사지배가 풀린 것도 지배력이 부족해서였다. 하지만 나는 새로운 지배력을 확보했다고 허세를 부려봤다.

우리엘이 어떻게 나올지 확인하기 위해서다. 만약 녀석이 진정으로 날 해치려 한다면 지배를 받아들일 수가 없을 테니까.

"크으… 이런 굴욕이. 계약 마법 정도로 안 되는가?"

"계약 마법이란, 겉은 그럴싸해도 항상 빠져나갈 구석이 많은 것이지. 지배가 가장 확실해."

"망할 자식."

딱 봐도 번민하는 기색이 가득했다. 나는 그런 그를 살살 달랬다.

"그냥 안전장치에 불과해. 따로 무언가 명령을 내리지 않겠다고 약속하지."

"그걸 어떻게 믿나? 유제아."

"싫으면 관두던가."

"빌어먹을… 알겠다. 제한적인 지배라면 받아들이도록 하지."

"흠…."

우리엘 녀석, 상당히 진심이구나.

설마 그 싫어하는 지배를 수락할 줄이야. 물론 저 영악한 놈이 내 의중을 눈치 채고 저리 나오는 걸 수도 있지만, 나는 이것저것 고려한 끝에 우리엘과 거래를 해봐야겠다고 판단했다.

라파엘과의 싸움이 쉽지 않은 상황이니까.

"좋아. 그렇게까지 말한다니 나도 널 믿어보도록 하지. 우리엘. 따로 지배는 안 하겠다."

"정말인가?"

"그래. 그냥 계약 마법 정도로만 하자고. 네놈도 꽤나 진지한 것 같으니까. 좋아. 아무튼 이제 들어보자고. 이 사태에 어떤 식으로 도움이 될 건지."

우리엘은 내가 처음부터 지배할 생각이 없었다는 걸 눈치챈 듯했다. 벌레 씹은 듯한 표정이었다. 하지만 별 말 하지 않고 설명에 들어갔다.

"내가 라파엘에게 가서 붙겠어. 거짓으로 그의 편을 들며 상황을 봐 배신하겠다."

"음, 나쁘진 않군."

충분히 써먹어 볼 만한 수다. 우리엘이 내게 커다란 원한이 있다는 걸 라파엘은 알고 있으니까.

하지만 충분히 생각해 낼 만한 수단이라 뭔가 부족하단 느낌이 들었다.

나는 그런 점을 지적했다.

"너는 이미 배신자로 이름이 높다. 우리엘. 라파엘이 널 받아들여도 믿진 않을 거야. 당장 거들어 줄 손이 귀하니 받아들인다고 해도, 은근히 감시하고 견제할지도 모르지."

"나 역시 그 점을 생각해 봤다. 한 가지 수가 더 있다."

"뭔데?"

"엽왕이다. 라파엘의 진영으로 간 뒤에 그를 설득할 생각이다."

"엽왕이라니… 자기 이득을 위해 라파엘에게 붙어먹을 불한당이 아닌가. 설득이 될 것 같나?"

현재 대한민국에서 엽왕의 이미지는 최악이다. 한때 가장 강력한 헌터로 존경받던 그는 이번 사태 때 라파엘의 편에 섰다.

라파엘이 안산을 박살내는데 협력하고 있으니 당연히 욕이란 욕은 다 먹을 수밖에 없다. 당장 나만해도 그놈이 그렇게 쓰레기인 줄 몰랐다고 생각할 정도니까.

한데 우리엘이 뜻밖의 소리를 했다.

"엽왕이 무슨 생각을 하는지는 알고 있나? 유제아."

"뭐?"

"엽왕이 왜 라파엘에게 동조했는지 아느냐 말이다."

"……."

묵묵부답이자 우리엘이 설명에 들어갔다.

"놀랍게도 네놈 때문이다."

"아니, 그게 무슨 뚱딴지 같은 소리지?"

"너는 모르겠지만, 나는 평소 엽왕과 이런저런 얘기를 해서 그의 사고방식을 이해할 수 있다."

"그게 나랑 무슨 상관인데."

"엽왕은 진지하게 널 인간 사회의 가장 큰 위협으로 여겼던 게 틀림없다. 나는 그 점에 대해 확신할 수 있어."

이해할 수 없는 말에 나는 인상을 찌푸렸다. 대체 무슨 소리인가 싶다.

"여태 몬스터를 무찌르기 위해 노력해 온 내가 위협이라고?"

"그래. 네가 인류와 천사를 승리로 이끌려 함을 알고 있다. 하지만 네 등장 이후 전란의 불씨가 급격히 피어오른 것도 사실이지. 싸움의 규모가 이전과 비교도 할 수 없을 정도로 커졌다. 이제는 인류의 보호막이라 할 수 있는 신성지마저 거의 다 사라져 버렸지."

"그래서?"

"엽왕은 널 히틀러 같은 인간이라고 생각하고 있다. 몬스터 보다 더욱 위험한, 인류와 천사를 전쟁의 광기로 끌고 가는 존재 말이다."

"아니, 내가 히틀러라고?"

"그래. 엽왕은 너를 이리 평가하더군. 일개 개인이 이 모든 투쟁의 역사를 영원히 바꿔놓을 정도의 영향력을 가졌다고. 주로 나쁜 쪽이라고 판단하는 듯하지만."

나는 황망함에 입을 살짝 벌렸다. 그 과묵한 사냥꾼의 왕이 날 그렇게 여기는 줄은 생각도 못했다.

내가 말이 없자 우리엘은 자기가 들은 걸 계속 털어놨다.

"특히 네가 인간과 천사 진영을 좌지우지하며, 그 누구도 반대할 수 없는 거대한 흐름을 만들어 가는 걸 우려하더군."

"세상에, 기가 막히군. 결국 내가 몬스터보다 더 인류사회에 위험한 인물이라 판단했단 거라고?"

우리엘은 고개를 끄덕였다. 그가 쓴 까마귀 가면의 긴 부리가 눈앞에서 흔들흔들 거렸다.

"하지만 엽왕도 이번 안산 사태에 대해선 놀란 기색이야. 설마 라파엘이 이리 극단적인 짓거리를 할 줄은 몰랐으니까. 당장 자신에게 힘을 내려주는 존재가 라파엘이라 어쩌지 못하지만, 분명 번민하고 있던 기색이었어."

"엽왕을 만나고 온 건가?"

"그래. 엽왕을 설득해서 이용한다면… 라파엘에게 큰 타격을 줄 수 있을 거라 생각한다."

확실히 구미가 당기는 제안이었다. 엽왕은 현재 라파엘 진영에서 중책을 맡고 있으니 그가 마음을 돌리면 상황이 유리해질 터.

"엽왕에게 분명히 말해줬으면 좋겠군. 내가 히틀러 같다고 했지? 그렇다면 사태를 제대로 보지 못하고 있는 거야. 나 같은 자보다 독선적인 대천사들이 인간 사회의 가장 큰 위협이라고. 라파엘과 바라카엘 같은 극단주의자를 보면 말할 필요도 없지."

"안 그래도 엽왕 역시 그런 점을 절절히 느끼는 듯하다. 그래서 설득의 여지가 있는 거지."

"좋아. 한 번 기대 해보지."

마침 전투도 며칠째 소강상태에 들어갔다. 라파엘 입장에선 충분히 깽판 쳤다 생각한 건지, 아니면 이쪽이 방어에 나서자 다른 방법을 찾기로 한 건지 아직 알 수는 없었지만.

"좋아. 약속을 지키길 바란다. 유제아."

그 말과 함께 우리엘은 나타났던 것처럼 표홀히 사라졌다.

이틀이 더 지나자 한 가지 확실해진 점이 있었다. 라파엘이 지금의 분탕질에 만족했던 게 결코 아니란 점을 말이다.

그는 이쪽 대천사들이 대거 신성지를 무너뜨리고 본체로 나서자 다른 공략법을 시행 중이었던 거다.

바로 막무가내의 협박이었다.

나는 TV를 보면 한숨을 내쉴 수밖에 없었다.

─이성윤 기자, 라파엘 쪽에서 유제아 위원장의 무조건적인 사임을 요구한 게 사실입니까?

─네, 사실입니다. 대천사 라파엘은 유제아 위원장이 물러나야 비

로소 대화가 진행될 거라고 했습니다. 만약 이 관대한 제안을 거절하면 파멸적인 결과를 감당해야 할 거라고 으름장을 놓았습니다.

  -정말 큰일이군요. 이에 대해 유제아 위원장 측에선 공식적인 반응이 있던가요?

  -아직 별다른 발표가 없습니다. 하지만 시민들의 불안이 고조되는 상황이니 어서 명확한 입장을 내놓아야 한다는 목소리가 커지고 있습니다.

  -하긴 벌써 피난민이 300만 명을 넘었다고 하지요?

  -네, 고속도로가 마비된 지 오래입니다. 안산 시민들이 일거에 빠져나가는 중이라…….

  이어지는 뉴스를 듣다가 리모컨으로 꺼버렸다.

  "빌어먹을 라파엘 놈."

  놈의 수작질은 세련됨이라고는 없었다. 자기 요구를 들어주지 않으면 큰일 날 거라는 무대포식이다. 하지만 그건 효과적이고 공포를 유발했다.

  벌써부터 이 유제아가 물러나고 라파엘을 달래야 한다는 의견이 인터넷에 빼곡했다.

  심지어 내가 자기 자리를 지키기 위해 대한민국을 위기로 몰아넣고 있다는 소리까지 나왔다. 강북전투 후에 찬양 일색이던 여론이 금방 뒤집어진 것이다.

  메타트론은 이런 행동에 연일 성질이 뻗치는 듯했다.

  -이 멍청한 것들이 본녀에게 널 쫓아내라고 하더구나. 적의 위협

에 굴복해 인류의 수호자를 버리려 하다니 정말 어처구니가 없다.

현재 메타트론은 통신 마법으로 연결된 상태. 지난 번 강북전투에서 망가진 분신체를 회복시키느라 밖으로 나오질 못하고 있었다.

그녀는 홀로그램과 비슷한 모습인데 크기는 30센티미터로 작았다. 그래서 몹시 귀엽게 느껴졌다.

바로 옆에는 미카엘라가 있었다. 그녀는 차가운 표정이지만 작은 메타트론은 종종 애완동물처럼 만지작거렸다. 이에 메타트론이 발끈한 건 말할 필요도 없다.

"이런 부분에서만큼은 라파엘의 의견이 맞는 건지도 모르겠구나. 모두 우리 안에서 안전하게 생활하며 현실 감각이 없어진 거 아니겠니?"

인류에 대해 따뜻한 애정을 가진 미카엘라가 드물게 날카로운 말을 쏟아내고 있었다.

－좀 극단적이긴 하나 슴뚱이 말도 틀리지 않았다.

듣던 메타트론이 얼른 동의했다. 그때 근처에 있던 스이엘이 뽀르르 날아와서는 끼어들었다.

"유제아! 유제아! 그냥 방송국을 우리가 접수하자!"

스이엘은 셋 중에 가장 과격했다. 나는 그녀의 태도에 고마움을 느끼면서도 고개를 저었다.

"대중의 마음은 아침에 다르고 저녁에 다르지. 지금은 위기감에 비난을 퍼붓고 있지만, 우리가 유리해지면 다시 떠받들기 시작할 걸?"

"하긴… 사람들은 변덕스러워. 내일은 또 어떻게 나올지 알 수 없

는 거니까."

　스이엘 역시 그런 부분은 잘 알고 있었기에 고개를 끄덕였다. 그러다 생각났다는 듯 작게 손뼉을 쳤다.

　"그것보다 우리엘이 잘해줘야 하는데. 그 '검은 쓰레기'도 사면 받으려면 자기 쓸모를 증명해야지."

　스이엘은 어째 갈수록 입이 험해지는 것 같았다. 겉보기에는 유치원생 정도인데 심한 말을 아무렇지도 않게 하는 걸 보면 묘한 기분이 되어 버린다.

　"열심히 하겠지."

　나는 우리엘의 성과를 기다리며 현재 상황을 타개하기 위해 머리를 굴리고 있었다.

　'안산이란 거대 도시가 볼모로 잡힌 이상 전투로 문제를 해결하기엔 피해가 크단 말이지.'

　뭔가 계책이 필요한 시점이었다.

　'우리엘만 믿고 기다릴 수도 없어.'

　그건 미련한 짓이다.

　결국 나는 한때 산달폰이라 불렸던, 다르쿠다의 도움이 필요하단 결론에 다다랐다.

　특히 다르쿠다는 이전부터 라파엘을 집요할 정도로 방해해 왔기 때문에, 그 대천사에 대해 잘 안다. 이번 일에 대해 좋은 해결책을 제시해 줄지도 몰랐다.

　'문제는 다르쿠다도 본인 일로 여유가 날지 모르겠다는 건데….'

　분명 다르쿠다는 평양으로 가겠다고 했으니까. 뭔가 계획이 있는 것 같아 방해하기도 그렇다.

"큰일 났습니다!"

그때 다급한 얼굴의 백이륜이 들어왔다. 그는 11위원회에 참석하는 미카엘라 클랜의 대표자이다. 주인인 미카엘라를 닮아 차분한 사내인데 지금만큼은 흥분을 감추지 못하고 있었다.

"백이륜 위원. 대체 무슨 일입니까?"

"야단났습니다. 유제아 의장님. 강북의 몬스터들이 연합해서 곧장 남하하고 있습니다."

"뭐라고요?"

되묻으면서도 순간 아득한 기분이 됐다. 분명 즈굴과 칼두두의 사이는 최악일 텐데. 둘이 어떻게 손을 잡은 거지?

아니, 지금은 그런 걸 고민할 때가 아니었다.

나는 가장 중요한 문제를 물어봤다.

"용산 요새는? 용산 요새는 어찌 됐습니까!"

만약 용산 요새가 적에게 떨어지면 난처해진다. 군사적으로도, 정치적으로도 궁지에 몰리게 되는 것이니까.

일단 강북 지역에 대한 영향력을 완전히 상실하는 데다가, 내 업적도 흔들리게 된다.

많은 희생을 치른 강북전투에서 이룬 성과가 바로 용산요새니까. 잃어버렸다가는 그간 눌려 있던 것들이 좋다고 비난하겠지.

"다행히 요새는 건재합니다. 다만 이건 적의 주력이 요새를 우회해 강남지역으로 남하하고 있기 때문입니다."

나는 황급히 지도를 살펴보고는 입을 살짝 벌렸다.

강남으로 남하한 적의 주력이 그대로 탄천을 따로 내려오면 바로 성남이다.

문제는 지금 성남에서 대천사 가브리엘과 바라카엘이 접전을 벌이고 있는 것.

"바라카엘이라면 분명 자기 안위를 위해서 몬스터와도 손을 잡을 겁니다. 그렇게 되면 자칫하다가는 가브리엘 님의 세력이 소멸할 수 있습니다."

내 우려에 다들 표정이 굳어버렸다. 바라카엘이라면 충분히 그럴 만하다고 생각했기 때문이다.

"즉각적인 대책이 필요해."

스이엘이 자리에서 벌떡 일어났다. 나는 공감하면서도 난색을 표할 수밖에 없었다.

현재 대부분의 가용한 전력이 라파엘을 막기 위해 드넓은 안산에 퍼져 있기 때문이다. 따로 동원할 여력이 많지 않았다.

이에 미카엘라가 결단을 내렸다.

"직접 본체로 나서야겠구나."

"결국 그렇게 되는 건가…."

이제 미카엘라마저 자기 신성지를 포기하려 하고 있었다. 남은 건 메타트론과 나나엘이다.

"본녀 역시 출정하겠다!"

메타트론도 신성지를 포기하려 했다. 그 의지와 뜻은 사뭇 웅장했으나 통신마법으로 구현된 30센티미터의 외형이 모든 걸 망치고 있었다. 미카엘라와 나는 잠시 심각한 상황도 잊고 얼빠진 표정으로 메론이를 내려다 볼 수밖에 없었다.

일단 고개를 저었다.

"안 돼. 넌 최후까지 아껴야 할 카드야."

메타트론이 신성지를 만든 채 노량진에서 버티는 건 단순히 방어선을 유지하기 위해서가 아니다.

"신성지 안 성소에서 몬스터 왕에게 입은 상처를 회복해야 하잖아."

"유제아. 상황이 다급한데 본녀가 느긋하게 굴 수는 없다."

"진정해. 왕을 상대할 수 있는 건 너뿐이니까."

즉, 메타트론이 본래 힘을 회복하는 건 인류의 존망이 달려 있을 정도로 중요한 문제였다. 만약 본체로 나와 실컷 힘을 소모하는 중에 왕이 나타나기라도 하면 낭패다.

가능한 순간까지 최대한 힘을 회복해야만 한다. 나는 이런 점을 설명했다.

"몬스터들이 계속 그런 때를 노리고 있었을지도 모를 일이야."

결국 본체로 나서는 건 미카엘라만이 하기로 했다. 그녀만으론 부족해서 대천사 스이엘이 따라붙었다.

"머릿수에서 상당히 열세로군…."

수장의 힘은 이쪽이 강하다. 대군주급과 자웅을 겨룰 수 있는 미카엘라의 본체가 나서는 거니까. 즈굴이나 칼두두가 군주급 중에선 날고 기는 놈이라 해도 쉽지 않을 거다.

문제는 군대의 수가 부족한데….

미카엘라와 스이엘이 휘하의 평천사 클랜까지 모두 동원해도 밀려드는 몬스터의 해일을 감당할 수 있을지 모르겠다.

내가 이런 우려를 제기하자 미카엘라는 손가락으로 지도의 한쪽을 가리켰다.

"강남이 아니라 성남으로 갈 거란다."

"아!"

"가서 가브리엘과 합류해 즉각 바라카엘을 처리할 거야. 그걸로 최대한 가브리엘 세력을 살려서 같이 남하하는 몬스터들에게 대항해야겠군."

"맞아. 네가 가서 거들면 바라카엘 클랜은 필패야. 다만, 서둘러야겠군. 몬스터들이 남하하기 전에 처리해야 하니까."

적시에 바라카엘을 제거해서 몬스터와 합류하지 못하게 하고, 이쪽은 가브리엘과 힘을 합친다. 시간을 맞추긴 어렵겠지만 미카엘라의 판단이 옳았다.

"바로 가보도록 하겠다. 소녀의 주인님."

"어려운 상황이지만 부탁 좀 할게."

"맡겨두렴."

미카엘라는 웃으며 다가오더니 날 살포시 껴안아 준 뒤 나갔다. 스이엘도 잽싸게 날아와 뺨에 뽀뽀를 하고는 그녀를 뒤따랐다.

"유제아! 갔다 올게!"

이 모습에 메타트론의 환영은 불만어린 표정이 됐지만 별다른 말은 하지 않는다.

잠시 지도를 보던 나는 결정을 내렸다.

"이쪽에서 라파엘을 먼저 쳐야겠어."

라파엘과 대치하던 전력에 누수가 생겼다. 대천사 스이엘이 이탈했고, 본체의 영향으로 미카엘라의 분신체 역시 마찬가지다. 분신이란 본체가 성소에서 신성지를 유지하는 동안 움직이는 역할이다.

　본체가 움직이기 시작하면 독립적으로 행동은 불가능한지라, 미카엘라의 분신체는 더는 안산에서의 싸움에 참가하지 못하게 됐다.

　아무튼 상황이 이러니 라파엘이 유리해지는 게 당연지사. 놈이 이걸 알아채고 자기 맘대로 전장을 휘두르기 전에 먼저 나서야 한다.

　본디 선수필승이라지 않나.

　그래서 최대한 빨리 대천사들을 소집해 공격할 필요가 있었다.

　"죽겠네."

　상황이 이렇게 흘러가니 솔직히 속이 탔다. 요즘 연달아 사건이 터져서 스트레스가 최고조에 다다르고 있었다.

　"진정해……."

　옆에 있던 쿠니엘이 조용히 말을 걸어왔다. 나는 그런 그녀에게 불평했다.

　"라파엘 놈 때문에 요 근래 마음속에 불길이 이는군."

　"감정이란 원래 그래….."

　"차라리 그 감정이란 게 모조리 타버려서 없어졌으면 좋겠어. 차가운 이성만 남는다면 이런 상황에서도 가장 효과적인 길을 찾을 텐데 말이야. 솔직히 지금 말이야. 작전이고 뭐고, 라파엘 놈을 패대기치러 당장 쳐들어가고 싶다고."

그런데 뜻밖에 쿠니엘은 고개를 저었다.

"이성만 가지고 삶은 나아가지 못해……."

"무슨 소리인지 모르겠군."

"그건…."

쿠니엘은 뭔가 더 설명하려 했지만 입을 다물었다.

"……."

말없이 있는 그녀의 얼굴에 약간 그늘이 느껴졌다. 뭔가 분위기가 어색해졌기에 나는 마침 궁금하던 걸 물어봤다.

바로 시간에 대해서다.

요즘 태양신격이 보여줬던 시간의 힘을 되살릴 수 없는지 연구 중이다. 쉽지 않은 일이었기에 시간에 관한 전문가의 조언이 필요했다. 그것엔 쿠니엘이 딱이었기에 틈나는 대로 묻고 있다.

쿠니엘은 고개를 끄덕이며 물어왔다.

"시간이란 게 뭐라고 여겨……?"

그 질문을 시작으로 이런저런 대담이 오갔다. 그러던 중 갑자기 중요한 연락이 왔다.

우리엘이었다.

"쿠니엘, 미안. 오늘 대화는 여기까지."

나는 그녀와 일별하고는 바로 내 방으로 향했다. 우리는 비밀스러운 연락을 위해 마법도구를 나눠가졌다. 주먹 크기의 시커먼 수정구 같은 모습이었는데, 통신 시간도 제한되고 마력도 막대하게 잡아먹지만 대신 훌륭한 보안을 자랑하는 것이었다.

-유제아.

"대체 언제 연락하나 했다. 보내놓고도 영 쓸모가 없는 게 아니냐는 생각이 들었단 말이다."

-미안하군. 이쪽도 복잡하다. 시간이 좀 걸렸어.

"라파엘 쪽에 달라붙는 데는 성공했겠지?"

-물론이다. 그러니까 이리 기별한 거지.

우리엘의 설명에 의하면 라파엘과 손을 잡는 건 크게 어렵지 않았다고 한다. 아무래도 내게 원한을 불태우는 게 당연한 일이었으니까.

다만 라파엘이 완벽히 믿는 건 아닌지라 행동 자체를 조심하고 있다고 했다.

"엽왕은? 설득하는데 성공했나?"

-아직이야.

"뭐? 일을 설렁설렁 하고 있는 건가? 지금 그럴 상황이 아닌 건 알 텐데."

-물론이다. 다만 오래 걸리진 않을 거다. 엽왕은 분명히 갈등하고 있으니까. 조금 더 시간이 필요하다.

"어려운 주문이군. 시간이란 게 원래 비싼 거긴 하지만, 요즘은 더더욱 그래."

한숨이 절로 나왔다.

사건이 몰아치는데 대비할 시간이 부족했다. 할 수만 있다면 어디선가 끌어다 오고 싶을 정도다.

'평소에 한가할 때 시간을 저장해 놨다가 이런 때 꺼내 쓸 수는 없는 걸까…'

심지어 이런 망상까지 할 정도다.

그렇기에 우리엘에게 필요한 만큼 시간을 벌어주긴 어려울 거라고 했다.

"쓸모없는 놈."

–닥쳐라. 나는 목숨을 걸고 있다. 엽왕은 아직 설득 못했지만, 네 놈이 반색할 만한 정보를 가져왔다.

"뭔데?"

–조만간 라파엘이 자기 진지에서 나올 거다.

"뭐? 정말?"

–그래, 군주급 몬스터 몇만 경호원으로 대동하고 몰래 움직일 거라고 했다.

사실이라면 훌륭한 정보였다. 그간 라파엘을 암살하고 싶은 마음이 굴뚝같았지만 좀처럼 기회가 안 났기 때문이다.

라파엘은 교활한 놈이라 오히려 그런 점을 이용해 이쪽을 낚으려 하기까지 했다.

그런데 이런 기회라니.

혹할 수밖에.

물론 이것 역시 속임수일 수도 있다. 하지만 이런 일에는 늘 위험이 따르는 법이다.

"왜? 무슨 일인데?"

–서해로 간다고 한다.

"뭐? 서해? 갑자기 뜬금없이 서해는 왜?"

–모르나? 서해에 독립군주들이 있는 걸?

"아…. 맞아. 완전히 자기 세상을 꾸리고 있는 놈들이 있었지."

독립군주란 몬스터 중에서 스스로 살 길 찾아 이탈한 부류다. 탈영병이라 생각하면 이해하기 쉽다.

주로 강원도에 터 잡은 놈들이 유명하다. 실제로 지난 강북전투에서 카르페의 편을 들며 끼어 든 탓에 여간 곤란하지 않았다.

아무튼 독립군주라면 보통 강원도에 있는 그놈들을 말하는 건데, 서해 바다에도 몬스터 진영의 이탈자가 있다.

수중 생활이 가능한 해양 몬스터로, 자신들의 특성상 위쪽의 간섭 없이 독립적인 생활을 누리고 있었다.

그들은 바다 밑에 자기 왕국을 만들고는 천사와 몬스터의 싸움 자체에서 멀어진 존재.

더불어 이쪽도 그들을 잊어버린 상태다. 나 역시 방금 얘기가 나오기 전까지 그런 놈들이 있었나 싶었으니까.

그 정도로 양 진영이 싸움에 미치는 영향이 없다시피한 세력이다. 그래서 우리엘의 말이 의아할 수밖에.

"물고기나 다름없는 놈들이 대체 왜?"

-정확한 건 알 수 없다. 다만 놈들이 시화방조제를 열어주길 원하고 있다다군.

"시화방조제?"

지도를 살펴보니 시화방조제는 시화호를 둘러싼 거대한 구조물이다.

간척 사업을 진행했던 건데, 몬스터 사태 때문에 완성하지 못하고 버려졌다.

이후 천사들이 마법적인 방어선을 구축해 바다에서 몬스터가 진입하지 못하게 만들었다.

-그래. 현재 방조제의 방어 장치는 라파엘의 통제 하에 들어갔다. 녀석이 원한다면 방조제로 서해의 독립군주 세력이 들어오게끔 만들 수 있어.

지도를 보니 시화호의 물길이 안산시를 관통하고 있었다. 그대로 올라오면 도심 한 가운데로 진출할 수 있는 것이다.

"와, 만약 물길로 밀고 들어오면 완전히 허를 찔리겠는데."

구구절절한 설명 없이도 라파엘이 서해 바다의 독립군주들과 손잡는 게 얼마나 치명적인지는 쉽게 알 수 있었다.

"여태 얌전히 있던 놈들이 왜….."

-모르지. 바닷속 사정도 뭔가 변했을지도. 아마 라파엘이 그들에게 적절한 이득을 제시했을 수도 있고. 지금은 그런 것보다 라파엘을 칠지, 말지 결정해야하지 않겠나?

"그 말이 맞아."

내가 고민에 빠지자 우리엘은 신중히 결정하라 했다.

-이번 일 이후에는 내 스파이 행위도 끝이다. 이런 중대한 정보가 유출됐으니 당연히 날 의심하겠지. 두 번의 기회는 없다.

"너는 동행하는 거야?"

-아직 결정되지 않았다. 하지만 어떻게든 동행해야겠지. 그날 도움을 주려면.

"의욕이 넘치는데? 엽왕은?"

-그는 모르겠다. 아무튼 어떻게 할 거냐? 결정을 내려야 한다. 이

번 카드를 쓸지, 말지. 참고로 고민할 시간 따윈 없다. 유제아.

"알겠어. 그래도 일단 기다려."

우리엘은 신뢰하는 편이긴 하지만 녀석의 말만 믿고 이런 중대한 작전을 결정할 순 없다. 나는 따로 가동 중인 정보망을 동원해 이 일을 알아봤다. 그리고 뭔가 수상쩍은 움직임이 있음을 확인했다.

"음… 위험을 감수할 만하군."

급하게 수집한 첩보를 바탕으로 나는 결국 이 작전을 진행하기로 했다.

대신 이번 건이 혹여나 함정일 때를 대비해 따로 이런저런 준비를 갖췄다.

3. 라파엘과 축축한 친구들

라파엘이 움직인 건 바로 다음날 자정쯤이었다. 우리엘에게 급하게 연락이 왔다.

－서둘러라. 라파엘이 군주급 셋을 데리고 나섰다.

"경호원이 화려하구만. 알겠어."

이미 이쪽도 이번 일을 위해 대기 중인 상태. 옆에는 철심장 쿠니엘이 함께 있었다.

"유제아. 출동인 거야…?"

"응, 라파엘 놈 잡으러 가자."

"아주 좋아…!"

쿠니엘은 라파엘을 몹시 싫어한다. 그래서인지 매사 나른한 쿠니엘도 지금만큼은 묘한 열기를 띄고 있었다.

일단 우리 둘이서 가볼 요량이다. 인원수를 최소화해 들키지 않기 위해서다. 만약 낌새가 이상하다 싶으면 재빨리 달아나기도 좋다.

나중에 전투가 벌어지면 차원관문으로 아군을 불러들이면 된다. 안산 일대가 몬스터 지역처럼 순간이동류의 마법이 방해 받는 것도 아니니까.

우리 둘은 곧장 채비를 하고 목적지인 시화호로 향했다. 우리엘의 전언에 의하면 라파엘이 서해의 독립군주들과 만나기로 한 곳은 '작은가리섬'이란 장소다.

그곳은 본래 바다 위에 있던 조그마한 섬인데, 시화방조제가 좌우로 연결되어 바다와 간척지를 가르는 경계선이 됐다. 그러니 양 진영이 만남을 갖기엔 적당한 위치였다.

"쿠니엘, 들키지 않고 접근할 수 있는 거 맞지?"

"나만 믿어…. 전매특허인 기계화 마법을 쓰면 감지 못할 거야. 사방에 널브러진 구조물 정도로 감지될 테니까……."

몸의 상당부분이 기계인 쿠니엘에겐 괴상한 기술이 많았다. 그 중의 하나가 '기계화'다.

상대가 유기물인 우리 몸을 기계와 같은 무기물로 느끼게 만드는 방법이다. 그렇다고 진짜 팔다리가 쇳덩이가 되는 게 아니라, 기척만은 감쪽같이 그리 된다.

즉, 숨기에는 딱 좋은 수법이다.

다만 쿠니엘은 주의를 줬다.

"물리적으로 보이는 긴 어쩌지 못해…. 기운만 바꾸는 거니까. 유제아, 웅크리고 잘 숨어…."

"그건 내가 또 기가 막히지. 하이에나치고 은폐 못하는 사람이 없다니까."

10년 세월 동안 몬스터의 감각을 피해 숨어 다녔으니 그 정도는 일도 아니다.

"좋아…. 그럼 가자…."

그 뒤 나는 쿠니엘에게 짐짝처럼 들려서는 작은가리섬으로 향했다.

휘이이이잉 −.

빠른 비행 속도 때문에 밤의 공기를 가르는 소리가 요란하다. 쿠니엘은 얼마 날아가지 않아 금세 목적지에 근접했다.

저 앞에 거대한 방조제의 윤곽이 확연했다. 방조제 너머의 어두컴컴한 바다의 모습이 무섭게 보였다. 달빛이 수면에 부서지는 낭만적인 모습이었으나, 몬스터 사태 이후 모든 게 변했다.

저 바닷속에 어떤 끔찍한 존재가 웅크리고 있는지 알 수 없으니까.

"유제아… 기계화를 걸 테니 받아들여."

"알았어."

"마법이 걸린 이후부터 아주 천천히 접근할 거야. 조심스럽게……."

섬에 곧 착륙할 테니 미리 마법을 걸어야했다. 쿠니엘의 힘이 내 몸 안으로 밀려들어왔다.

"윽."

절로 신음이 나왔다. 돌연 심장의 온도가 차갑게 식어버리는 듯한 기분이 들었기 때문이다.

동시에 감정의 변화까지 느껴졌다. 모든 게 무미건조해지는 것 같다.

"이건…."

놀라움을 감추지 못하자 느리게 날던 쿠니엘이 대꾸했다.

"그게… 평소 내가… 느끼던 세계야…."

철심장 쿠니엘.

몸의 대부분인 기계천사.

나는 쿠니엘의 마법 덕에 평소 그녀가 어떤 감각으로 주의를 바라봤는지 여실히 알 수 있었다.

문뜩 두려움이 일었다.

이렇게 감정의 상당부분이 잘려나간 것 같은 삶이라니….

쿠니엘은 이런 내 동요를 민감하게 감지하곤 물어왔다.

"두려워……?"

"솔직히 좀….."

"…그래. 그게 당연한 일이지. 나 역시… 잃고 나서야 감정이 얼마나 절대적인 건지를… 깨달았으니까."

감정의 거세란 처음 겪는 이에겐 생각보다 훨씬 버거웠다.

쿠니엘은 몸의 대부분이 기계로 바뀐 뒤부터 매일 이렇게 살아온 건가. 쉽게 입을 열지 못하자 쿠니엘이 섬의 해변으로 이동하며 속삭였다.

"가슴 속에 이는 감정을 소중히 해. 그게 복수심이든, 누군가를 향한 애정이든……. 감정이란 삶은 움직이는 용수철과 같으니까…."

"그렇다면 너는 어떻게 살아가는 거야? 감정이 그렇게 망가져서는?"

"그래서 작고…… 희미한 것들에게 더욱 집착하는지도 몰라."

"무슨 소리지?"

쿠니엘은 곧 섬에 도착해 나를 내려줬다. 그녀 역시 사뿐히 내려앉아 주변을 살피며 입을 열었다.

"나는 라파엘을 미워하지만, 그건 사실 희미한 감정이야⋯. 복수심이 있지만 솔직히⋯ 무시할 수 있을 정도지."

"그래서 더더욱 집착하는 거라고?"

"맞아. 아주 작게나마 일어나는 그런 감정에 매달리지 않으면 나는 완전히 차가워질 테니까."

생각해 보니 실제로 쿠니엘은 그랬다. 마음속에 크게 불꽃이 일어나지 않으면서도 이렇게 라파엘을 치러 먼저 나서는 것이나, 메타트론에게 우정을 집요하게 갈구하는 것, 이 모든 게 그녀의 노력이었다.

작은 감정의 파편에 매달려서라도 본래 자신을 잃지 않기 위해 힘쓰는 것이다. 그에 비하면 내 삶은 훨씬 풍부했다.

나는 곧 쿠니엘이 왜 이런 이야기를 했는지 깨달았다.

얼마 전에 내가 그녀에게 했던 불평 때문이다. 라파엘 때문에 화가 잔뜩 올라 감정이 다 타버렸으면 좋겠다고 했었지. 그때 뭔가 더 말하려 했던 게 지금 한 말이구나.

나는 문득 부끄러움을 느꼈다. 다른 누구도 아닌 쿠니엘에게 그런 소리를 했다는 점에서.

"미안."

짧게 사과하자 쿠니엘은 고개를 저었다.

"괜찮아⋯. 알고 그런 건 아니니까."

쿠니엘은 날 책하려고 저런 소리를 한 게 아니다. 그저 나름대로 마음을 써준 거겠지. 나는 눈으로 감사를 표했다. 그러자 쿠니엘은 보일 듯 말 듯 웃으며 앞을 가리켰다.

"조심히… 접근하자. 라파엘의 기척이 느껴져…. 대놓고 기운을 뿜어내는 게… 조심하지 않고 있어."

쿠니엘과 내가 도착한 건 지저분한 주차장이다. 각종 폐기물과 버려진 자전거가 산더미처럼 쌓여 있었다.

앞에는 부서진 건물이 있었는데, 반쯤 떨어진 자전거대여소란 간판이 을씨년스러웠다.

우리는 최대한 은밀히 앞으로 나아갔다. 작은가리섬은 폭이 400 미터도 안 될 정도로 작다. 얼마 나아가지 않아 금세 라파엘을 발견 하게 될 터였다.

우리는 숨소리도 내지 않기 위해 조심하며 섬을 가로질렀다. 중 간에 도로가 나왔는데, 부서진 차들이 사방에 어지럽다.

지난 대전쟁의 흔적이다.

몬스터와 천사가 일상이 된 현실이지만, 과거의 참상은 아직도 곳곳에 가득했다.

도로를 지나자 무성한 풀이 가득한 벌판이 나타났는데, 예전에 는 공원이었던 거 같다. 그리고 그 너머로 다시 바다가 펼쳐져 있 었다.

쿠니엘은 재빨리 날 붙잡았다.

"유제아…! 저기."

그녀의 손끝이 가리키는 방향에 라파엘의 실루엣이 보였다. 어둠 아래서 작고 시커먼 그림자가 서성인다.

짐승의 발톱처럼 끝이 뾰족한 건틀렛에, 반절이 잘려나간 오른쪽 날개까지. 누가 봐도 라파엘이다.

"생각보다 경호원이 많아…."

불만어린 쿠니엘의 말에 나는 고개를 끄덕였다. 라파엘의 옆에는 군주급 언데드 몬스터가 셋이나 붙어 있었다. 그나마 다행인 건 라파엘 옆에 우리엘이 함께라는 점이다.

적절한 순간 배신하고 우리 편을 들어줄 테니 큰 전력이다. 만약 반대의 경우라면 내가 큰일이겠지만.

"그러게…. 음? 바다를 봐. 쿠니엘, 놈들이 온다."

멀리 보이는 수면이 크게 출렁인다. 아무래도 서해의 독립군주들이 도착한 모양이다. 곧 파도가 크게 일어나더니 바닷속의 독립군주들이 모습을 드러냈다.

"꽤나 몰려왔네…!"

지켜보면서 혀를 찰 수밖에 없었다. 딱 봐도 덩치도 장대하고 강해보이는 군주급 몬스터가 넷이나 출현한 것이다. 이래서는 대천사들이 불러와도 꽤나 힘겨운 싸움이 예상된다.

싸움이 벌어질 때 참전하기로 한 이들은 대천사 이후디엘, 대천사 나나엘, 대천사 카마엘, 대천사 자르키엘, 대천사 세라피엘이다.

나나엘을 빼곤 본체가 올 예정이라 충분히 싸워볼 만했다.

문제는 어느 타이밍에 찌르냐였다. 저 멀리서 라파엘이 파안대소하며 서해의 군주급 몬스터들을 맞이하고 있었다.

"어서 오라고! 축축한 친구들!"

바다에서 튀어나온 군주급 몬스터들은 하나 같이 기괴하게 생겼다. 물론 군주급 몬스터치고 멀쩡하게 생긴 게 없다지만, 놈들은 한층 더했다.

　차가운 달빛 아래서 점액질의 끈적끈적한 피부가 번들거린다. 선두에서 기어오는 자는 머리에 아귀 같은 촉수를 가졌는데, 이리저리 부산하게 움직이고 있었다. 그 뒤에 따르는 독립군주는 온 몸이 수달과도 같은 매끈한 털가죽으로 뒤덮인 괴물이었다.

　"아주 개성이 넘치는군. 좋아."

　라파엘은 뭐가 즐거운지 계속 낄낄댔다. 하지만 곧 짜증 섞인 소리를 질렀다.

　"윽, 물바다가 됐잖아!"

　바다에 사는 군주급 몬스터들이 몰려온 영향일까? 마치 밀물이 온 것처럼 주변에 물이 들어찼다. 라파엘은 마치 홍학처럼 한쪽 발을 들더니 버럭 성질을 냈다.

　"이 빌어먹을 놈들은 항상 사방을 첨벙첨벙하게 만들지 않으면 못 사는 건가? 엉?"

　그런 불평에 곧 음침한 목소리가 답해왔다.

　"라파엘이 천사 중에 가장 천박하다던데, 과연 소문에 틀린 점이 없군… 푸르르."

　독립군주 중에 선두에 나선 자였다. 덩치도 가장 컸는데, 그 생김새가 아주 기괴하기만 하다.

　저 민달팽이 같은 외형은 뭔가 닮았는데……. 아, 그래. 군소구나. 이제 보니 군소를 닮은 기괴한 생김새였다. 녀석이 미끄러지며 지나온 길을 따라 보랏빛의 끈끈한 액체가 번지고 있었다. 딱 봐도 독이네.

라파엘도 그걸 보고는 공중으로 1미터 정도 떠올랐다.

"생긴 것 같이 지저분한 걸 몰고 오는군. 존나게 불쾌하게. 낄낄."

"뭐라!"

듣다 못한 서해의 독립군주들이 분노에 차 저마다 으르렁거렸다. 알 수 없는 언어로 욕설이 쏟아지자 라파엘은 여전히 웃으면서 두 손을 내밀었다.

"진정하자고 축축한 친구들. 사실 내가 뭐든 망쳐버리는 데는 선수지만 오늘 일만큼은 잘 하고 싶으니까."

"그렇다면 태도를 바로 하라. 우리는 네놈 따위에게 무시당할 존재가 아니다."

아무래도 저 꾸물거리는, 군소를 닮은 군주급 몬스터가 대장인 듯했다. 계속 나서서 말하는 걸 보니.

"이런, 이런. 바다에 산다고 마음이 바다처럼 넓은 것도 아니구만. 키키킥. 발끈하는 게, 연못에 사는 올챙이들 같은데. 아니, 장구벌레?"

라파엘이 또 한 마디를 하자 군소를 닮은 독립군주는 괴상한 소리를 냈다. 아마 인간이 한숨을 내쉬는 것과 비슷한 감각 같다.

"그쯤 해 둬라. 일 얘기가 우선이다. 날개달린 자여."

"좋아, 그거라면 우리가 서로 만족할 만한 합의를 할 수 있겠지. 걱정 말라고. 방조제를 따라 설치된 방어막 같은 건 이 라파엘 님이 마음만 먹으면 치워버릴 수 있으니까."

"그것 참 반가운 소리로군…."

이후 진행된 협상은 나쁘지 않아 보였다. 군소를 닮은 놈을 시작으로 독립군주들이 기괴한 소리로 웃어대기 시작했으니까. 라파엘도 깔깔거리는 게, 얘기가 잘 통하는 것 같았다.

누가 악당들 아니랄까봐 나쁜 짓 하려니까 어깨가 절로 들썩이는 모양이네.

괘씸한 것들 같으니라고. 이놈들에게 정의의 뜨거운 맛을 보여줘야겠군.

나는 슬슬 습격하자며 쿠니엘을 쳐다봤다. 그녀는 고개를 끄덕였다.

"좋아…. 다만 시간이 좀 필요해."

쿠니엘의 말에 의하면 게이트를 열 때 상대가 눈치챌 거라 했다. 거대한 마법의 흐름이 일어나니 당연한 거다.

"뭔가 주의를 끌어줄 수 있을까…?"

쿠니엘의 물음에 잠깐 생각한 나는 고개를 끄덕였다. 적당한 게 있었으니까.

"방패를 쓸 거야. 바로 준비해."

"알겠어…."

나는 숨어 있던 몸을 일으켜서는 방패를 던질 준비를 했다.

기왕이면 라파엘을 노리고 싶지만 공중에 떠 있는데다가 크기가 작아서 빗나가면 낭패다.

대신 서해의 독립군주들의 대표격인 군소 같은 놈을 노렸다. 워낙 덩치가 커서 못 맞출 리 없단 판단이었다.

"핫!"

짧은 기합성과 함께 태양신격의 방패가 맹렬한 속도로 쏘아져 나갔다. 어둠을 가르는 한줄기의 빛과 같은 모습이다.

그 순간 라파엘을 중심으로 모여 있던 모든 자들이 반응했다. 역시 한가닥하는 존재들이라 기습도 쉽지 않다.

퍼억!

쏜살 같이 날아간 방패가 군소를 닮은 독립군주를 직격했다.

하지만 녀석은 이미 공격을 포착하고 대비한 상태.

푸욱!

방패가 물컹해 보이는 살을 파고 들다가 별다른 피해를 주지 못하고 튕겨 나온다.

그렇지만 애초에 이쪽도 놈을 어떻게 해보겠다고 날린 공격이 아니니 별 상관없다.

"감히!"

군소를 닮은 독립군주는 분노해서 일갈했다.

이어 라파엘까지 눈을 희번득 뜨며 날 발견한 순간 태양신격의 방패가 가진 힘을 발현했다.

바로 태양광 폭사다.

방패를 다루는 능력과 내 마력이 늘어난 덕에 거리가 떨어져도 사용이 가능했다.

번쩍!

어둠 속에서 태양빛이 작렬했다. 아무리 강자들이라지만, 한밤중에 이렇게 빛이 쏟아지면 당황할 수밖에 없다.

특히 독립군주들은 평소 바다 깊은 곳에서 지낸 듯 태양빛에 더욱 움츠러들었다.

쿠니엘은 그 틈을 놓치지 않고 차원관문을 열었다.

하늘 위에 기묘한 마법의 언어가 원형으로 배열되더니, 돌풍이 부는 것처럼 공기가 휘몰아친다.

콰직! 콰앙!

요란한 소리와 함께 잔가지처럼 번개가 내리치며 원형의 마법진 가운데 관문이 열렸다.

동시에 그 안에서 대기하고 있던 대천사들이 차례로 튀어나왔다.

대천사 이후디엘.

대천사 나나엘.

대천사 카마엘.

대천사 자르키엘.

대천사 세라피엘.

가용한 전력은 모두 나타난 것이다. 그들은 곧장 허공에서 쏘아져 내려오며 파괴마법을 일으켰다.

그 순간 라파엘과 내 눈이 마주쳤다. 멀리서도 열을 잔뜩 받은 표정이 역력하다. 어떻게 알고 와서 방해하나 싶겠지.

녀석은 이를 악물며 뭐라 소리를 치려했다. 하지만 일대를 뒤덮은 화염이 그를 집어삼켜 버렸다.

콰가가가강!

다섯 대천사들이 일제히 쏟아낸 마법 공격이 주변을 초토화 시켰다. 회동에 빠져 있던 상대의 허를 완전히 찔렀다.

화르르륵!

번쩍!

화염과 전격, 얼음 등 여러 가지 원소력이 파괴적으로 휘몰아쳤다.

폭발은 단번에 끝나지 않고 연달아 계속 이어졌다. 그 여파가 금세 여기까지 미쳤다.

흙먼지가 폭풍처럼 몰아쳐 오더니 곧 수많은 불티가 화염폭풍처럼 우리를 덮쳤다.

"간다⋯."

쿠니엘은 작은 목소리와 함께 앞으로 쏘아졌다.

먼지 구름과 불티 때문에 보이는 게 없을 정도였음에도 쿠니엘은 망설임 없이 나아갔다. 아마 이 혼란 속에서도 라파엘을 정확히 노리겠지.

"이 빌어먹을 놈들이!"

폭발로 정신이 없는 가운데서도 원독에 가득 찬 목소리가 튀어나왔다.

라파엘이다.

거대한 파동이 일어나더니 주변의 불길과 먼지를 일시에 날려버린다. 그 덕에 잠깐이나마 시야가 회복됐다.

빠르게 살펴본 바에 의하면 기습은 성공적이었다.

군주급 몬스터 몇이 휘청이는 게 보였다. 하지만 적도 만만치 않았다. 즉각 반격에 나서더니 사방에서 어지럽게 난전이 벌어지기 시작했다.

나 역시 앞으로 뛰어갔다. 그때 누군가 내게 방패를 던져줬다. 방패는 마치 얼어붙은 듯 차가워져 있었다.

바로 받아서는 머리 위를 가리고는 달렸다.

여기저기 일어난 폭발 때문에 모래와 돌덩이, 폐건물의 잔해가 우박처럼 떨어지고 있었기 때문이다.

캉! 카앙!

그것들이 방패를 두들기는 소리가 요란하다.

나는 주의 깊게 상황을 살폈다. 어디에 가담해야 할지 정확한 판단이 필요했다.

'사방이 난장판이잖아?'

근처에서 대천사 나나엘이 푸르게 빛나는 자신의 마검 쇠보르그를 휘두르며 언데드 군주급 몬스터를 썰어대고 있었다.

그녀의 상대는 최초의 기습으로 중상을 입었기에 싸움은 유리해 보였다.

하지만 그때 말미잘처럼 생긴 서해의 독립군주가 자신의 촉수를 뻗어 나나엘의 발을 낚아챘다.

짧은 비명과 함께 나나엘이 하늘로 치솟는다. 그러나 금세 검을 휘둘러 촉수를 자르더니 아래로 떨어졌다.

추락하던 나나엘은 바로 날개를 펼쳐 활공하며 반월형의 검기를 아래로 마구 쏴댔다.

핏! 피잇!

검기가 떨어질 때마다 바닥이 살벌하게 파인다. 그녀 말고도 다들 잘 싸우고 있었다.

그때 갑자기 성스러운 빛이 사방을 채우며 전신에 활력이 넘쳐났다.

뭔가 해서 보니 대천사 세라피엘이 아군 전체에게 버프를 넣은 것이다.

사랑의 대천사라 불리는 그녀는 힐과 버프가 특기. 전투력은 약한 편이지만 보조 능력은 최고였다.

전황은 유리했고 대천사들을 도울 필요는 없을 듯했다.

중요한 건 라파엘을 잡는 것이다.

이 망할 놈이 어디 있나 살펴봤더니 쿠니엘과 맹렬히 맞붙어 있었다.

그야말로 백중지세.

하지만 언데드 군주급 몬스터 하나가 경호를 위해 끼어들자 쿠니엘 쪽이 다소 밀리기 시작한다.

아무래도 가세해야겠네.

나는 달려들기 직전, 우리엘을 찾았다. 그는 이번 전투의 중요한 변수이기 때문이다.

우리 쪽과 함께하기로 했지만, 나는 완전히 그를 믿지 않았다. 그러니 신경이 쓰일 수밖에.

그가 어느 진영을 택하느냐에 따라 전투의 향방이 달라질 거다. 현재 그는 어중간하게 싸우며 태업을 하고 있었다.

라파엘 쪽의 편에서 서서 바쁘게 움직이는 듯하지만 실속 없는 움직임뿐이다.

쿠니엘과 싸우기 바쁜 라파엘은 그걸 눈치 채지 못하고 있었다.

그때 나와 우리엘의 눈이 마주쳤다.

보자마자 의사가 통했다.

뭐라 말할 것도 없었다.

우리엘은 작전대로 라파엘을 배신하려는 게 틀림없었다.

생각해 보니 아까 혼란스러운 와중에 방패를 던져준 것도 우리엘이었구나.

방패에 깃들어 있던 특유의 냉기만 봐도 확실하지.

우리엘이 어떤 방법을 쓸지는 스스로 판단하라 했다. 그렇기에 일단 우리엘을 지나쳐 바로 라파엘에게 달려 나갔다.

"라파엘!"

크게 부르자 한창 싸우던 라파엘이 이쪽을 휙 돌아본다. 동시에 날 보는 얼굴이 흉악하기 그지없다.

"너 이 새끼! 또 네가 방해하는구나! 유제아! 오늘은 좋은 밤이었다! 네놈이 그걸 다 망쳤어!"

성난 라파엘이 쿠니엘을 견제하면서도 날 향해 마법을 시전했다.

그건 도저히 대천사가 쓸 거라곤 생각하기 힘든 마법이었는데, 검은 화염이 라파엘의 손에서 만들어졌다.

그걸 본 순간 라파엘이 죽음에서 돌아온 자 칼두두와 거래하며 배운 수법이란 걸 알 수 있었다.

저 불은 단순히 열기 외에도 저주를 머금은 게 틀림없었기 때문이다. 아마 시체를 일으키는 것 외에 여러 가지를 익힌 것 같다.

"고약한 걸 준비했군!"

위험하단 생각부터 들었다. 정면으로 맞았다가는 즉사일 듯한데? 이럴 때는 주저 없이 화신의 힘을 끌어내야 하는 법이다.

"현현하라!"

몸이 붕 뜨는 듯한 고양감이 전신을 지배한다. 그 여파인지 라파엘의 마법을 보는 느낌과 확 달라졌다.

맞았다가는 즉사라는 경각심이 사라진 것이다. 마침 시전을 마친 라파엘이 마법을 쐈지만, 나는 피하지 않았다.

오히려 태양신격의 방패에 마력을 집중했다. 그러자 방패가 새하얗게 타올랐다. 나는 그 힘을 믿고 악령과 같은 모습으로 쏘아져 오는 라파엘을 마법을 쳐냈다.

끼에에에에에!

그러자 귀곡성 같은 소리가 울려 퍼지며 날아오던 마법이 허공으로 흩어졌다. 다행히 저주 역시 날 침범하지 못했다.

라파엘은 일격에 자신의 마법이 박살난 걸 보더니 눈이 커진다. 아마 저 이름 모를 마법은 라파엘이 자신만만하게 발동한 것이리라.

솔직히 나도 현현하기 전엔 무조건 죽었다는 생각부터 덜컥 들었으니까.

하지만 저 강력한 마법은 태양신격의 방패와 상성이 안 좋았다. 이 강력한 마법물품은 이름처럼 신성한 힘을 품고 있다.

결국 화신의 넘치는 마력을 불어넣어 막아내자 라파엘의 수법은 단번에 박살났다.

나는 한쪽 입꼬리를 올리고 라파엘에게 말했다.

"같잖은 수작을."

시끄러운 전장에서 작게 중얼거린 것에 불과하지만, 라파엘에게 제대로 전달된 것 같다.

말을 하자마자 라파엘의 얼굴이 일그러졌으니까.

흥분한 녀석은 쿠니엘은 상관하지 않고 내 쪽으로 날아왔다. 덕분에 혼자 둘을 상대하느라 애를 먹던 쿠니엘이 여유를 되찾았다.

뜻밖에 도발이 제대로 먹힌 것이다. 물론 그 대가로 분노로 돌아버린 라파엘을 상대해야 했지만.

카아앙!

방패를 들어 올리자마자 라파엘의 강철 손톱이 날카롭게 할퀴어 왔다.

어찌나 빠른지, 공격이 온다 생각한 순간 본능적으로 방패를 들어서 간신히 막았다.

내 주특기인 방패로 받은 힘을 되돌려주는 걸 할 틈도 없었다.

나는 지면 위로 길게 미끄러지며 라파엘이 예상보다 훨씬 강하다는 걸 깨달았다.

그간 의뭉을 떨고 있었던 건지, 아니면 칼두두와의 거래 이후 새로운 힘을 얻었는지 알 수는 없다.

확실한 건 쓰러뜨리는 게 결코 쉽지 않을 거란 점이었다.

"유제아! 오늘 아주 끝장을 보자!"

광분한 라파엘이 미친 듯이 공격을 해왔다. 특기인 마법과 오른손의 강철 손톱을 섞은 공세는 절묘해서 계속 밀려났다.

카앙! 쾅!

방패 위에서 연달아 불꽃이 튀었다. 중간, 중간 방패 너머로 라파엘의 얼굴이 보였는데, 공격이 연이어 막히자 초조해하는 기색이 짙어졌다.

　우리는 밀고 밀리는 상태로 거의 백여 미터를 이동해 싸움터에서 멀어지게 됐다. 그리고 그 순간, 반격의 기회가 왔다.

　"빌어먹을 인간 새끼가!"

　이성을 잃은 라파엘이 무모하고 큰 공격을 시도한 것이다. 더군다나 나 역시 라파엘의 공격을 계속 받아내며 그 속도에 어느 정도 익숙해진 상태.

　라파엘의 강철 손톱이 마치 용광로의 쇠처럼 달아오르더니, 가공할 위력의 후려치기를 해왔다.

　아예 방패를 날려버리겠다는 의지가 느껴졌다.

　하지만 내게는 공격을 그대로 반사하기에는 더없이 좋은 기회였다.

　태양신격의 방패로 공격을 반사하는 건 무적의 기술처럼 보이지만, 실상은 그 타이밍을 잡기가 무척이나 어렵다.

　특히 라파엘처럼 신속한 적이라면 더 말할 것도 없다. 그래서 여태 막기만 급급했는데 딱 좋은 때가 온 것이다.

　나는 이번 기회를 놓치지 않았다.

　번쩍!

　방패 특유의 힘이 발동했다.

　사납게 긁어오던 라파엘의 공격이 고스란히 본인에게 돌아간 것이다.

　좀 더 여유가 있었다면 힘을 배로 해서 돌려줬겠지만, 거기까지 무리였다.

하지만 이 정도도 충분했다.

기세등등하던 라파엘이 피를 뿌리며 튕겨나간 것이다.

"카악!"

짧은 비명과 함께 라파엘의 차이나드레스에 사선으로 줄이 여러 개 그어졌다.

이마 쪽도 다쳤는지 피가 주르륵 흘러내렸는데, 휘청이던 라파엘은 얼굴을 쓰윽 닦으며 욕설을 퍼부었다.

"빌어 쳐 먹을! 비겁한 새끼가 꼭 지랑 닮은 짓거리만 하고 있어!"

내가 방패 뒤에 숨어 있는 게 영 마음에 안 드는 모양이다. 그걸로 모자라 공격을 반사해 버렸으니 머리끝까지 화가 난 모양.

나는 라파엘을 저리 열 받게 만들었다는 점에서 내심 흐뭇한 기분이 됐다.

"꼬우면 계속 해 보던가?"

나는 라파엘을 살살 약 올렸다.

초반에 녀석의 속도에 밀리긴 했지만, 현현한 나도 약하지 않다. 여러 요인이 있긴 했어도 대군주급까지 이겨본 내가 아닌가.

물론 멀쩡한 대군주급과 싸워 이길 정도는 아니지만 라파엘과 충분히 겨뤄볼 무력을 갖췄다 하겠다.

새삼 메타트론의 검이 당장 없는 게 아쉽네. 그것만 있으면 오히려 우위일지도 모르겠는데 말이야.

"주둥이만 나불대지 말고 다시 덤벼."

내가 손을 까딱까딱하자 결국 라파엘이 참지 못하고 달려들었다.

"빌어먹을 새끼! 네놈이 애송이였을 때 진작 찢어 죽였어야 했는데!"

"지랄하지 말고 할 수 있으면 지금 해 보던가."

나는 라파엘과 난타전을 이어갔다. 물론 무리하지 않고 최대한 야비하게 싸웠다.

태양신격의 방패를 믿고 방어 위주로 견디다가 기회가 나면 공격을 반사시키길 반복했다.

상황이 이러니 라파엘은 흥분할 밖에 수밖에.

"쪼잔한 새끼! 존나게 비겁한 새끼 같으니라고. 자라처럼 숨어서 뭐하냐! 안 나와!"

"왜? 생각대로 안 되니까 못 견디겠냐?"

나는 여유롭게 대꾸했으나, 나 역시 현재 상황이 만족스럽진 않다. 라파엘의 공격을 반사시키는 것 정도로는 결코 놈을 쓰러뜨릴 수 없었으니까.

오히려 한 번만 실수해서 정타를 허용하면, 대번에 상황이 달라질 터.

라파엘이 시발, 시발 거리면서도 끈덕지게 달라붙는 건 그런 까닭이다.

사실 이대로만 전개된다면 결국 라파엘이 이길지도 모른다. 하지만 나라고 그걸 모를까.

지금 이런 식으로 싸우는 건 다 이유가 있었다. 그리고 곧 내가 기다리던 카드가 나타났다.

"라파엘! 가세하겠다!"

우리엘이 끼어 든 것이다. 다수의 싸움으로 난장판이 된 저쪽에서 눈치를 계속 보다가 드디어 나타났다.

"오! 좋아!"

라파엘이 반색했다. 그는 흥분해서는 나를 향해 손가락질 해댔다.

"이 거북이 같은 새끼를 얼려버리라고. 우리엘! 둘이 달려들어 단번에 정리하자!"

그때 우리엘과 내 눈이 마주쳤다.

과연 그는 어떤 선택을 할까?

원래 배신과 모략이란 사전에 모의한 대로 되는 게 없는 법이 아닌가. 복잡한 상황 속에서 각자의 사정이 계속 변하기 때문이다.

우리엘이 지금까지 나와 세운 계획을 실천할 생각이었어도, 지금 막 마음이 바뀌었을지도 모른다.

하지만 나는 우리엘에 대한 내 판단을 믿었다.

우리엘은 권력을 쥐고 힘을 휘두르고 싶은 게 아니다. 그저 이 오래된 진영 싸움에서 벗어나길 원할 뿐이다.

라파엘은 그런 점을 모른다. 게다가 우리엘이 원하는 사면을 위해선 대천사가 하나 뿐인 라파엘 진영에선 불가능한 일.

결국 우리엘은 이쪽 손을 잡는 수밖에는 없다.

만약 이런 판단이 틀렸으면 난 헛똑똑이에 불과하겠지.

"유제아!

라파엘은 이 기회를 놓치지 않겠다는 듯 쇄도해 왔다. 그와 함께 우리엘이 결정을 내렸다.

강력한 얼음 마법이 날 향해 직선으로 날아오던 라파엘의 측면을 강타한 것이다.

카앙!

내 눈에는 그 모든 게 선명하게 보였다.

혜성처럼 시린 궤적을 남기며 쏘아진 얼음의 창이 라파엘의 옆구리를 꿰뚫었다.

비행하던 라파엘은 충격에 땅바닥에 쳐 박히더니 길게 미끄러져 굴렀다.

한참 날아간 그는 바닥에 엎어져 잠시간 미동도 하지 않았다. 마치 죽은 것처럼 말이다.

그러다 몸을 한 번 꿈틀하더니 벌떡 일어났다. 놀란 듯 입을 멍하니 벌리는 라파엘의 주변으로 얼음 마법의 여파로 인한 서리바람이 몰아쳤다.

"어? 씨발…. 왜…?"

쏟아지는 서리에 머리칼이 하얗게 변한 라파엘은 옆구리를 보며 황당한 표정이었다.

우리엘은 그 모습에도 담담한 얼굴이다.

"유제아랑 거래하는 게 내게 더 이로웠으니까."

"좆같은 새끼야…. 그걸 지금 말이라고 해?"

벌벌 떨리는 라파엘의 목소리에도 우리엘은 얼음처럼 차갑게 답했다.

"유감이다. 네놈에게 별다른 감정은 없지만, 죽어줘야겠다."

"어째서? 지금 존나게 이해가 안 되는데?"

라파엘은 도저히 영문을 모르겠다는 얼굴이다.

하지만 우리엘은 더 이상 설명하지 않았고, 라파엘의 얼굴은 와락 일그러졌다. 그는 시뻘개진 얼굴로 분노를 뿜어냈다.

"역시 걸레 같은 새끼는 빨아서라도 쓰는 게 아니야! 씨발! 유제아가 나타났을 때 너부터 의심했어야 했는데!"

사실 그게 맞지만, 날 보자마자 눈이 돌아버린 라파엘은 침착하게 생각할 겨를이 없었겠지.

콰아앙!

라파엘이 힘을 일으키자 폭음과 함께 사방에 흩날리던 서리가 날아갔다. 곧 이어 라파엘이 불길을 일으키자 주변을 잠식하던 냉기는 흔적도 없이 사라졌고, 불티가 따갑도록 휘몰아쳤다.

라파엘을 중심으로 일렁이는 화염이 마치 그의 감정을 대변하는 듯했다. 옆구리에 박혔던 얼음창도 삽시간에 녹아 사라졌다.

라파엘은 비명을 지르더니 구멍 난 옆구리를 불러 지져서 막아 버렸다.

"개불알 같은 새끼들. 둘 다 반드시 내 손으로 쳐 죽여 버린다!"

라파엘은 격노하며 달려들었지만, 2대1이란 쉽지 않은 싸움이었다. 특히나 우리엘과 나는 생각보다 상성이 좋았다.

내가 방패로 라파엘을 저지하면 뒤에 있던 우리엘이 얼음 마법을 날려대던 것이다.

라파엘은 자신의 몸에 들러붙는 얼음을 깨내며 욕설을 마구 퍼부어댔다.

"우리엘! 네놈은 최대한 고통스럽게 죽여주마! 사로잡아서 끓은 기름에 튀겨버릴 거라고! 좆같은 새끼!"

라파엘의 주둥이는 점점 험해졌는데, 그만큼 여유가 없어진다는 방증이었다.

문제는 지금 놈을 도울 군주급 몬스터가 없다는 것. 다들 대천사들이랑 어울려 싸우느라 정신이 없다.

본래 저울이 수평을 이룰 때는 작은 추만 추가해도 한쪽으로 접시가 기우는 법이다.

한데 이번에 사용된 추는 우리엘이다. 상황이 급변할 수밖에.

라파엘이 기세가 꺾이자 나는 한결 여유롭게 놈을 상대할 수 있었다.

쉽지 않은 반사도 몇 차례 연달아 성공하자 라파엘은 상처투성이가 됐다.

악귀 같이 변한 얼굴도 온통 피범벅이다.

"끄아아악!"

결국 악에 받친 라파엘이 건틀렛을 낀 오른손을 뻗어 태양신격의 방패를 빼앗으려 했다.

"이딴 사기템 없으면 아무 것도 아닌 새끼가!"

라파엘은 작은 체구에도 불구하고 악력이 어마어마했다. 현현한 내 힘은 가공할 수준임에도 자칫하다가는 방패를 빼앗길 지경이다.

어쩌면 오른손에 낀 저 흉악한 건틀렛의 힘인지도 모른다.

끼기긱!

라파엘의 아귀힘에 방패가 긁히며 불꽃이 튀었다.

그럴 리 없겠지만, 방패가 이대로 찌그러져 버릴 것 같은 살벌함이 느껴졌다.

마치 중장비로 구겨오는 것 같은 압박이랄까.

"빌어먹을 새끼야! 방패도 없이 계속 설칠 수 있나 보자고!"

라파엘은 기어코 내 방패를 빼앗기로 작정한 듯했다. 안 그러면 지금 상황을 해결할 방법이 없다고 여기는 거겠지.

하지만 그건 바람대로 되기 어려운 일이었다. 일 대 일이라면 모를까, 옆에 우리엘이 있었으니까.

라파엘에겐 안타깝게도 단 한 번의 찬스가 부족했다.

조금만 시간이 있었다면 모를 일이었으나, 우리엘이 이틈을 놓칠 리가 없었다.

그는 즉각 치명적인 얼음 마법을 발동했다.

파지직!

즉각 방패를 잡고 있던 라파엘의 오른손이 얼어붙었다. 그리고 그것은 삽시간에 방패를 붙잡은 라파엘의 손까지 얼려버렸다.

"크아아아아!"

라파엘은 동결된 자신의 팔을 보며 분노인지, 고통인지 모를 비명을 질러댔다.

그건 내게 기회였다.

오른손을 들어 있는 힘껏 라파엘의 얼어붙은 팔을 내리쳤다. 그대로 부러뜨려 버리려는 것이다.

하지만 용케 라파엘이 왼손으로 내 오른손 손목을 잡고 막아냈다. 그리고 힘을 주는데, 쥐어짜듯 조여 오는 격통에 신음이 절로 터졌다.

"끄아악!"

우리엘이 재빨리 끼어들었지만, 라파엘이 충격파를 발하자 즉각 튕겨나갔다.

쾅!

사방에 깃털을 잔뜩 날리며 우리엘이 뒤로 날아갔다. 그런 라파엘의 발악에 나는 이를 악물었다.

"이런 괴물 같은!"

이 망할 놈이 그걸로도 부족해 내 오른팔을 뜯어내려 하고 있었다. 라파엘은 맹수처럼 사납게 외쳤다.

"통째로 뽑아주마! 이 개 같은 자식아!"

궁지에 몰려서 그런 걸까?

아니면, 본래부터 역량을 숨기고 있었던 걸까.

생각보다 강한 라파엘의 힘에 나는 위기를 느꼈다. 그것만이 아니다.

얼어붙은 라파엘의 오른팔에서 수증기가 자욱하게 피어오르고 있었다. 이대로라면 금세 얼음을 녹여버릴 터. 뭔가 방법이 필요했다.

"으으윽!"

그렇게 라파엘과 힘 싸움을 하던 중 퍼뜩 한 가지가 떠올랐다.

바로 내가 가진 기술 중 하나인 방패 튕기기.

다수의 적을 상대할 때 좋은 방법으로, 맹렬하게 회전하는 방패가 적 사이를 튕기고 다닌다.

최근에는 별로 써본 적이 없지만 여전히 유용한 수법이었다.

현재 라파엘의 팔은 방패를 잡은 채 얼어붙었다.

만약 이 상태에서 방패가 맹렬하게 회전한다면 어떻게 될까?

나는 즉각 방패 팅기기 기술을 발동했다.

평소보다 훨씬 세게 말이다. 대천사의 신체 내구도는 무식할 정도로 강하니 마력을 퍼부었다.

거의 반 이상 투입했는데, 방패 팅기기란 기술에 이 정도까지 써본 적은 처음이다.

이런 무리한 운용 때문에 오히려 기술이 실패할 확률도 있었으나 그런 걸 걱정할 때가 아니었다.

어떻게든 라파엘의 팔을 작살내야 했으니까.

"너! 이 새끼! 뭐하려는 거야!"

라파엘이 낌새를 눈치 채고 발버둥을 쳤지만 이미 늦었다.

최대로 전개한 기술이 발동됐으니까.

우우우웅!

태양신격의 방패가 눈부신 빛을 내며 진동한다. 라파엘의 얼굴이 하얗게 뒤덮인다 싶은 순간 나는 방패를 잡은 손을 놔버렸다.

그와 함께 태양신격의 방패가 제자리에서 지금껏 본 적 없는 기세로 회전했고, 라파엘의 얼어붙은 팔이 산산조각 깨져나갔다.

카앙!

유리조각 같은 얼음의 파편과 부러진 라파엘의 팔이 허공으로 떠올랐다.

본래 방패 팅기기란 기술은 앞으로 쏘아지며 방패가 회전하는 것. 그런데 라파엘이 팔로 붙잡고 있었으니 그 모든 힘을 감당해야 할 수밖에.

보통 때라면 악력으로 회전하는 방패를 잡아버렸겠지만, 지금 그의 팔은 얼어붙어 있었다.

그래서 결국 충격을 견디지 못하고 박살난 것이다.

"크아아악!"

라파엘은 비명과 함께 허겁지겁 뒤로 밀려났다. 곧 자신의 절단된 팔을 바라보는데, 도저히 믿을 수 없다는 표정이다.

이내 라파엘은 얼굴을 일그러뜨리더니 분통을 터뜨렸다.

"유제아! 이 빌어먹을 놈이 감히!"

나는 그의 모습을 보며 재빨리 공격에 대비했다. 태양신격의 방패가 라파엘의 팔과 함께 멀리 날아가 버렸기에 위험한 순간이었다.

라파엘의 성격상 부상에 발끈해서 앞뒤 안 가리고 덤벼올 수 있었기 때문이다.

우리엘도 그걸 느꼈는지 재빨리 합류해서 내 앞을 막아섰다. 방패가 없다면 나보단 그의 방어력이 더 강하다.

그런데 라파엘이 예상외의 행동을 했다.

성난 황소처럼 앞뒤 안 가리고 돌진해 올 거라 여겼는데, 고개를 이리저리 돌리더니 조금씩 물러나는 것이었다.

누가 봐도 튀려는 기색이 가득했다. 그러면서 한창 싸우고 있던 서해의 독립군주들에게 뭐라, 뭐라 외쳐댔다. 곧장 답이 돌아왔고 라파엘은 무언가 욕설을 내뱉어댔다.

"씨발! 오늘 완전히 꼬여서는!"

역정을 내는 그를 보며 나는 손을 오른쪽으로 뻗으며 말했다.

"단순히 꼬이는 정도로 안 끝날 걸?"

그리 말하며 감각을 더듬어 멀리 날아갔던 태양신격의 방패를 찾아냈다. 그쪽으로 향해 팔을 뻗자 방패가 호응하듯 손아귀로 날아왔다.

척!

다시 태양신격의 방패를 들자 자신감이 피어올랐다.

"오늘 어떻게든 네놈을 잡을 작정이니까. 라파엘."

"닥쳐. 그것까진 맘대로 안 될 거다. 모든 걸 네 뜻대로 할 순 없어!"

무슨 헛소리인가 싶었다.

한눈에 봐도 이쪽이 유리한 상황이었기 때문이다. 적은 벌써 여럿이 쓰러졌고, 아군은 모두 무사했다.

부상을 입은 듯 피범벅이 된 대천사도 있었지만 여전히 상대를 몰아붙이고 있었다.

기습이 제대로 먹힌 것이다.

이런 상황에서 라파엘마저 팔이 날아갔으니 승기를 잡은 거나 마찬가지.

그런데 뭘 생각하는 거지?

우리엘과 함께 재빨리 달려들어 공격했지만, 라파엘은 전술을 바꿔서는 물러나기만 했다.

"한참 소리를 질러대더니 이제 도망가는 건가!"

"닥쳐라! 유제아!"

여기서 라파엘의 역량을 한 번 더 느꼈다. 무식하게 싸움질만 잘하는 놈인 줄 알았는데, 작정하고 빠지려고 하니까 미꾸라지가 따로 없다.

하지만 제일 큰 문제는 라파엘이 아니었다.

"유제아 의장! 바다 쪽을!"

번개 마법을 내리꽂으려 했던 건지, 높은 곳에서 날고 있던 나나엘이 날카롭게 외쳤다.

무슨 일인가 싶어 서해를 바라보자 달빛 아래 출렁이는 바다가 요동치고 있었다.

아니, 끓어오른다고 해야 할까?

바다 전체가 뒤집어 지는 것 같다는 느낌이다. 그러더니 물속에서 폭탄이라도 터진 듯 물보라가 솟아올랐다.

쿠우우웅!

그와 함께 어지간한 고래보다도 커 보이는 시커먼 그림자들이 수면 위로 솟아올랐다.

서해에 자리 잡은 해양 몬스터들이 몰려온 것이다. 자기 군주들을 닮아 하나 같이 기괴하게 생긴 형상이었다.

혼돈의 힘으로 뒤틀린 거대한 문어나 집게발이 수십 개나 달린 게 같은 생명체라고 할까?

문제는 그런 거대한 놈들만 나타난 게 아니라는 점이다.

놈들의 주위로 물고기 떼가 일제히 뛰는 것 같은 잔물결이 일더니, 수많은 해양 몬스터들이 튀어나왔다.

크기는 사람만한 것부터, 트럭 정도 되는 것들까지 다양하게 바글거렸다.

"바다에 있던 놈들이 다 몰려왔나!"

독립군주들이 만약의 사태를 대비해 소집해 놨던 게 틀림없다.

아마 라파엘이 못 미더워서 그랬겠지. 그런데 뜻밖의 습격을 받자 부랴부랴 부른 듯했다.

이에 아군의 대천사 몇이 당황한 모습을 보였고, 나는 얼른 소리쳤다.

"어차피 방어선 안으론 못 들어옵니다!"

시화방조제를 따라 대천사들이 오랜 세월 구축한 마법 방어는 간단히 부술 수 있는 게 아니다.

그건 마치 단단한 성문과도 같아 내부에서 열어주면 금방이지만, 밖에서 부수려면 쉽지 않다.

아무리 몰려왔어도 방어선 안쪽은 안전하다.

다만 문제가 있다면 현재 우리가 있는 곳은 방어선 밖이라는 것. 섬을 중앙으로 관통하는 도로를 따라 방어선이 설정돼 있다.

애초에 이 해변가가 방어선 밖이라 라파엘이 독립군주들과 만남의 장소로 정한 것이다.

이대로 어영부영 하다가는 자칫 큰일이 날 수 있었다. 우리엘이 그 점을 지적했다.

"물러나는 게 좋을지도 모르겠다. 놈들이 바로 반격에 나설지도 모른다!"

충분히 우려할 만한 바였다.

서해의 독립군주들이 기습에 우왕좌왕 하긴 했지만 자기들이 유리하단 걸 알면 반격할 테니까.

　금방 태세를 전환하는 건, 몬스터도 인간 못지않게 약삭빠르다.

"하지만 이대로는 라파엘을 놓친다고!"

"나 역시 모르는 바가 아니다. 유제아."

　가뜩이나 싸움을 포기하고 미꾸라지처럼 빠져나가던 라파엘이다. 서해의 몬스터들까지 떼로 나타났으니 잡을 방법이 요원해졌다. 우리엘도 그걸 깨달았는지 다소 허탈한 얼굴이다.

　하지만 그는 현실적으로 생각해야 한다고 충고해 왔다.

"나라고 지금 라파엘을 끝장내고 싶지 않은 게 아니다. 하지만 지금은 분노보다 현명함이 필요하다!"

"걱정 말라고. 우리엘. 이쪽도 대책 없이 공격한 건 아니니까."

　은밀한 기습을 위해 소수정예로 오긴 했지만, 당연히 예비대를 만들어 놨다.

　대천사란 각 군단의 수장이다.

　경호원도 없이 혼자만 돌아다니는 경우는 드물다.

"설마?"

"그래. 각 군단의 정예만 따로 대기시켜놨다고."

　문제는 여기서 정예병들을 출동시켜 전투를 벌일 거냐는 거다. 예상보다 상대 전력이 만만치 않아 보이니 사상자가 다수 발생할 터. 그걸 감수하고 라파엘을 잡아야 할지가 문제인데, 결론은 금방 나왔다.

"여기서 라파엘을 반드시 처리해야 합니다! 안 그러면 안산 사태가 얼마나 장기화될지 알 수 없어요!"

나나엘의 외침에 우리는 모두 동의했다. 뭣보다 라파엘을 이런 함정에 또 빠뜨릴 방법이 없었다. 우리엘의 배신이라는 최고의 카드를 쓴 이상 이번에 어떻게든 처리해야 한다.

모두 나나엘의 말에 동감했고, 즉각 작전대로 차원관문의 발동에 들어갔다.

본래 대규모로 차원관문을 여는 건 대단히 힘든 일이다.

일례로 몬스터 지역으로만 가도 차원관문은커녕 통신마법조차 제대로 작동 안 한다. 이래저래 제한사항이 많은 거다.

하지만 이곳은 방어선 바로 옆인 데다가 대천사가 잔뜩 몰려 있다. 힘을 합쳐 시전하면 대기 시켜놓은 병력을 부르는 건 충분히 가능했다.

구우우우웅!

마력이 요동치며 마치 거대한 엔진이 울리는 것 같은 소리가 났다.

그 기세가 엄청났기에 서해의 몬스터들도 움찔하는 모습이었다. 곧 어둠을 완전히 몰아내는 새하얀 빛이 작렬하며 여러 개의 차원관문이 열렸다. 그리고 그 안에서 대기하고 있던 각 천사 군단의 정예들이 쏟아져 나왔다.

"이야…!"

지켜보며 감탄하지 않을 수 없었다. 빛을 길게 늘어뜨리며 튀어나오는 천사들의 모습이 무척 장엄했기 때문이다.

차원관문을 통과한 그들은 마치 물에 빠진 것처럼 마력을 뒤집어썼고, 그 마력은 천사들의 움직임에 따라 찬란하게 발광하고 있었다. 마치 밤을 도화지로 삼아 수많은 빛의 선이 그려지는 것만 같았다.

이 압도적인 위용에 해양 몬스터 무리가 크게 술렁였다.

퀘에에에─!

크르르르르─!

불쾌감을 참지 못하고 내는 놈들의 울음소리가 시끄러웠다.

하지만 쉽사리 움직이지 않는다. 군주급들이 공격 명령을 내리지 않기 때문이다.

사실 양쪽에서 이리 병력이 몰려왔으니 당장이라도 한판 붙어야 할 테지만, 어느 쪽도 먼저 움직이지 않았다.

여기서 진 쪽은 복구하기 힘들 정도의 피해를 입을 테니 말이다.

딱 봐도 기세등등하던 서해의 독립군주들이 긴장한 기색이 역력했다. 그들은 기습에 분노했고, 반격하길 원했다.

하지만 차원관문으로 쏟아져 나온 천사와 헌터의 군세를 보고 망설이고 있었다.

그런 모습에 라파엘이 주변을 황급히 둘러보더니 빽 소리를 질렀다.

"뭐하는 거야! 이 멍청한 것들아! 저놈들이 완전히 진영을 갖추기 전에 쳐야지!"

한쪽 팔이 완전히 날아간 채로 빽빽거리는 그 모습은 어쩐지 한심해 보였다. 서해의 독립군주들이 전혀 호응해 주지 않았기 때문이다.

반면 이쪽은 갈수록 사기가 올랐다. 아직도 차원관문으로 병력이 나오고 있었기 때문이다.

천사들이 주로 들고 다니는 황동 나팔이 사방에 요란한 소리를 냈다. 그럴수록 이쪽의 함성도 커졌고, 서해의 몬스터는 주춤거렸다.

나는 이런 분위기 속에서 재빨리 독립군주들의 모습을 살폈다. 괴물의 외형이라 표정을 정확히 파악하긴 어렵다.

하지만 한 가지 확실한 건, 그들의 투쟁심이 깊은 바닷물처럼 차갑게 식어버린 게 틀림없었다.

이런 상황이라면 굳이 부딪칠 필요는 없었다. 이쪽은 라파엘만 확보하면 그만이니까.

나는 함부로 적을 공격하지 말라고 손을 들어 보인 뒤 앞으로 나섰다.

대천사들은 바로 내 의중을 알아채고는, 당장이라도 앞으로 날아갈 듯 들썩이는 수하들을 진정시켰다.

나는 재빨리 용건을 꺼냈다. 차분히 협상할 시간 따윈 없었으니까.

"간단하게 말하겠다! 라파엘을 넘겨라! 그렇게만 한다면 이 싸움을 피할 수 있다!"

그러자 당장 욕설이 되돌아왔다.

"지랄! 유제아! 닥쳐라!"

한데 발광하듯 소리친 건 라파엘 하나뿐이었다.

서해의 독립군주들은 발끈하기는커녕 자기들끼리 기괴한 언어로 재빨리 의논에 들어갔다.

당연히 그 모습에 라파엘이 분을 참지 못했다.

"이런 축축하고 멍청한 놈들! 저딴 간단한 수작에 넘어갈 거냐! 당장 몰아쳐! 그게 유일한 답이니까!"

하지만 돌아오는 답은 없었다. 오히려 독립군주들 사이에서 불온한 공기가 감돌더니 라파엘의 일행을 둘러싸기 시작했다.

하나 밖에 안 남은 언데드 군주급 몬스터와 라파엘을 해양 몬스터들이 감쌌다.

이에 라파엘이 발작했다.

"생각을 하라고! 생각을! 지금 저딴 요구가 말이 된다고 보냐!"

흥분한 라파엘과 다르게 서해의 독립군주들은 차분했다. 빠르게 계산을 마친 모양이다.

놈들의 리더로 보이는 군소를 닮은 독립군주가 라파엘에게 차갑게 답했다.

"생각을 하니까 이런 결론에 도달한 게 아닌가. 라파엘."

"뭐라! 이 축축한 놈이!"

자신을 둘러싼 음험한 분위기에 라파엘이 털을 곤두세운 고양이처럼 반응했다.

하나 남은 언데드 군주급 몬스터가 라파엘을 지키고자 했지만 중과부적이다.

이미 주변을 해양 몬스터들이 완벽히 둘러쌌으니까. 나는 이런 놈들의 태도에 내심 감탄했다.

독립군주 놈들은 즉각 상황을 파악하고 라파엘을 붙잡으려는 것이다. 저런 약아빠진 태도를 보니 왜 나름대로 서해 바다에서 한 자리 차지하고 있는지 알 것 같다.

놈들은 아마 다친 라파엘을 확보한 뒤 우리와 협상하려는 것 같았다. 양 진영이 살벌하게 대립하고 있는 상황이니 그게 유리하단 판단이겠지.

그게 아니라, 우리 쪽과 싸우거나 후퇴하는 방향을 택한다고 해도 라파엘을 붙잡는 건 나쁘지 않은 판단이다.

곤경에 빠진 대천사를 협박하거나 구슬려 볼 수 있을 거다. 궁지에 몰린 라파엘은 더 이상 대등한 교섭 대상이 아니지.

물론 내 입장에선 원만하게 교섭해서 라파엘을 받아내는 게 제일 좋은 일이다.

아무래도 군소를 닮은 저쪽 대장이 나랑 얘기를 할 생각인 것 같으니 기대를 걸어봐야겠군.

잠시 기다리자 대화를 위한 분위기가 형성되었다. 양 진영의 수선스러운 분위기가 잦아들고는 서로를 노려보기만 한다.

병력들은 흥분을 가라앉히고 일단 지휘관의 결정을 기다리고 있었다.

이 상황이 마음에 안 드는 듯 라파엘이 빼액 거리긴 했지만, 그의 마지막 남은 경호원인 언데드 군주급 몬스터가 제압되자 입을 다물었다.

서해의 독립군주들이 몸소 실력 행사에 나섰던 것이다. 팔이 날아가는 중상을 입은 채 그들에게 둘러싸이자 아무리 라파엘이라도 마음대로 떠들 수가 없었다.

"빌어먹을! 빌어먹을!"

끊임없이 투덜거리는 소리가 들리긴 했지만 모두 그걸 무시했다. 이렇게 상황이 정리되자 군소를 닮은 적의 대장이 앞으로 나섰다.

"대화를 원한다. 누가 그대들을 대표하나?"

그 말에 천사 진영의 모두가 당연하다는 듯 날 쳐다봤다. 나는 고개를 끄덕이며 답했다.

"유제아 의장이다. 협상을 원한다면 나와 얘기하면 된다."

"그대가 유제아란 인간인가…? 요즘 그대의 이름이 바닷속까지 시끄럽더군. 좋다. 대화의 상대로 부족함이 없겠지."

상대가 대화를 받아들이자 나는 대뜸 요구에 나섰다.

"라파엘의 신병을 이쪽으로 넘기도록. 그렇게 하면 전투를 피할 수 있을 거다. 오늘 이 소란에도 불구하고 안전하게 돌아가도록 해주지."

내 말에 군소를 닮은 독립군주는 물이 부글부글 끓는 듯한 소리를 냈다.

뉘앙스상 웃음을 터뜨린 듯하다.

매끈매끈하고 끈적여 보이는 그의 거대한 살덩이가 출렁였다.

"듣기로 유제아란 인간이 아주 뻔뻔하다고 하더니 소문이 틀린 바가 없군."

그 말에 나는 어깨를 으쓱일 수밖에 없었다.

"꽤 정확한 소문인가 보네."

"변죽을 울리는 것은 그쯤이면 됐다. 유제아 의장. 진짜 거래를 하지. 그딴 요구는 안 먹힌다는 걸 이미 알고 있을 텐데."

협상은 라파엘을 붙잡은 저쪽이 유리한 게 사실이다. 게다가 놈들은 이 자리에서 전면전을 벌여 승리할 필요는 없다.

라파엘을 확보한 채 적당히 싸우다 바다로 퇴각해도 그만. 희생이 나기야 하겠지만 내 일방적인 요구를 들어주는 것보단 훨씬 나은 선택이다.

그걸 잘 알기에 군소를 닮은 독립군주는 자기 의지를 관철시키려는 것 같았다.

나는 고개를 끄덕였다.

"좋아. 요구 조건을 들어보지. 그전에 축축한 것들을 대표하는 그쪽의 이름은 뭐지?"

"축축한 것이란 모멸적인 칭호는 그만두도록. 이 몸은 일곱 개 갯벌과 황해의 지배자이며, 모든 바다괴물에게 존경받는 존재이다."

뭔가 되게 거창하네.

사실 독립군주라고 해봐야 왕의 시선을 피해 도망친 주제에 불과할 뿐인데.

하지만 원활한 협상을 위해 그걸 입 밖에 내진 않았다.

인간이든, 천사든, 몬스터든, 누구에게나 현실은 아픈 법이니까.

"그래, 그래서 이름이 뭐냐고?"

"이 몸은 대양의 지배자 @#$*&#$다!"

상대는 뭔가 자긍심 가득한 외침을 해왔지만 나는 알아들을 수 없었다.

몬스터의 언어가 괴이하긴 하나 바다 놈들은 한층 더했다. 마치 물을 부글부글 끓는 듯한 발음이라 입으로 흉내도 못 내겠다.

"대양의 지배자… 뭐라고…?"

인상을 살짝 찌푸리며 되묻자 상대가 또 이상한 소리로 웃어댔다.

"인간의 짧은 혀로는 발음하기 어렵겠지. 이해할 테니 그냥 대양의 지배자라고 부르도록."

"……."

대양은 무슨 놈의 대양. 서해 바다 일부만 점거한 주제에.

"아무튼, 대양의 지배자 양반. 요구 사항이 뭔가?"

"시화방조제를 열어다오. 방어진을 해체해서 우리가 안으로 들어올 수 있도록 하라."

"라파엘과 논의하던 그건가? 어림없는 제안인데. 시화호에 이어진 하천을 타고 오르면 바로 안산의 시가지라고. 인간의 심장부를 네놈들에게 개방하라니, 무슨 말도 안 되는 소리야?"

당장 듣고 있던 천사와 헌터들이 야유를 터뜨렸다. 당장 여기서 전투를 벌이더라도 들어줄 수 없는 요구였기 때문이다.

그럼에도 자칭 대양의 지배자는 차분했다.

"오해하지 마라. 시화호를 거점으로 인간의 도시를 침공할 생각은 없으니까."

"아니, 그게 아니라면 대체 왜 멀쩡한 서해바다 놔두고, 좁은 시화호로 기어들어오려는 건데?"

"우리는 침공이 아니라, 스스로의 안전을 위한 거처가 필요할 뿐이다."

"그게 무슨 황당한…. 아니, 설마…?"

그때 퍼뜩 뭔가 떠오르는 게 있었다. 대양의 지배자는 동의하듯 자신의 이마에 돋은 촉수를 까딱거렸다.

"눈치 챘나 보군. 우리는 왕으로부터 자신을 지키고자 한다. 그러기 위해선 방어선 안쪽의 시호화가 필요다."

나는 새삼 독립군주들의 처지를 실감하게 됐다.

이들은 완전히 몬스터의 진영에서 독립한 존재가 아니다. 그저 탈영병일 뿐이다.

몬스터의 왕이 메타트론에게 기습당해 쓰러진 뒤, 놈의 지배력에는 문제가 생겼다.

그렇기에 이 오랜 싸움에 진력을 낸 이탈자들이 생겼고, 그게 강원도나 서해에 있는 독립군주들이다.

나는 여기서 중요한 물음을 떠올려 볼 수 있었다.

"…왕이 거의 회복한 건가?"

"그렇다. 우리 모두에게 좋은 이야기는 아니지."

주변이 대번에 술렁였다.

왕이 회복했다니. 그건 다시 대전쟁이 시작될 것임을 예고하는 일이기도 했다.

"확실한 건가? 그거?"

"사실 소문만 무성하지. 하지만 군주급 몬스터로서 왕의 기운을 느낄 수는 있다. 그가 다시 일어서려 하는 건 확실하다."

왕이 본래의 실력을 회복하면 더 이상 독립군주란 위치는 존재할 수 없다. 왕의 부름에 모두 응해야 하기 때문이다.

하지만 서해에서 이미 자리를 잡은 그들은 그걸 피하고 싶은 것이었다.

"이제야 말이 되는군. 왜 바다에서 잘 먹고 잘사는 놈들이 안산을 침공하려는 건가 싶었다."

"그건 관심도 없고, 말도 안 되는 소리다. 우리는 물속에서 지내도록 특화돼 있다. 바다에서는 무적이나, 육지로 나가 싸운다면 그대들의 상대가 되지 못한다."

대양의 지배자는 이런 이유 때문에 방조제를 따라 만들어진 마법을 해제하긴 원하지 않았다. 그저 시호화를 근거지로 삼아 필요할 때마다 서해로 드나들고자 한다는 것.

"방어진 안쪽에 있으면 왕의 지배력을 피할 수 있는 건가?"

"완벽하진 않다. 약한 개체들이라면 부름에 저항할 수 없을 터. 하지만 대부분은 버틸 수 있을 것이다."

우리가 몬스터 지역으로 가면 통신 마법이나 차원 관문 같은 걸 못 쓰는 것처럼, 저들 역시 이쪽에선 힘이 제한된다. 왕의 지배력도 방어선 안쪽으론 제대로 전달이 안 된다는 얘기다.

"살아남으려 안간힘을 쓰는군."

"비웃으려면 비웃어라. 유제아 의장. 하지만 우리에겐 선택의 여지가 없다. 그리고 네놈들에게 나쁜 얘기는 아닐 터. 우리가 부름에 응하게 되면 결국 왕의 충실한 병사들이 된다. 그리고 그 칼끝이 어디로 향할지 자명하지."

"확실히…."

대전쟁이 시작되면 왕이 서해바다의 몬스터를 내버려 둘 리가 없다. 마치 해병대처럼 상륙해 올 녀석들은 골칫거리가 될 게 뻔하다.

만약 여기서 제안을 받아들여 부름을 차단한다면, 미래의 왕이 쓸 병력을 줄이는 셈이 된다.

물론 한 가지는 명확히 해야 했다.

"대양의 지배자, 네 제안을 받아들인다고 해도 허락할 수 있는 건 시화호까지다. 연결된 하천을 타고 도시 방향으로 들어오는 건 절대로 불가해. 만약 그런 일이 벌어질 바에는 그냥 적으로 싸우는 게 훨씬 낫단 말이야."

"당연하다. 너희가 그런 일을 막기 위해 필요한 조치를 취한다면 협조할 의향이 있다."

그 말에 나는 재빨리 머리를 굴렸다. 이놈들이 인간의 거주 지역으로 오지 못하게 하려면 새로 방어선을 만들어야 한다.

시화호 안쪽의 하천으로 통하는 길목과, 여타 놈들이 뭍으로 오를 만한 곳을 막는 것이다.

즉, 이중의 방어선이 생기는 셈이다.

이거 비용이 만만치 않겠는데.

결국 이런 판단의 핵심 요소는 시간과 예산이라 하겠다.

하지만 결론은 명확했다.

새로운 방어선을 구축하는데 예산을 들이더라도, 여기서 라파엘을 넘겨받고 서해의 독립군주들과 화친을 맺는 게 이득이다.

이들이 대전쟁에서 빠지기만 해도 큰 이득이니까.

만약 필요한 비용을 지출하지 않는다고 하면, 결국 남는 건 싸움뿐이지.

차라리 돈을 발라서 해결할 수 있으면 더 좋은 일이 아니겠는가.

나는 이 문제를 긍정적으로 바라보게 됐다.

"나쁘지 않다고 판단된다. 대천사들과 상의해 보고 며칠 안에 답을 주겠다."

"그럴 수 없다. 지금 당장 결정을 내려라. 유제아 의장."

"지금 당장? 이런 결정을?"

"요즘 같은 때는 빠른 결정만이 살 길을 마련해 주지. 만약 지금 결정하지 않겠다면 이 짜증나는 놈은 우리가 데려가겠다."

태양의 지배자는 촉수 하나를 길게 뻗더니 어느새 포박되어 있는 라파엘의 머리를 툭툭 건드렸다.

"이 더러운 거 치워!"

라파엘은 신경질적으로 반응했지만, 할 수 있는 일은 없어 보였다. 이미 온몸이 해파리 같이 끈적이는 걸로 칭칭 묶여 있는 상태. 고고한 녀석의 꼴이 아주 볼 만했다.

아무리 성질이 개차반이라고 해도 이 정도 상황에선 어쩔 수 없었다.

상대의 태도를 보니까 허세를 부리는 것 같지는 않다. 정말 바로 결정을 원하고 있었다.

"태양의 지배자라 하더니 성질은 급하군."

"넓은 곳을 다스리려면 바쁘게 움직일 필요가 있는 법이다."

"……."

생각보다 입담이 있는 녀석이 아닌가. 전에 즈굴도 그렇고, 이 녀석들 언변술에 관한 기본 소양이 군주급의 조건이기라도 한 걸까? 나는 다소 불만 어린 표정을 지어 보이고는 잠깐 시간을 달라고 했다.

"대천사들과 상의해 보겠다."

"서두르도록. 밤은 길지 않으니까. 다들 신경이 곤두서 있다."

나는 일단 물러나서 대천사를 불러모았다. 그리고 방금 제시받은 조건에 대해 논의했다.

이에 대해 대천사 자르키엘은 난색을 보였다.

"고려할 만한 이야기입니다. 하지만 바로 결정하라니요? 시간이 필요합니다."

매사 신중한 자르키엘에겐 지금 상황이 달갑지 않은 듯했다. 그는 대천사 중 가장 음흉한 책략가인데, 자신의 통제를 벗어날 수 있는 이런 상황 자체를 싫어했다.

숙고하고 갖은 경우의 수를 파악한 뒤에 결정하길 원한다고 해야 할까.

반면 용기의 대천사 나나엘은 빠른 결단을 내렸다.

"전쟁은 매순간 승패를 가를 결정의 연속입니다. 지금 우리는 싸움터의 한가운데에 있으니 지체 없이 판단해야 합니다."

이에 자르키엘이 반발했다.

"이번 일은 앞으로 지대한 영향을 줄 것입니다. 나나엘이여."

"그렇기에 더욱 확고하고 빠른 결정이 필요하다고 생각해요. 자르키엘."

이어서 다른 대천사들도 의견을 내놓기 시작했는데, 앞서 말한 둘의 대립과 별다른 차이가 없었다.

결국 내가 결단을 내려야 할 것 같았다. 사실 따지고 보면 여기 각 파벌의 수장이라 할 만한 대천사도 없다.

미카엘라만 옆에 있었어도 의지가 될 것 같은데 말이지. 날 향하는 시선을 보며 생각에 잠겨 있자 철심장 쿠니엘이 슬그머니 말해왔다.

"유제아… 결단을 내리지 못하는 사람은 약한 사람이야…. 반면 너는 강한 사람이지. 그에 맞게… 행동해."

"그래, 알았어."

철심장 쿠니엘은 복귀 후 공식적인 서열이 없긴 하지만, 여기 있는 대천사 중 가장 권위가 있다.

그런 쿠니엘이 저리 말한 이상 내 결정에 대한 반대는 나오지 않을 터. 이런 정치적 기류에 민감한 자르키엘은 입을 다물었다.

그는 처세술의 달인이며 손실에 민감하다. 자기 의견을 관철하는 것보다 그냥 따르는 게 이롭다고 여긴 거겠지.

나는 내게 주어진 짧은 시간 동안 숙고했다. 그리고 결단을 내렸다.

"상대의 요구를 수용하고 라파엘을 받겠습니다."

기립한 채 듣고 있던 대천사들이 저마다의 표정을 지었다. 서로 의견이 다르기 때문이다. 하지만 일단 결정이 내려지자 다들 신속히 받아들였다.

"예산을 어찌 편성할지 고민해 봐야겠군요."

자르키엘은 이제 어떤 식으로 시화호 안쪽의 방어선을 설정할지 고민하는 기색이다.

반면 나나엘은 콧김을 내뿜으며 자신의 보검을 든 채로 앞으로 나섰다. 당장이라도 라파엘을 인계받겠다는 태도였다.

나는 나나엘과 나란히 걸으며 살짝 말했다.

"놈이 마음에 안 드는 건 알겠는데, 혹여나 베어버리면 곤란해. 어떻게 처리할지는 회의를 거쳐야 한다고."

"세상에. 저를 뭐로 생각하시는 건가요? 유제아 의장님. 저는 대천사임에도 당신을 섬기기로 했답니다. 당연히 의장님의 뜻이 우선이에요."

충성심 가득하면서도 다소 삐친 기색이 느껴지는 말투에 나는 살짝 웃었다.

"고맙군. 나나엘."

그렇게 우리가 나란히 걸어가 앞에 서자 묵묵히 기다리고 있던 대양의 지배자가 물어왔다.

"결정은 내렸나? 유제아 의장."

막 대답을 하려는데 붙들려 있던 라파엘이 다시 한 번 빼액했다.

"씨바아알! 이 축축한 새끼야. 정신 차려! 저딴 사기꾼 같은 놈이랑 손잡을 생각하지 말고."

눈이 벌겋게 되어서는 구속을 풀려고 발버둥을 친다. 나는 눈살을 찌푸리며 어떻게 좀 안 되냐는 듯 손짓을 했다. 그러자 대양의 지배자는 몸 뒤쪽에 있는 촉수를 몇 가닥 라파엘에게 뻗었다.

"뭐야! 시발! 이건 또 무슨 개짓거리야!"

촉수들은 악을 쓰는 라파엘의 주둥이를 억지로 벌렸다. 라파엘은 다가온 촉수들이 극히 혐오스럽다는 표정을 고개를 돌리려 했다. 그러나 몸이 구속된 상태인 데다가 달려든 촉수가 많아서 별 소용이 없었다.

금방 입이 벌어질 라파엘을 향해 굵직한 관 같은 촉수가 뻗어갔다. 그리고는 그 촉수가 라파엘의 입에 파고들더니 꿀렁꿀렁하기 시작했다.

촉수의 안쪽으로 덩어리 같은 게 이동한다. 그리고 그게 라파엘의 입안에 잔뜩 넣어지는 것이다.

참 기괴한 광경이다.

열받은 라파엘이 이빨로 깨물려고 했지만 소용없었다. 입안을 가득 채우는 괴상한 물체에 금세 토할 것처럼 얼굴이 파랗게 질렸다. 그리고 곧 촉수가 떨어지자 라파엘의 입에서 슬라임처럼 끈적이는 검은 무언가가 와르르 쏟아져 내렸다.

그것은 점성이 대단한 듯 라파엘은 입을 제대로 벌리지도 못했다. 입을 봉한다는 확실한 이 결과는 만족할 만했지만, 나는 드물게 라파엘을 향한 동정을 감추지 못한 채 대양의 지배자에게 물었다.

"대체 뭘 입안에 집어넣은 거지?"

"이 몸의 똥이다."

"뭐…??"

"끈적거리기에 적당하다 여겼다. 물론 상대를 능욕하기에도 괜찮지."

"세상에…."

하면 아까 관 같은 촉수는 배설물을 내보내는 기관이란 소리인가. 그걸 라파엘의 입에 쳐넣었고.

나를 비롯한 아군 모두는 경악을 금치 못하겠다는 표정이 됐다.

점잔빼던 대천사들조차 눈이 휘둥그레진 걸 감추지 못한다. 라파엘 본인 역시 그 소리를 듣고는 꺽꺽거리더니 곧 흰자위를 드러낸 채 고개가 옆으로 꺾였다.

자기 입에 몬스터 똥이 가득 들어찼다는 사실에 격분해서 기절한 모양이다. 놈의 입가로 더러운 똥이 처연하게 주르르 흘러내렸다. 살면서 이런 경험은 처음이겠지.

"효과는 확실하네…."

나는 뭐라 말할 수 없는 심경이 되어 그리 중얼거릴 수밖에 없었다.

반면 대양의 지배자는 대수로울 것 없단 태도로 협상을 재촉했다.

"어찌할 것인가? 유제아 의장."

"원하는 바를 수용하겠다. 시화호 일대를 너희 근거지로 삼는 걸 허락하지. 대신 라파엘은 지금 바로 받겠다."

"좋군!"

대양의 지배자는 기쁜 듯 온몸에 돋아난 촉수를 바짝 세웠다. 상황을 지켜보고 있던 다른 독립군주들도 들썩이는 기색이다.

탈주한 그들에게 왕의 부름은 여간 두려운 게 아닌 것 같다. 대피할 구석이 생기니 안도할 수밖에.

동시에 주변을 가득 채웠던 긴장감도 느슨해졌다. 독이 바짝 올랐던 것 같은 몬스터들도 다소 여유로운 기색이 됐다.

"마법적인 계약에 관해선 여기 우리쪽 대천사들과 얘기하도록."

그 뒤, 다소 지루한 시간이 이어졌다. 양쪽의 조건을 조율해 계약 마법을 체결하는 과정이었기 때문이다. 굵직한 내용만 협의했는데도 시간이 꽤 걸렸다.

디테일한 부분은 실무진이 차후 논의해야 할 터. 그러는 사이 나는 라파엘을 인계받았다.

"윽!"

보자마자 나는 기겁을 했다. 그렇게 붙잡고 싶었던 녀석인데 입에서 오물을 줄줄 흘리고 있는 꼴을 보니 손도 대고 싶지 않았다.

"라파엘…, 진짜 개똥 같은 처지로군."

나는 휘하의 천사들에게 얼른 데려가라고 손만 휘휘 저었다.

4. 머리 자르기

새로운 소식이 대한민국을 강타했다. 안산 사태를 일으킨 주범인 라파엘이 지난밤 붙잡혔다는 것.

당연히 언론에서 기민하게 반응했다.

-뉴스 속보를 알려드립니다. 어젯밤 시화호 일대에서 전투가 있었고, 라파엘 클랜의 수장인 대천사 라파엘이 체포됐다고 합니다. 김성수 기자, 자세한 이야기를 들을 수 있을까요?

-네, 말씀하신 대로 대천사 라파엘이 체포됐다고 합니다. 어제 작전은 유제아 의장의 주도로 이뤄졌다고 하는데요. 지금 붙잡힌 라파엘을 어찌 처리할지가 초유의 관심사로 떠오르고 있습니다.

나는 회의실에서 홀로 앉아 TV를 보는 중이다. 뉴스는 우리 쪽에서 보낸 보도자료를 기반으로 내용을 전달하고 있었다.

저건 아까까지 한창 회의를 한 결과물이었다.

당연히 시화호를 서해의 독립군주들에게 내어주기로 했다는 등의 이야기는 나오지 않았다.

조만간 밝혀야 할 내용이긴 하지만 아직은 시기상조랄까. 본래 충격적인 소식은 기간을 두고 알리는 게 아무래도 낫지.

라파엘 확보에 이어 서해 독립군주의 시화호 주둔까지 연이어 발표하면 여론은 혼돈의 도가니로 빠져들 거다.

일단은 완급을 조정하기로 했다.

"쓰다듬을 스이엘이 없으니 영 심심하네……."

나는 품에 끼고 만질 작은 분홍머리가 없다는 사실에 통탄했다. 어느새 대천사들과 함께하는 삶에 너무 익숙해져 버렸던 것 같다.

동시에 가브리엘을 지원하러 간 미카엘라와 스이엘이 걱정되기 시작했다.

라파엘을 잡은 후에도 회의니, 후속 조치니, 해서 정신이 없었지만, 시간을 내서 그쪽 상황을 물었다.

다행히 유리하다고 한다.

본래 바라카엘 클랜과 가브리엘 클랜이 호각을 이루고 있던 중에 미카엘라와 스이엘이 끼어든 것이다.

당연히 아군 쪽으로 전세가 기울 수밖에. 다만 문제가 있다면 시간이다.

강북 최대의 골칫거리인 '오만의 군주' 즈굴과 '죽음에서 돌아온 자' 칼두두가 군세를 이끌고 성남 방향으로 남하하고 있으니 말이다.

놈들의 진군을 저지하기 위해 별동대가 투입되는 등 최선을 다하고 있지만, 벌 수 있는 시간은 많지 않을 듯하다.

그전에 미카엘라가 바라카엘 클랜을 정리하는데 성공해야만 했다.

내 마음 같아서야 당장이라도 도움을 주러 가고 싶지만, 아직 안산 사태가 해결되지 않았으니 움직일 수가 없다.

라파엘을 잡긴 했으나 잔당들은 여전했기 때문이다. 신新 수도인 안산은 대한민국의 중핵. 서둘러 이 문제를 해결해야만 한다.

지금은 안달하지 말고 각자 맡은 일 처리하는 게 최선이었다.

"유제아 의장님."

그때 맑은 목소리가 내 상념을 깼다. 차갑고 고운 음성이 마치 깊은 산속에 시린 샘물을 떠올리게 했다.

TV를 보던 고개를 돌려보니 대천사 나나엘이었다. 손에 커피를 한 잔 든 모습이다. 그녀는 도도한 발걸음으로 다가오더니 내 옆에 커피잔을 내려놓았다.

"드십시오. 앞으로 며칠간은 잠도 못 잘 테니까. 15분 뒤에 라파엘 클랜과 협상이 시작될 예정입니다."

지금은 아주 짧은 휴식 중이었다. 회의실을 비운 대천사와 각 클랜의 대표 위원들도 금세 돌아올 예정이다.

"고마워. 나나엘."

요즘 나나엘은 옛 모습을 완전히 되찾았다. 늘 깊은 우울함에 휩싸여 있던 그녀는 용기의 대천사라는 명칭에 어울리는 모습이 됐다.

다만 천성이 그런지 평상시에는 차분하고 별로 표정이 없다. 전장에서 발키리처럼 소리를 지르는 모습과는 완전 달랐다.

그래도 나는 나나엘에게 그런 태도도 잘 어울린다고 생각했다.

섬세한 얼굴과 긴 속눈썹, 차분하고 앙다문 입술은 그녀 특유의 분위기와 잘 맞았기 때문이다.

혼자 그런 생각을 하는데 나나엘이 생각지도 못한 소리를 했다.

"쓰다듬을 게 필요합니까?"

갑작스러운 얘기에 하마터면 커피를 뿜을 뻔했다.

"뭐, 뭣?"

뭔소리냐는 듯 눈을 크게 뜨고 쳐다보자 나나엘은 태연하게 대꾸해왔다.

"아까 혼잣말을 하지 않았습니까?"

"물론 그렇긴 했지만…."

"평소에 귀여운 여자의 머리를 쓰다듬는 걸 좋아하는 걸 알고 있습니다."

"틀린 말은 아닌데…."

정확히 말하자면 자그마한 깜찍이 스이엘을 품에 안고 쓰다듬길 좋아하는 거다.

물론 스이엘이 귀엽다는 건 맞는 말이지만 대체 그건 갑자기 왜?

아연실색하는데 나나엘은 뻔뻔한 얼굴로 말을 이어갔다.

"참고하시라고 말씀드리자면, 저 역시 귀여운 여자입니다."

"헛…."

순간 말문이 멎었다. 설마 스스를 가리켜 저리 말할 줄이야. 물론 미려한 그녀의 모습에 귀여움도 있긴 하겠지. 하지만 저렇게 한 점의 의심도 없이 확신에 가까운 표정으로 말해오면 뭐라 답해야 할지 모르겠네.

"잠시 시간이 있으니 의장님께 도움이 되고 싶습니다."

나나엘은 내 옆에 다소곳이 무릎을 꿇고 앉았다. 그리고 허리를 꽃꽂히 세우더니 고운 금발머리를 내밀었다.

"자, 부디."

뭐라 답해야 할지 모르겠네. 수라장과 같은 난국을 헤쳐온 나지만 지금만큼은 말문이 막혔다.

이런 내 모습에 나나엘은 혼자 뭔가 납득한 듯 고개를 끄덕였다.

"이대론 의욕이 나지 않으시나 보군요. 하면 방법이 있습니다."

나나엘은 갑자기 마법을 부리더니 뭔가를 소환해서 머리에 썼다. 놀랍게도 그건 고양이 귀 모양의 머리띠였다. 그리고는 나나엘은 자신의 주먹을 고양이 앞발처럼 가슴 앞으로 세웠다.

"애교를 부려드리겠습니다. 야옹? 자, 사양하지 않으셔도 괜찮습니다."

나는 도저히 눈앞의 상황을 도저히 믿을 수 없었다. 이런 현실이 정말로 존재한다는 말인가?

그 고고한, 차가운 도시여자 같은 대천사 나나엘이 고양이 귀를 한 채로 애교를 부리는 중이라고?

황망해 하면서도 나는 자신도 모르게 손을 앞으로 뻗고 있음을 깨달았다.

뭔가 거대한 힘이 밋대로 내 손을 조종하는 것만 같다.

"아냐, 이럴 수는 없어."

나는 주인의 의지에 반해 나나엘의 머리로 향하려는 자신의 손을 통제하기 위해 안간힘을 썼다.

귀여운 꼬마 스이엘도 아니고 저렇게 한껏 성숙한 여성의 머리를 쓰담쓰담 한다니. 뭔가 이건 범죄이며, 해선 안 되는 일이란 생

각이 든 것이다.

하지만 저 블론드 머리는 너무 곱고 기분 좋아 보이는데.

아, 어떻게 한담?

그러던 중 메타트론의 얼굴이 머릿속에 떠올랐다. 그녀는 다소 화난 얼굴로 '야한 건 안 돼!'라고 말하고 있었다.

이게 야한 거는 아니긴 했지만 나는 이번만큼은 마음 속 메론이의 조언을 따르기로 했다.

"성의는 고맙지만… 거절하겠다. 나나엘."

"어째서입니까? 제가 이렇게 귀여운데?"

"…유혹을 이겨내는 것이야말로 훌륭한 일이기 때문이다."

아무거나 내뱉는 내 말에 나나엘은 고개를 도리도리 저으면서, 역시 되는 대로 대꾸했다.

"아닙니다. 유혹에 굴복하는 것이야말로 가장 만족스러운 일이 아닐까요?"

어째서인지 목소리가 아주 고혹적이었다. 달콤한 속삭임이 내 뇌를 프라이팬에 올라간 버터처럼 사르르 녹이는 것만 같았다.

"그런 건가?"

반쯤 유혹에 넘어가자 내 머릿속에서 경고를 날리며 부산히 날아다니던 메론이는 온데간데 없어졌다.

나는 이제 망설일 필요 없단 생각이 들었다. 그리고는 여우에게 홀린 듯 멍하게 나나엘의 머리로 손바닥을 가져갔다.

그렇게 나나엘이 스이엘의 자리를 꿰차려던 그때.

회의실 문이 벌컥 열리며 다양한 목소리가 들려왔다.

"시간이 됐군요."

"마저 회의를 이어가죠. 라파엘 클랜 놈들을 어서 처리해야 합니다."

"뉴스는 보셨습니까?"

"아, 네. 일단 이쪽이 알려준 대로 하더군요."

휴식시간 동안 저마다의 일처리를 하러 갔던 대천사들과 각 클랜의 위원들이 돌아온 것이다.

이에 나는 빛의 속도로 손을 뒤로 뺐다. 그리고는 점잖게 아무 일도 없었던 척 자세를 취했다.

깍지낀 두 손으로 얼굴 앞을 반쯤 가린, 무언가 높은 양반이 깊은 고민을 하는 포즈였다.

음, 완벽하다.

슬쩍 옆에 있는 나나엘을 보니 그녀는 더했다. 고양이 귀는 감쪽같이 사라지고 더없이 단정한 모습이다. 내 옆에 서 있는 모습이 마치 부관직을 수행하는 군인을 떠올렸다.

다행이다. 뭔가 이상함을 눈치챈 자는 없는 듯했다. 다만 이어진 물음에는 움찔할 수밖에 없었다.

"유제아 의장님. 피곤하신가 보군요. 식은땀을 흘리는 걸 보니."

대천사 자르키엘이 그리 물어왔다. 이 교활한 대천사는 관찰력도 우수했다. 다만 말에 뼈가 있는 것 같지는 않은 게 앞선 상황을 눈치 채지 못한 듯하다.

"괜찮습니다. 다들 고생 중이지 않습니까?"

나는 다소 안심하며 답했는데 옆에서 뭔가 찌르는 듯한 따가운 시선이 느껴졌다.

뭔가 싶어 보니 철심장 쿠니엘이 드물게 인상을 찌푸리고 있었다. 철심장이란 이름대로 기계화된 그녀는 감정을 드러내는 일이 거의 없다.

감정이란 게 대부분 거세됐기 때문. 한데 지금만큼은 누가 봐도 화난 기색이다.

순간 나는 가슴이 털컥했다.

어쩌면 시간을 조종하는 그녀 특유의 능력 탓을 상황을 알아챈 것인가?

내 아무리 극속으로 움직였어도 쿠니엘의 능력이면 느리게 보일 수도 있다.

"크으으릉…."

뭔가 기괴한 소리를 내며 이쪽을 째려보는데, 마치 성난 개가 으르렁대는 것만 같다. 감정이 미약한 쿠니엘에게선 난생처음 보는 표정이다.

"유제아…."

곧 얼음장처럼 차가운 목소리가 날 불렀다. 하지만 마찬가지로 예리하게 날이 선 목소리가 그걸 끊었다.

"협상 시간입니다."

나나엘은 그리 말하더니 회의실 이곳저곳에 있는 모니터를 동시에 켰다.

이제 잠시 뒤면 라파엘 클랜쪽의 대표와 회선이 연결될 터. 쿠니엘은 불만 어린 표정을 지었지만 더 나서지 않고는 입을 다물었다.

"연결합니다."

이윽고 화면에 라파엘 클랜쪽 천사 둘의 얼굴이 떴다. 그들은 껄렁껄렁한 태도로 인사해 왔다.

"안녕하십니까! 높으신 분들."

"잡혀간 우리 수장님은 아직 모가지가 붙어 있습니까? 크흐흐. 그래도 같은 대천사인데 밥은 먹이고 그러시죠? 그 양반 생긴 건 그래도 국밥 좋아합니다. 국밥."

그들의 불손한 태도에 회의석에 앉아 있던 자들의 얼굴을 찡그렸다.

나는 놈들에게 한 소리할까 하다가 그만뒀다. 지 주인을 닮아서 예의는 진작 갔다 버린 듯했으니까.

"아직 붙어있지. 불행하게도 말이야. 협상에 나선 너희 둘의 이름은 뭔가?"

"어이쿠! 이거 유명하신 유제아 의장님이군요. 제가 결례를 범했습니다. 이 미천한 것이 얼른 자기 소개부터 박았어야 했는데. 저는 라헬이라고 합니다! 그리고 옆에 있는 이 친구는 라팔이죠."

라헬은 타는 듯한 붉은 머리를 가진 천사였다. 옆에 있는 라팔은 대조적인 푸른 머리를 갖고 있었다. 그리고 보니 들어본 적이 있는 이름이다.

분명 라파엘 클랜의 실세로 통하는 녀석들이었지.

"라헬과 라팔이라. 라파엘 클랜에서 제일간다는 사고뭉치들께서 나서셨군."

"저희가 그리 알려져 있습니까? 영광입니다. 유제아 의장님.

킥킥."

"잡소리는 이만하지. 투항을 권유하겠다. 우리가 라파엘을 잡고 있는 이상 너희에겐 답이 없다."

대천사는 특별한 존재다. 휘하의 많은 클랜원들에게 권능을 내려주니까. 막말로 라파엘이 힘을 끊어버리면, 헌터들은 그냥 평범한 인간으로 전락하고 만다.

물론 휘하의 천사는 다르다. 그들 역시 라파엘에게 힘을 빌려오곤 있지만, 천사인 이상 본인의 능력이 있다. 그래도 라파엘에게 지원이 끊기면 전력이 급감하는 건 어쩔 수 없는 일.

그래서 나는 이런 부분을 이용해 협상하려 했다.

"우리는 라파엘이 너희에게 힘을 내리는 걸 차단할 작정이다. 이제 더 버틸 수 없을 테니 얌전히 정전에 응하도록. 비록 죄가 괘씸하나 최대한 선처하겠다."

나름 합리적인 제안이라 할 수 있었다. 하지만 라파엘 클랜원들은 이쪽 생각보다 훨씬 또라이였다.

라헬이란 녀석이 마치 광대처럼 웃더니 답했다.

"선처 같은 걸 바랐으면 이런 삽질을 애초에 했으면 안 됐죠. 낄낄."

옆에 있던 라팔도 동조했다.

"이 친구 말에 동감입니다. 저희 정도 짓거리를 벌이면 저잣거리에 효수해야 이치에 맞지 않겠습니까?"

아무래도 이놈들이 끝까지 해보자는 것 같다. 이맛살이 절로 찌푸려진다.

"그래서? 저항하겠다고?"

라엘이 다시 뻔뻔하게 답해왔다.

"바라카엘 님쪽이 급하지 않으십니까? 그 즈굴이랑 칼두두도 남하하고 있지 말입니다."

"설령 그렇다고 해도 안산 사태를 어영부영 넘어갈 생각은 없다. 이곳은 대한민국의 핵심이다."

"아, 그러시겠지요. 가급적 빨리 해결하고 싶은 마음, 이 미천한 놈이 다 이해합니다요. 키키킥! 그래서 나름 관대한 조건을 제시한 거겠지요."

"한데도 거절하겠다? 무슨 생각이지?"

"별 거 아닙니다. 저희도 유별나게 미친 짓 좀 벌였는데 어영부영 마무리할 생각은 없어서요. 라파엘 그 양반의 처지가 안 되긴 했지만 뭐 어쩌겠습니까? 그렇게 큰 사고를 쳤으면 일벌백계해야지요. 제가 우리 대장에게 정이 없는 건 아니지만, 언제 목을 날린다고 해도 반대하진 않겠습니다."

"라파엘의 목이 날아가면 너희 클랜의 전력은 곤두박질 칠 거다. 그래도 해보겠다고?"

"뭐, 저희도 빡대가리가 아닌 이상 생각이 있는 거죠. 휘하의 헌터들이야 저희 천사들이 각자 맡아서 힘을 내려주면 되지요."

클랜을 만들고 소속 헌터들에게 힘을 내려주는 건 꼭 대천사가 아니라도 할 수 있다.

오히려 대천사 클랜에는 그런 평천사들의 하위 클랜이 많다. 라파엘 클랜이야 워낙 수가 적으니 라파엘이 휘하 헌터들에게 모두 힘을 내려주는 식으로 했을 뿐이다.

"하지만 그런 식으로 해서는 전력이 깎일 텐데. 너희가 힘을 내려주는 게 라파엘만 하겠나. 쓸데없는 허세 부리지 말도록."

"뭐, 그게 당연한 예상이겠지요. 유제아 의장님의 고견에는 틀린 바가 없습니다. 하지만 여러 가지 골치 아픈 일에는 항상 빠져나갈 해결책이 있기 마련이죠."

"설마…?"

나는 문뜩 생각나는 게 있어서 입술을 살짝 깨물었다.

라헬 옆에 있던 라팔이 다시 끼어들어 실실 웃어댔다.

"옙. 영민하신 우리 의장님께서 생각하는 그 설마가 맞을 겁니다."

"이 미치광이들아, 정말 갈 데까지 가보자는 건가?"

"하하, 너무 나쁘게만 보지 말아주시길. 저희도 살아야 하지 않겠습니까?"

라팔은 화면 속에서 좌중을 둘러보며 설명에 나섰다.

"잘난 의장님께선 벌써 우리 천것들의 진의를 파악하신 듯하지만, 여타 머리가 안 굴러가는 대천사님들을 위해 도움을 드리겠습니다."

라팔은 초승달처럼 눈웃음을 지어 보이며 옆을 향해 손짓했다. 그러자 묵직한 발소리가 들리더니 화면 안에 덩치 큰 언데드 군주급 몬스터가 하나 나타났다.

회의장에선 탄식이 터졌다.

"저 삿된 것들이!"

"어떻게 군주급 언데드를 통제하고 있는 거지?"

"분명 라파엘의 명령만 받을 텐데?"

다들 당혹하는 기색이다. 그도 그럴 게, 이미 라파엘은 심문하고 몇 가지 정보를 얻었기 때문이다. 독한 놈이긴 하지만 이쪽도 방법이 없는 건 아니었다.

여기 모인 대천사만 해도 한둘이 아니다. 저마다의 방법으로 돌아가며 라파엘의 정신을 갉아 들어갔고, 결국 몇 가지를 알아냈다.

그중에 한 가지가 저 강력한 언데드 군주급 몬스터들의 통제권은 라파엘만이 가진다는 사실.

부하들이 함부로 반역할 수 없게 하기 위해서였다. 그런데 어째서인지 지금 화면에 보이는 군주급 언데드는 매우 충성스럽게 라헬과 라팔의 명을 따르고 있었다.

우리가 황당하다는 반응을 보이자, 그들은 즐거운 기색이 됐다.

"이거이거, 높으신 분들이 그런 표정을 지으니 참 볼 만하군요."

"어떻게 된 거지?"

"하하하, 위대한 유제아 의장님이 하문하시니 답을 드려야지요. 사실 이 군주급 언데드 몬스터를 제작할 때 저희가 많은 부분을 담당했죠. 그때 이 미천한 것들이 스스로의 살 길 좀 만들어뒀죠. 일종의 마법적인 백도어라고 할까요?"

그 말에 회의장 여기저기서 탄식이 터졌다.

"교활하군!"

"자기들 주인을 닮은 게지요."

나 역시 듣는 순간 어떻게 된 건지 파악할 수 있었다. 본디 언데드 군주급 몬스터에게 명령을 내리는 건 라파엘만이 가능하다.

언데드 군주급 몬스터에게 심어진 보안마법은 대천사 라파엘이란 인증을 통해서만 해제 가능하기 때문이다.

하지만 마법적인 백도어를 제작과정에서 몰래 만들어, 그들은 라파엘도 모르게 통제권을 확보했던 거다.

즉, 라파엘이 나가리 되거나 자신들이 토사구팽될 때는 대비했다는 것.

참으로 그 주인에 그 부하라고 할 수 있겠다. 역시 유유상종이란 말이 딱 맞구나.

나는 기세등등한 그들에게 경고했다.

"그래봐야 전력이 약해진 건 사실이지 않나?"

"물론 그렇긴 합니다만, 한시가 급한 의장님을 괴롭히기엔 충분하지요. 언데드 군주급 몬스터들을 단숨에 처리하고 바라카엘이 있는 성남으로 갈 때까지 얼마나 걸리리라 생각하십니까?"

"그래서 바라는 게 뭐야? 끝없는 폭력사태를 원하는 것 같지는 않고. 네놈들도 만만찮은 또라이 같지만, 라파엘처럼 인류에게 진정한 자유를 주겠다고 날뛰는 미치광이 는 아닐 텐데."

"하하핫! 망할 대장을 흉내 내려면 아직 멀었죠. 아무리 생각해도 그런 사명감은 저도 예상치 못했습니다. 다시 생각해도 걸작이더군요. 죽어서 새로운 삶을 얻으라! 캬, 마음에 울림이 있는 말이었다니까요?"

"잡설이 길군. 그래서?"

"히히, 죄송합니다. 저희는 여러분의 조그마한 양보만을 원할 뿐입니다. 요즘은 싸움만 벌어지는 어려운 시절이죠. 이런 때에 자비로운 대응이 많은 것을 이룰 수 있습니다."

이어서 그들은 원하는 조건을 늘어놓았다.

하지만 도저히 이쪽에선 수용할 수 없는 내용이었다. 신 수도 안산은 크게 동안산, 서안산으로 이뤄져 있는데, 그중 서안산의 통제권을 달라는 것.

특히 서안산에선 몬스터 부산물이나 마정석을 가공하는 공업시설이 밀집해 있다.

즉, 돈 되는 구역이란 얘기다. 그걸 이 기회에 통째로 처먹고 호의호식하겠다는 것. 나는 한숨이 절로 나왔다.

"뒤틀린 신념이 있는 라파엘과 다르게 네놈들은 욕심이 뒤룩뒤룩하군."

"딸린 식구가 많아서 말입니다. 흐흐. 저희 요구를 수용하는 게 좋을 겁니다. 단순히 군주급 언데드 몬스터의 통제권을 확보한 게 끝이 아닙니다. 몇 가지 카드가 더 남아 있지요."

"자신만만하군?"

"손안에 쥔 게 많으니 그리되는 것 같습니다. 아아…! 이게 여유라는 감각이군요."

놈이 양손을 들더니 턱을 치켜세웠다. 매사 과장된 행동이 마치 광대와 같았다.

"얼마 가진 못할 거다."

"그럴지도 모르지요. 하지만 그게 생각보다 오래갈 수도 있는 일 아니겠습니까? 칼두두는 우리 클랜에 여러 가지 비술을 전해줬습니다. 그중에는 몬스터뿐 아니라 죽은 인간을 언데드로 일으키는 방법도 있지요. 생각보다 간단해서 저희 같은 놈들도 곧잘 쓸 수 있습니다요. 안산에서 죽은 인간들이 좀비나 스켈레톤이 되어 걸어 다니면 다들 꽤나 충격을 받지 않겠습니까?"

틀린 말이 아니었다. 분명 대한민국은 혼돈에 빠질 터. 죽은 시민들이 언데드로 되살아난 모습은 몬스터 침공 이상의 문제를 야기하겠지. 자기 가족이나 친구가 좀비가 되어 걸어 다닌다고 생각해보자. 다들 미치려고 할 거다.

대천사와 헌터를 향한 비난도 걷잡을 수 없는 수준이 될 게 뻔했다.

이것들이 영악하게 정치적으로 날 압박하려 하고 있었다.

하지만 이 건에 대한 내 의중은 단호했다. 절대 이 반역자들에게 서안산을 통째로 안길 수는 없다.

본래라면 이 정도 제안에 대해선 대천사들과 상의하는 게 맞지만, 이번만큼은 단독으로 결정하기로 했다. 후에 책임이 따른다면 기꺼이 감당할 것이다.

나는 한 치의 흔들림도 없는 목소리로 선언했다.

"최초의 제안 이외에 다른 것은 일절 없다. 라파엘은 참수될 것이고, 너희는 무장을 해제한 채 처분을 받아들이도록."

설마 이 정도로 내가 단호하게 나올 줄은 몰랐던지, 실실 웃던 라헬과 라팔의 얼굴이 일순간 굳는다. 그들은 재차 물어왔다.

"정말 이후 벌어질 일들을 감당하실 수 있다고 생각하십니까?"

나는 묵묵히 끄덕였다.

"정치에는 한계가 있다. 특히 지금 같이 무력이 필요한 때라면 더

더욱. 여론이 완전히 돌아서 내게 비난을 퍼부어도 상관없다. 원하는 바를 이룰 수만 있다면."

"허허, 생각보다 단호한 분이시군요. 좋습니다. 어디 어떻게 되나 한 번 지켜보지요."

"그래, 지켜보도록. 특별히 너희 두 놈은 머리를 뽑아서 군기 위에 꽂아주마. 우리가 북진해 평양으로 갈 때 데려가주지."

내 폭언에 그들은 이를 으드득, 갈더니 통신을 끊어버렸다.

우리는 라파엘 클랜의 잔당을 어찌 상대할지 논의에 들어갔다. 좀 더 관대한 타협안을 제안해 보자는 온건한 의견도 있었고, 아예 암살하자는 극단적인 얘기도 나왔다.

다만 한 가지 확실한 건, 저들의 요구대로 서안산을 홀랑 넘겨주는 건 말도 안 된다는 점이다.

다행스럽게도 대천사 모두 내 독단적인 결정에 반대하진 않았다.

그러나 어떤 방법으로 제한된 시간 속에서 해결을 볼 거냐는 점에선 계속 의견이 갈렸다.

그러는 와중에 라헬과 라팔이 먼저 움직였다.

"큰일 났습니다. 새로운 뉴스가 떴습니다."

여전히 회의가 이어지는 와중에 내 비서인 원윤아가 급하게 들어왔다. 그리고는 다짜고짜 티비를 틀었는데, 과연 보통 내용이 아니었다.

우리는 침묵한 채 흘러나오는 보도 내용에 집중했다.

―김성수 기자, 지금 내용이 사실입니까? 유제아 의장의 주도로 시화호를 서해의 괴물들에게 넘긴다는 것 말입니다. 이래서는 안산의 안보에 심각한 위협이 되지 않겠습니까?

―저 역시도 믿기지 않는 내용이었습니다. 하지만 제보를 접수한 후 취재한 바에 따르면 확실합니다. 저희가 촬영한 영상을 보시면 아시겠지만, 시화방조제에서 천사들과 서해의 몬스터들이 협력하는 모습을 볼 수 있습니다. 천사들의 통제에 따라 끔찍한 괴물들이 시화호 안쪽으로 들락날락하고 있죠.

이어서 뉴스에 영상이 떴는데, 망원렌즈를 이용해 시화방조제를 찍은 모습이다.

일대를 통제했지만 역시 완벽할 수는 없는 법. 기자란 족속들은 내 생각보다 훨씬 발이 빨랐다.

"끄응……."

입에서 앓는 소리가 절로 나왔다.

라헬과 라팔이 이쪽에서 함구하고 있던 시화호 문제를 터뜨렸으니 대응하려면 골치 아프게 됐다.

―이것들을 종합해 보면 유제아 의장이 몰래 몬스터와 내통했다는 것입니까?

―아직은 정확하지 않습니다. 일단은 유제아 의장 쪽의 입장을 들어 봐야 할 것 같습니다. 다만 라파엘 클랜의 주장에 의하면 유제아 의장이 몬스터를 끌어들여 안산을 파괴하려는 진정한 원흉이었다고 합니다.

–그게 정말입니까?

–네, 오히려 자신들은 안산과 인간을 지키기 위해 유제아 의장에게 반기를 든 것이고, 이게 그간 왜곡되어 라파엘 클랜이 악당처럼 여겨졌다는 주장입니다.

당연히 회의실에서 듣고 있던 자들은 모두 탄식을 내뱉었다.

"저런 말도 안 되는!"

"믿지 않을 겁니다. 일전에 라파엘이 직접 방송에서 망언을 뱉지 않았습니까?"

"누가 정의인지는 명확합니다."

대천사들은 신경 쓸 것 없다는 입장이었지만 내 생각은 달랐다. 대중이란 게 저런 자극적인 선동과 날조에 얼마나 민감하게 반응하는지 누구보다 잘 알기 때문이다.

특히 요즘 나는 갈수록 악역이란 이미지가 굳어가고 있었다. 점점 격해지는 전쟁의 원흉이란 느낌이랄까?

인간을 위한 일이었지만 대중의 시선은 곱지 않았다. 그들은 분란을 피하고 싶어했으니까.

분명 라파엘은 생방송에 출현해서 안산을 공격한 게 자기 의지이며, 인간에게 죽음으로 삶을 주겠다는 헛소리를 했다.

그건 틀림없는 사실이지만 나는 대중이 흔들릴 거라 확신이 들었다. 지금 불안으로 가득 찬 그들에겐 비난할 대상이 필요했으니까.

"이쪽에서도 대응을 해야겠군요. 시화호 관련 건에 대해 솔직히 해명할 필요가 있겠습니다."

우리는 방송사에 연락을 넣었다. 그리고 시화호에 관련해서 어떤 타협이 있었는지 밝혔다. 안산의 안전에는 문제가 없을 것이며, 이 조치는 왕의 부름으로부터 서해의 세력을 이탈시키기 위한 방책이라 부연했다.

또한 서해 몬스터와의 우호관계를 바탕으로 서해에서 어업권을 보장받을 수 있게 됐다고 알렸다.

이 발표에 대해 몬스터 사태 이후 실업자 신세였던 어민들이 일제히 반겼다. 그간 서해 바다에 괴물이 가득하니 물고기를 잡으러 갈 생각도 할 수 없었으니까.

물론 해양 몬스터들에게 어선을 공격하지 않는다는 약속을 받아도 그 위험천만한 바다로 나갈 간 큰 자들이 얼마나 있을지는 의문이었만.

그래도 이쪽 조치를 설명하기엔 괜찮은 결과물이었다.

하지만 라헬과 라팔의 반격 역시 만만치 않았다.

그들은 저녁이 되자 아예 방송에 직접 출현해서는 날 맹렬하게 비난하고 나섰다.

여기서 두 녀석은 생각보다 똑똑하게 굴었다.

-저희 입장은 간단합니다. 라파엘 클랜의 의거를 인정해 주고 엽왕 임철웅을 다시 위원회의 의장으로 삼아야 한다는 점입니다.

-엽왕을 말입니까?

앵커의 물음에 라헬은 확신에 찬 어조로 끄덕였다. 지금 그는 전혀 광대 같지 않고 차분하고 지적으로 보였다. 장소에 따라 연기가 기가 막히네.

-생각해 보십시오. 엽왕이 자리를 지키고 있을 때 이런 분쟁이 있었습니까? 모든 게 안정적이고 평화로웠습니다. 급진적이고 과격한 유제아 의장 탓에 연일 싸움이 끊이질 않는 것입니다. 이제는 모든 걸 되돌릴 필요가 있습니다.

　라헬의 말에 앵커는 자기도 모르게 연신 고개를 끄덕였다. 그가 듣기에 꽤 그럴 듯했겠지.

　이 방송의 여파는 생각보다 컸다.

　엽왕 임철웅에 대한 복귀 여론이 삽시간에 인터넷을 가득 채운 것이다.

　뉴스 기사에는 이런 댓글들이 가득했다.

「듣고 보니 그렇다. 엽왕이 있을 때는 이런 전쟁이 없었지. 유제아란 사람은 완전히 싸움질만 좋아하는 거 같음.」

「역시 구관이 명관이다.」

「이런 싸움은 지겨워. 지금 피난온 지 며칠째인지 모르겠다. 얼른 다 끝났으면.」

「유제아 좆같은 놈은 물러나는 게 답이야. 아무리 봐도 독재자 타입이라니까.」

　라헬과 라팔이 엽왕이란 카드를 꺼낸 건 제대로 먹혔다. 안산 사태로 엽왕의 이미지는 나락으로 갔으나 라헬과 라팔은 대번에 그걸 반전시킨 것이다.

　게다가 점점 격화되는 전쟁에 불안감이 커진 시점이다. 우리는 승리를 향해 나아가고 있지만, 기존의 안정을 바라는 사람들이 볼 때는 나는 전쟁미치광이로 보이겠지.

대중의 심리가 쉽게 읽어졌다.

엽왕 임철웅이 복귀하면 이 모든 혼란과 싸움도 멈출 거라 여기고 있었다.

하지만 그건 사실이 아니다.

이미 신성지 안에서 안락한 보호를 받는 시스템은 온데간데 없어졌으니까.

인간들의 호시절은 끝난 셈이다.

"서둘러 반박해야 합니다."

"아예 군을 일으켜 잔당을 바로 공격하는 게 어떻겠습니까? 피해를 감수하고 움직여야 합니다."

다양한 목소리가 나왔다. 나는 모두 동의하면서도 한 가지 점을 주지시켰다.

"저놈들의 선동과 날조에 대응해야 하는 건 맞습니다. 저도 속이 뒤집히는데 가만있을 생각은 없습니다. 다만 문제는 시간입니다."

안산 사태를 해결하기 위해선 시간이 필요했다.

문제는 지금도 즈굴과 칼두두의 군대가 남하하고 있다는 것. 생각보다 진군 속도가 느리긴 해도 앞으로 반나절만 있어도 선발대가 성남에 닿을 거다.

아직 바라카엘 토벌전이 벌어지고 있는 상황에서 몬스터가 들이닥치면 가브리엘과 미카엘라, 스이엘이 낭패를 본다.

어떻게든 남하하는 대군을 저지하며 시간을 벌 필요가 있었다.

안산 사태와 바라카엘 건이 엉망진창이 되기 전에 해결하기 위해서 말이다.

"별동대를 보내 치열한 싸움을 벌이고 있습니다만, 한계가 있습니다."

나는 지휘봉으로 지도 위를 가리켰다. 남하하는 즈굴과 칼두두의 위치였다. 이에 모두 걱정스러운 표정이 됐다.

자르키엘은 의견을 냈다.

"차라리 바라카엘 공략을 포기하고 가브리엘 님과 미카엘라 님을 불러들이는 게 어떻겠습니까? 그 후에 라파엘 클랜의 잔당만이라도 확실히 처리하는 게 나을 수도 있습니다. 본디 두 마리의 토끼를 쫓으면 모두 잃기 마련입니다."

확실히 현실적인 시각을 잃지 않는 자르키엘다운 의견이다.

두 개의 전장을 유지하는 건 확실히 쉬운 일이 아니었다. 그러나 나는 고개를 저었다.

"바라카엘 클랜은 이번에 어떻게든 처리해야 합니다. 놈들을 놓아준다면 반드시 적에게 붙게 될 겁니다."

이에 듣고만 있던 나나엘이 나서 의견을 냈다.

"메타트론 님의 본체가 움직이게 하는 건 어떤가요?"

나나엘은 지도 위 노량진 신성지와 남하하는 적의 대군을 가리켰다. 나는 작게 고개를 끄덕였다.

"확실히 그것도 방법이긴 하겠지."

분신도 아니고 서열 1위 대천사의 본체가 튀어나온다면 적의 대군을 막아설 수 있다.

마치 장판파의 장비처럼 말이다.

물론 적군이 워낙 많아 혼자 다 쓸어버리진 못해도 즈굴과 칼두두는 난처한 상황이 되겠지.

하지만 그것도 결국 안 될 일이다. 나는 이 카드가 아까웠지만 고개를 저었다.

"메타트론 님은 훗날 왕을 상대한 유일한 결전병기입니다. 신성지 안에서 회복에 집중해야 합니다. 왕이 얼마나 상처를 회복한 지 정확히 알 수 없습니다만, 정황을 볼 때 거의 예전의 힘을 찾은 건 사실인 모양입니다. 그런데 메타트론 님께서 벌써부터 신성지 밖으로 나서면 결국 어떻게 되겠습니까?"

이 싸움을 이겨도 나중에 왕에게 메타트론이 패하면 말짱 도루묵이다. 모두 내 의견에 동감하는 듯 말이 없어졌다. 아무래도 전략병기인 메타트론의 본체를 움직이려면 이 긴 싸움의 승패가 결정될 때가 아니면 곤란하다.

잠시 뒤에 철심장 쿠니엘이 물었다.

"그러면… 뭔가 방법이… 있어? 유제아 네 생각 말이야."

쿠니엘의 물음에 나는 복잡한 마음을 정리한 뒤 고개를 끄덕였다. 당연한 얘기지만 마땅한 복안도 없이 계속 반대만 한 게 아니다.

"그렇습니다. 제게 시간을 벌 방법이 있습니다. 다소 위험한 일이긴 하지만 우리는 이 두 개의 전투에서 반드시 승리해야만 합니다."

5. 그대의 적을 사랑하라

두 개의 전투에서 모두 승리하기 위해 내가 내세운 방법은 간단했다.

위험을 감수하는 것.

특히나 나 자신의 위험을 말이다.

이런 결정을 내리게 된 데에는 얼마 전의 일이 결정적이었다. 아주 오랜만에 다르쿠다… 아니, 산달폰에게서 연락이 온 것이다.

짧은 전언은 충격적이었다.

–왕의 심장이라 불리는 하얀 거인이 군대를 이끌고 남하 중. 그리고 이전 방법으로는 연락이 어려워짐.

나는 정신이 아찔해짐을 느꼈다. 그리고 아버지가 죽던 순간이 떠올랐다. 하얀 거인에 의해 살해되던 그날의 모습이 말이다.

심장이 마구 뛰었다.

'즈굴과 칼두두가 무리해서 내려온 게 그런 이유에서였나. 하얀 거인의 남하 때문이었어.'

그렇다면 이 싸움에는 더욱 과감한 결정이 필요했다.

"우리엘, 맡은 일이나 잘해."

내 이런 결정에 대해, 찾아온 우리엘은 조소를 날렸다.

특유의 음울한 어조로.

"네놈은 언제나 그런 식이군. 마치 자기 자신은 죽지 않는다는 것처럼 말이야."

"지금 걱정해 주는 건가?"

"웃기는 소리. 정신이 나갔나?"

우리엘은 어처구니없다는 듯 차갑게 대꾸했다. 이후 그는 정확히 선을 그었다.

"널 돕는 건 이번 일이 마지막이다. 유제아."

"그래. 함께해서 거지같았고, 다신 만나지 말자."

"지랄이 심해진 거 보니 신경이 곤두선 거 같군. 약속이나 지키도록."

우리엘의 주문에 나는 묵묵히 고개를 끄덕였다.

"그건 걱정말고, 이거나 잘 전달해."

나는 품에서 묵직한 스크롤을 꺼내 내밀었다.

이것에는 엽왕 임철웅에게 보내는 내 뜻이 담겨 있었다.

요즘 같은 시대에 무슨 이런 전서를 보내냐고 할 수 있는데, 이것은 사실 마법스크롤이다.

안에는 마법으로 작성된 계약이 담겨 있고, 그것은 서로의 피로 지장을 찍음으로 체결된다.

이미 내 지장은 찍혀 있었다.

엽왕이 받아들인다면 내용에 관한 계약마법이 발동하는 식이다.

"유제아, 이걸 전달하긴 하겠지만 엽왕이 네 뜻대로 제안을 받아들인다는 보장은 없다. 지난번에 접촉했을 때도 회의적인 반응이지 않았나? 심지어 지금 라헬과 라팔 놈이 엽왕을 새로운 의장으로 추대하고 있는 상황이다."

"알고 있어. 하지만 놈들을 흔들려면 엽왕이 움직여줘야 해."

"안 움직이면?"

"할 수 없지. 내가 더 열심히 하는 수밖에. 지금부터 할 일 말이야."

우리엘은 어이없다는 표정을 짓더니 내가 건넨 스크롤을 품에 넣었다. 그리고 특유의 까마귀 가면을 뒤집어쓰더니 지껄였다.

"아주 죽으려고 용을 쓰는군."

"남이사."

"네놈이 뒤지면 약속을 누가 지킨다는 말이냐."

"역시 걱정해주는 게 맞네."

"닥쳐라. 상장폐지 될 코인을 보는 것 같이 쫄려서 그렇다."

"꺼져라, 좀. 까마귀 녀석아."

나는 손을 휘저어 우리엘을 쫓아버렸다. 그는 정말 까마귀처럼 검은 깃털을 몇 개 흩날리며 허공을 날아서 사라졌다.

우리엘과 헤어지자마자 나는 장비를 챙겨서는 곧장 홀로 북상했다. 성남 방향으로 내려오고 있는 즈굴과 칼두두의 대군을 막기 위해서다.

정확히 말하자면 시간을 끌려는 게 목적이다.

당연히 이건 극히 위험한 작전이다. 내가 전략병기인 메타트론의 본체도 아니고 수만의 몬스터를 어떻게 홀로 저지하겠나?

수괴인 즈굴과 칼두두만 해도 쉽사리 상대할 수 없는 강자다. 한데 그 밑에 놈들이 강북 지역에서 포섭한 군주급 몬스터들이 그득그득하다.

단언컨대 홀로 일기당천을 찍으려고 했다가는 삽시간에 녹아버릴 터.

당연한 얘기지만 정면으로 들이받을 생각은 없다. 그저 상대의 감정을 이용할 뿐이다.

본디 감정이란 무엇보다 격렬한 것. 특히 포악한 몬스터에겐 더더욱 그렇다.

나는 그것에 기대를 걸고 있었다.

부우우우웅!

내가 타고 있는 오토바이의 엔진음이 요란하게 주변을 울렸다. 이내 버려진 차로 어지러운 제1순환도로를 따라 달리기 시작했다.

이 도로는 몬스터 사태 이후 안 쓴 지 꽤 된 곳이다. 여길 타고 쭉 나아가면 남하하는 즈굴과 칼두두의 군대와 만나게 된다.

사실 이렇게 직접 가는 게 아니라 차원관문을 쓰면 편리하지만, 그걸 위해선 성남쪽에 있는 미카엘라나 스이엘에게 부탁해야 한다.

두 사람이 만약 이번 계획을 알면 입에 거품을 물고 반대할 게 뻔했기에 직접 이동하는 수밖에 없었다.

중간중간 몬스터를 만나지 않을까 싶었는데 다행히 그런 일은 없었다.

탄천을 따라 동부간선도로를 달릴 때쯤에야 적의 정찰대와 마주하게 됐다.

사마귀처럼 몸이 길쭉한 놈들이었는데 움직임이 예사롭지 않았다. 그들은 멀리서 날 신중하게 관찰하더니 재빨리 달아났다.

잡으려면 잡을 수 있지만 무리하지 않기로 했다. 딱 봐도 몸놀림이 빨라 애를 꽤나 먹을 타입이었기에 그렇다.

저놈들을 잡아도 어차피 적에게 향하며 정찰대를 수도 없이 만날 터. 그냥 맘 편히 가기로 했다.

그것보다 즈굴을 도발할 말이나 생각하는 게 낫지.

물론 그렇다고 알량한 말재주만 가지고 무작정 접근하려는 건아니다. 지금 적의 상황에 대한 정보가 필요했다.

그걸 위해 오토바이를 탄천변에 세운 뒤, 품에서 작은 마법구를하나 꺼냈다. 이것은 품질 좋은 통신장치로 즈굴과 칼두두의 군대를 저지하기 위해 출진한 별동대와 연결된 물건이다.

신호를 넣자 바로 반응이 왔다.

-유제아 의장님이십니까?

-그래, 탄천에 와 있다. 전황이랑 여타 정보를 제공해줄 요원이필요해.

-알겠습니다. 저희 쪽에서 바로 보내겠습니다.

마법구의 위치를 역추적하면 되니 이쪽을 찾아오는 건 간단하다. 아니나 다를까 10분도 되지 않아 천사 셋이 날아와 도착했다.

"유제아 의장님을 뵙습니다."

셋 중 선임으로 보이는 천사가 앞으로 나섰다.

모두 행색이 말이 아니었다. 불길에 그을린 자국과 찢어진 갑옷, 오물과 피에 젖은 날개를 보면 어떤 격전을 치러왔는지 알 만하다.

"고생이 많군. 별동대의 현재 상황은?"

"반 이상 죽었습니다."

"…예상했지만 피해가 크군. 미안하네. 애초에 어려운 임무였어."

"그런 말씀하실 것 없습니다. 모두 이번 일의 중요성을 알고 있습니다."

　다들 충성스러운 자였다. 라파엘 클랜의 천사들이 이랬으면 안산에 아무 일도 없었을 텐데. 속으로 그런 생각이 들었다.

"고맙군. 현재 남하하는 군대의 상황을 알고 싶다."

"보고 드리겠습니다."

　천사는 마법으로 지도를 펼치더니 설명에 들어갔다.

　현재 즈굴의 군대와 칼두두의 군대는 동맹이긴 하지만, 서로 나뉘어 있다고 했다.

"쪼개져 있다고?"

"네, 자기들도 어쩔 수 없이 손을 잡긴 했지만 사이가 험악합니다."

　천사는 즈굴의 군대는 석촌호수 일대에 자리를 잡았고, 칼두두의 군대는 올림픽공원에 자리를 잡았다고 한다.

　현재 그들의 남하가 늦어지는 것은 별동대의 노력도 있지만, 양쪽이 반목하는 게 컸다고.

"저희로서는 아주 다행스러운 일이라 하겠습니다."

"하지만 마냥 저러지는 않겠지."

"맞는 말씀입니다. 조만간 갈등이 봉합될 게 틀림없습니다. 시간이 없다는 건 저들도 잘 알고 있으니까요. 선발부대는 이미 출발하기 직전입니다."

"일났군. 선발부대는 특별히 발이 빠른 놈들로 편성했을 테니, 한시간이면 바라카엘의 신성지에 도달할 거다."

"저희가 최선을 다해 막겠습니다."

결연한 각오가 느껴지는 천사의 말에 나는 고개를 가로저었다. 저건 최대한 선발대를 물고 늘어지다가 옥쇄하겠다는 소리였으니까.

이래선 별동대의 전멸은 기정사실이나 마찬가지다. 나는 여기 온 목표를 좀 더 빨리 달성해야 할 필요를 느꼈다.

"놈들의 사이가 안 좋다면 이용할 수 있겠지."

"대체 무엇을 하시려고 그러십니까?"

"지연 작전."

"위험합니다. 의장님께선 아군의 중핵이십니다."

"이번 전쟁에서 위험하지 않은 이는 없어. 다 각자의 일을 할 뿐이야. 내 여기서 몸을 사리면 이번 임무에서 죽어간 자들을 향해 고개를 들 수 있겠나?"

내 의지가 결연할 걸 알고는 천사들은 더 말리지 않았다. 그저 무운을 빌어주곤 자리를 떠났다.

"후우…."

가볍게 한숨을 내쉬었다. 이제부터 할 일이 정말 만만치 않기 때문이다.

그건 바로 즈굴을 만나는 일이다. 나는 다시 오토바이에 올라 즈굴의 군대가 있다는 석촌호수 쪽으로 향했다.

오토바이를 몰고 가는 도중 여러 몬스터를 만나게 됐다. 길가 여기저기 흩어져 있던 놈들이 날 보더니 화들짝 놀라서 사방으로 달아났다.

마치 야생동물 같은 행태다.

확연히 느껴지는 힘 때문에 겁을 집어먹은 것 같다.

개중에 한가닥 하는 놈들이 있었지만 별반 다르지 않았다. 날 보자 눈이 휘둥그래졌다. 대체 내가 왜 여기 나타난 건가 싶겠지.

여기저기서 몬스터의 고성이 시끄럽게 터져 나왔다. 언젠가 이것과 비슷한 장면을 자연 다큐멘터리에서 본 적이 있긴 하다.

벵골 호랑이가 나타나자 원숭이들이 울어대고, 새들이 시끄러운 소리를 내며 날아오는 장면이었지. 사슴도 길게 울며 사방으로 달음박질쳤다. 지금 내 모습은 마치 그때의 벵골 호랑이 같았다.

주변에 있던 수백 마리의 몬스터 중 감히 덤벼드는 녀석이 없다. 나는 유유히 지나갔다. 그러다 제법 지위가 있어 보이는 놈을 발견하곤 외쳤다.

"가서 즈굴에게 전하라. 내가 왔다고."

이에 그 녀석은 황급히 뛰어 사라졌다. 어차피 저 녀석이 아니더라도 즈굴은 이미 내가 도착했다는 걸 알고 있을 거다. 정찰 부대를 만난 게 아까 전이니까. 머리 위에서 계속 맴도는 새도 분명 즈굴의 눈이란 확신이 들었다.

그래서인지 나는 석촌호수까지 나아가면서 아무런 방해도 받지 않았다.

현재 석촌호수는 거의 메워져 있다. 이젠 호수란 말이 무색할 지경. 과거 대전쟁 때 옆에 서 있던 초고층 빌딩이 무너지면서 생긴 현상이다.

이후 주변을 정리하면서 폐자재를 호수에 던져 넣은 탓에 지금은 거의 언덕이나 다름없었다. 그 폐건물의 언덕 주위로 즈굴을 따르는 몬스터가 개미떼처럼 몰려 있었다.

그들 앞에 서자 수많은 시선이 내게 쏟아졌다. 살기 가득한 흉험한 안광이 끝도 없다.

하지만 그것들 중 무엇도 날 겁먹게 만들지 못했다. 그래서인지 속으로 신기한 기분도 들었다.

하이에나 시절에는 저들 중 하나만 나타나도 팀 전체가 하수도로 숨어야 했다. 몬스터란 그 정도로 무서운 존재였다. 그런데 나 홀로 이들에게 담담히 나아가고 있었다.

"저기인가."

대충 즈굴이 있을 법한 위치가 짐작됐다.

현재 언덕 아래쪽에 있는 탓에 위쪽이 보이지는 않지만, 거대한 힘이 아지랑이처럼 높게 피어오르는 게 느껴졌다.

눈으로 직접 볼 필요도 없었다.

날 향한 끝간 데 없는 증오에 피부가 저릴 정도다.

"흐흐."

재밌어서 웃음이 살짝 나왔다.

즈굴 놈, 나를 정말 증오했구나.

당시 지배에 당해서 천사와 헌터에게 살갑게 굴면서 대체 무슨 심경이었을까? 오만의 군주가 살기 위해 광대처럼 행동했었다.

그때 속을 헤아리기도 어렵다.

즈굴이 있을 듯한 위치 주위로는 비행 몬스터들이 시끄럽게 날아다니고 있었다.

역시 하늘 위를 빙빙 돌던 녀석들은 즈굴의 눈이 맞았군. 사방에 비행 몬스터를 뿌려 정보를 모으는 거겠지.

나는 폐건물로 만들어진 즈굴의 왕좌를 향해 걸어갔다.

좌우로는 수많은 몬스터가 도열해서 날 맞아줬다. 그 가운데로 지나가는 동안 적의 가득한 시선이 내게 꽂혔다.

사납고 분노한 몬스터들.

마치 목줄이 풀리는 순간 당장이라도 달려들려는 사냥개처럼 보인다. 하지만 결국 그건 허세일 뿐이었다.

겁먹은 개가 더 시끄럽게 짖는 것처럼 말이다.

내가 한 발자국 내디딜 때마다 가장 강한 녀석들조차 움찔하며 뒤로 몇 걸음씩 물러나고 있었다. 마치 나와 조금이라도 가까워지는 걸 꺼리는 것처럼 보인다.

그러면서도 어떻게든 기회를 노리고 싶은 걸까?

앞으로 걸어가는 내 뒤를 수많은 몬스터의 행렬이 뒤따랐다. 마치 순례자를 따르는 무리 같다.

언덕에 다다르자 나는 폐건물이 쌓여 자연스럽게 만들어진 불규칙한 계단을 올랐다. 때로는 뛰어올라야 했다. 그리고 마침내 위에 도착하자 저 멀리 즈굴이 보였다.

즈굴은 찌그러지고 튀어나온 거대한 철골들을 배경 삼아 거만하게 앉아 있었다.

그것은 파괴에 미친 자를 위한 왕좌였다. 아래에는 즈굴을 따르는 수많은 몬스터들이 늘어서 있었다.

나는 즈굴을 똑바로 쳐다보며 앞으로 걸었다. 그리고 비릿하게 웃어보였다.

"즈굴, 자리에서 내려와 조아려라. 네 주인이 찾아왔다."

"감히―!"

즈굴은 즉각 반응했다. 그의 거대한 뿔 뒤로 불길이 폭발하듯 일어났다. 참을 수 없는 분노 탓에 그 열기가 여기까지 느껴지는 것만 같다.

아마 즈굴의 성정이면 이 대면에서 무슨 말을 할지 꽤 고민했을 거다. 그리고 최대한 동요하지 않고 위엄을 지키려 했겠지. 하지만 그런 노력이 주인이 찾아왔다는 말에 와르르 무너져 버린 느낌이다.

저 정도 되는 거물이 애써 마음을 다잡았어도, 지배로 인한 치욕과 고통은 그 정도로 컸던 모양이다.

아마 저놈이 호언한 대로 내 근육의 결을 하나씩, 하나씩 잡아 뜯는다고 해도 도저히 풀리지 않겠지.

나는 계속 이죽거렸다.

"못 본 사이에 화가 늘었군. 예전엔 말이야. 어찌나 꼬랑지를 흔들어대던지 시골에 있는 똥개를 보는 줄 알았다니까."

멀리서 보는데도 즈굴의 눈에서 불길이 이는 게 보인다. 나는 결국 즈굴이 못 참고 벌떡 일어날 줄 알았다. 한데 이번에 녀석은 태연자약한 태도를 보였다.

"주둥이가 더러운 건 여전하구나. 유제아. 멋대로 떠들도록. 지금 누가 불리하고 유리한지는 명백하니까."

나는 저런 태도가 연기이든 아니든 대단하단 생각이 들었다. 날 보고 눈이 뒤집힐 정도일 텐데, 계속된 도발에도 참을성을 발휘하고 있는 것이다.

오만의 군주라 불리던 즈굴답지 않은 태도였다. 아무래도 지배 상태에서 굴욕을 겪으며 무언가 배운 것일까?

나는 내심 감탄을 숨기며 어깨를 으쓱였다.

"스스로 유리하다고 생각하는 건가?"

"왜 아니겠나? 유제아."

권좌에 앉아 있던 즈굴은 한손으로 턱을 괴고는 몸을 앞으로 기울였다. 그리고 입꼬리를 올리며 날 조소했다.

"네놈 상황을 능히 짐작할 만하다. 하찮은 인간 놈. 내분 중에 우리가 남하하니 죽을 맛이겠지. 크흐흐흐. 자기 진영 하나 다스리지 못하는 솜씨로 뭘 하겠다고?"

아무래도 즈굴 입장에선 요즘 내가 겪고 있는 난리가 꽤나 깨소금 맛인 모양이다. 사실 그럴 수밖에 없겠지. 라파엘과 바라카엘 덕분에 아주 상큼하게 일이 틀어졌으니까.

즈굴은 계속 거침없이 입을 놀렸다.

"이런 상황에서 우두머리인 네놈이 왜 헐레벌떡 달려왔는지 짐작하고도 남는다."

"그래?"

"유제아. 이 천한 인간아. 네놈이 감히 이 몸에게 굴욕적인 굴레를 씌웠을 때, 이 몸 역시 널 관찰할 기회가 있었다."

역시 교활한 놈이군. 그렇게 아첨을 해대면서 자기 적을 관찰하고 있었다니.

"그래서 네놈의 생각을 짐작하는 건 너무나 간단하다. 이 몸을 도발해서 어떻게든 시간을 끌고 싶은 거겠지. 이 끓어오르는 복수심을 자극하려고 찾아왔을 터."

정확한 견해였다. 나는 즈굴이 바라카엘에게 합류하는 것보다 날 잡는 것에 집착하길 바라고 있다. 그래서 그것으로 시간을 지연하고자 한다.

"하지만 네 뜻은 이뤄지지 않을 것이다. 유제아."

"어째서?"

"곰곰이 생각해 보니 네놈 따위에게 시간 낭비를 할 필요가 없다는 걸 알았기 때문이지. 이 몸은 네게 고통을 주고자 한다. 그렇다면 더 좋은 수가 있을 터!"

"무슨 꿍꿍이지?"

"네놈 수작에 어울리지 않고 이대로 진격하겠다는 소리다. 직접적인 고통을 주는 것도 좋지만, 네놈이 시키고자 했던 게 산산이 박살 나는 걸 보여주는 것도 좋겠지. 널 붙잡아 피부를 벗기고 근육을 찢는 건 그 이후에 해도 좋을 것이다!"

솔직히 이건 예상 외다. 저 오만한 놈이 내게 더 큰 고통을 주기 위해 자제하겠다니? 이건 마치, 배가 등가죽에 붙을 정도로 굶은 맹수가 눈앞에 고기를 보고도 눈을 돌리는 격이었다.

"내가 가만히 보고만 있을 거라 생각하나?"

"크하하핫! 유제아. 네가 강한 건 인정한다. 하지만 홀로 이 군대의 물결을 막을 정도는 아니지. 날뛰고 싶다면 좋다. 군주급 몇을 붙여주지. 재밌게 놀라고. 네놈이 쌓아올린 게 엉망이 되어가는 동안."

즈굴은 손짓을 한 번 했다. 그러자 그의 권좌 양쪽에서 어마어마한 떡대를 자랑하는 군주급 몬스터 넷이 앞으로 나섰다.

'빌어먹을…'

속으로 욕이 절로 나왔다. 확실히 군주급 넷이 붙어서 날 마크하면 놈들이 남하하는 동안 아무것도 못 한다. 자칫 방심했다가는 이쪽 목이 날아갈 수도 있고.

물론 그렇다고 이대로 즈굴의 수작에 당할 생각은 없다. 어떻게든 즈굴을 저 거만한 왕좌에서 들썩이며 일어나게 만들어야 했다.

어떻게 해야 할까?

짧은 사이에 머리를 굴린 나는 즈굴이 세팅한 상황을 이용하기로 했다.

"아! 그것 참 고맙군!"

내가 태연자약하게, 웃음기까지 감추지 않고 대꾸하자 즈굴의 얼굴이 대번에 일그러진다.

"고맙다라? 궁지에 몰려 정신줄을 놓아버렸나? 유제아."

"설마 그럴 리가. 즈굴, 내가 허튼 소리 하는 성격은 아니잖나. 안 그래도 네놈 휘하의 군주급들과 얘기를 나누고 싶었다. 애써 자리를 마련해 줘서 아주 고맙군."

"뭐라?"

"네놈 밑에서 구르는 놈들도 알아야 하지 않겠냐? 자기 우두머리가 겪은 굴욕을 상세히 말이야. 물론 터프한 친구들이라 대화중에 싸움이 난무하겠지. 그래도 내가 바쁜 와중에 주둥이 놀리는 건 자신 있거든?"

사실 몬스터들도 즈굴이 지배를 당했던 점은 안다. 다만 구체적인 내용을 모를 뿐이다. 한데 그런 이야기를 일반 잡졸도 아니고 군주급들에게 풀어놓으면 즈굴의 위신에 상당한 영향이 갈 터.

더군다나 자기 체면에 대해 신경 쓰는 즈굴의 성향상 속이 뒤집히는 걸 피하기 어려울 것이다.

아니나 다를까, 여태 여유를 가장하고 있던 놈이 격렬하게 반응했다.

"유제아! 기어코 선을 넘으려고 하는 것이냐!"

"그래, 선을 넘는다면 나야 좋은 일이지. 아주 자세히 얘기해 주마. 지배 상태에서 네놈이 무슨 말을 했고, 그게 얼마나 꼴사나웠는지 말이야. 알고 있나? 그때 모든 천사들이 널 비웃었단 사실을?"

내 말에 즈굴의 참지 못하고 앉은 채로 주먹을 내리쳤다. 마치 팔걸이처럼 튀어나와 있던 콘크리트 더미가 단번에 박살났다.

지금 내가 한 말은 즈굴에게 견디기 어려운 얘기일 게 뻔했다. 왜냐하면 녀석은 남의 평가에 민감한 성정이니까.

그런 자에게 사실 네 행동을 모두가 비웃었다고 조소하고 있으니 눈깔이 뒤집어질 수밖에.

하지만 나는 이걸로 그치지 않았다.

"단순히 네놈의 꼴사나움만 알리는데 그치지 않겠다. 군주급 친구들에게 당시 내 심경도 절절히 전해주지. 마치 똥개처럼 빌빌거리며 목숨만 살려달라 구걸하는 널 보던 그때 말이야."

"상관하지 않는다! 그것은 이미 지나간 과거의 일. 무슨 말로도 이 몸을 동요하게 할 수 없다."

즈굴은 크게 소리치며 부인했다. 하지만 그런 격렬한 태도가 놈의 속마음을 그대로 보여주는 꼴이었다.

본인은 의식하지 못하는 모양이었으나 이미 벌떡 일어난 상태.

강력한 기파가 즈굴의 주위로 폭발했다.

쿠에에엑!

곁에 있던 몬스터들이 비명을 지르며 쓰러졌다. 어찌나 그 힘이 강한지 덩치가 큰 군주급 몬스터들조차 비틀거릴 정도다.

즈굴은 완전히 눈이 뒤집혀 있었다. 계속된 도발에 이성의 끈이 끊어지기 직전이었다.

나는 그런 놈에게 한 번 더 비아냥거렸다.

"널 지배를 하는 건 재밌었지. 아주 갖고 놀기 좋은 장난감 같아서."

이게 막타다.

분노를 넘어서 차갑게 굳어버린 즈굴을 얼굴을 보니 딱 그런 느낌이 왔다.

"……."

즈굴이 말없이 날 내려다본다. 놈의 분위기를 느낀 건지 시끄럽게 떠들어대던 몬스터들도 일제히 입을 다물었다.

즈굴은 그 속에서 혼자 나직하게 웃어댔다.

"크흐흐흐… 흐흐하핫! 유제아 이 재밌는 인간 같으니라고."

손가락질을 해대던 즈굴의 웃음소리가 점점 커졌다. 놈의 목소리가 마치 일대의 공간을 옥죄는 것만 같다.

아닌 게 아니라 주변에 있던 하급 몬스터들은 목을 부여잡고는 숨이 막힌 듯 꺼억꺼억 거렸다.

물론 즈굴은 그딴 건 조금도 신경 쓰지 않았다.

놈의 불같은 눈길은 오로지 내게 고정되어 떨어질 줄을 모른다. 아리따운 천사도 아니고, 몬스터 놈이 저딴 시선을 보내오니 굉장히 부담되는군.

즈굴은 이를 박박 갈면서 자신의 자리에서 서서히 아래로 내려왔다.

"좋다. 그 얄팍한 수작에 넘어가 주지. 네놈을 붙잡고 남하해도 늦지 않을 터. 군단의 깃발을 네놈 살가죽으로 만들겠다. 유제아."

"이제야 겨우 할 맘이 생긴 건가? 장난감."

"크흐흐. 결코 뜻대로 되지 않을 것이다. 네놈 수작질을 모르지 않으니."

즈굴을 도발하는데 성공했다. 작전의 첫 단추를 잘 꿴 셈이다. 물론 주변을 둘러싼 이 실벌한 몬스터 무리에서 탈출한다는 전제 하에 말이다.

일단 살아야 무리한 보람이 있는 법이지. 여기서 당하면 개죽음 밖에 더 되겠나.

힘을 아낄 필요도 없었다. 이미 즈굴이 이쪽으로 달려들기 직전이다. 곧장 화신의 능력을 사용했다.

"현현하라!"

메타트론의 날개를 닮은 시커먼 그림자가 등 뒤로 치솟았다. 화신의 막강한 힘이 전신을 감싸는 그 순간 이미 나는 방패를 들고 오른쪽으로 달려 나가고 있었다.

콰아앙!

방금 전까지 내가 있던 자리로 즈굴이 파괴적인 공격을 하며 낙하했다. 마치 항공폭탄이라도 떨어진 것처럼 먼지가 높게 치솟는다.

하지만 나는 이미 오른쪽으로 빠져 도열해 있던 몬스터들을 방패로 무지막지하게 밀어붙이고 있었다.

현현한 내 힘 수치는 군주급 몬스터와 완력 싸움을 해도 이길 수준이다.

몬스터가 떼로 몰려 있든 말든 나는 그것들을 불도저처럼 밀어버리며 앞으로 나아갔다.

몬스터들은 버티려고 악을 썼지만 도저히 감당할 수 없는 힘에 마구잡이로 떠밀렸다. 그리고 놈들은 곧 콘크리트의 언덕 아래로 비명과 함께 굴러 떨어졌다.

떨어지지 않은 놈들도 와르르 쓰러져 엉망이 됐다. 나는 뒤엉켜 넘어진 놈들을 발판삼아서 곧장 앞으로 뛰어올랐다.

바로 등 뒤에서 살기어린 기운이 덮쳐오는 걸 느꼈기 때문이다. 안 봐도 뻔했다. 즈굴이 맹수처럼 달려드는 거겠지.

아니나 다를까, 공중에서 허리를 틀어 뒤를 내려다보니 내가 디딤판으로 썼던 몬스터 무리가 피떡이 되어 터져 있었다.

뭐랄까, 높은 곳에서 떨어뜨린 토마토를 떠올리게 하는 모습이다.

즈굴의 공격은 무자비해서 적군과 아군을 가리지 않고 있었다.

본래 몬스터가 그런 경향이 있지만 분노에 돌아버린 즈굴은 더했다.

마치 분쇄기처럼 앞에 있는 건 뭐든 다 갈아버릴 기세다. 지금 놈의 눈에는 오로지 나 밖에 안 보이겠지. 그 순간 지상에 있는 즈굴에 눈이 마주쳤다.

번들거리는 짙은 회색 눈동자.

지금은 악의로만 가득 차 있었다.

'뭔가 온다.'

오랜 내 전투 감각이 경고를 보냈다. 나는 더 생각할 것도 없이 방패를 돌려 즈굴과 나 사이를 막았다. 그러자마자 빛이 작렬했다.

"크악!"

초고열의 광선이 방패를 때린 것이다. 조금만 판단이 늦었어도 방패 대신에 저걸 맨몸으로 맞을 뻔했다. 아무리 현현한 육체가 강력하다지만 중상을 피하지 못할 위력이었다.

추락하면서 보니 방패의 일부가 마치 달군 쇠처럼 새빨갛게 달아올라 있었다.

가히 엄청난 위력의 공격이 아닌가. 아마 회심의 일격이었던 모양인데 간신히 막아냈다.

나는 지면에 충돌하는 순간 방패를 땅바닥에 대어 충격을 완화하려 했다.

치이이익!

불꽃이 튀며 방패가 경사면을 따라 미끄러졌다. 마치 엎드려 눈썰매를 타는 듯 내려온 나는 크게 튀어나온 콘크리트 기둥에 부딪쳐 멈춰 섰다.

"컥!"

숨이 턱 막혔지만 차분하게 누워 있을 틈이 없었다. 지금 날 향해 달려드는 건 즈굴만이 아니다. 휘하의 몬스터들이 몽땅 움직이기 시작한 것이다.

꼬랑지를 말던 놈들이 지금은 성난 사냥개 같이 변했다. 분노로 가득 찬 즈굴의 지배력에 영향을 받은 탓이다. 저들만 해도 무서운데, 즈굴 휘하의 여러 군주급 몬스터들까지 나섰다.

도발에 성공한 것까진 좋지만 이래선 너무 위험한 게 아닌가?

아무리 내가 강해졌다고 해도 저런 군단을 홀로 상대할 수는 없는 법. 아니, 이번 경우는 잘 도망치기만 해도 완승이다.

애초에 너무 무모했던 걸까.

한순간에 수십 발이나 쏟아지는 마법의 폭격을 방패로 막아내며 현타가 다 왔다.

쾅! 콰가가강!

폭연과 불꽃 때문에 앞을 제대로 볼 수 없을 지경이다. 폐부로 가득 들어오는 시커먼 연기를 빨아들이면서도 앞으로 달려야만 했다.

이렇게 일방적으로 두들겨 맞고 있지만 반격의 여지도 없었다.

섣불리 공격에 나섰다가는 그 틈에 적에게 둘러싸일 터.

더군다나 방패 튕기기 같은 기술로 방패를 내던진 순간, 집중포

화에 온몸이 너덜너덜해지고 말 거다.

지금은 달아나는 것에만 집중해야 옳았다.

사방에서 쏟아지는 공격에 몸 곳곳에 상처가 점점 생겨났다. 물론 대부분의 일격은 현현한 강력한 육체가 막아냈지만, 완벽할 순 없었다.

그나마 다행인 건 화신이 가진 재생 능력 덕에 실시간으로 상처가 회복되고 있다는 것.

게다가 이 능력은 체력마저 회복시켜주는 탓에 나는 잠시도 멈추지 않았다.

사방에서 날 잡아채려는 손길과 기다란 촉수 따위가 끊이질 않고 뻗어왔다.

마치 무협에서 말하는 도산검림(刀山劒林)이 떠올랐다. 그 처지가 매우 험난한 지경을 말하는 것인데, 도검 대신 몬스터의 발톱과 촉수가 날아오는 걸 빼면 다를 바가 없었다.

그럼에도 어떻게든 붙들리지 않고 앞으로 나아가야 했다. 목적지는 칼두두의 군세가 있는 올림픽 공원이다.

뭐랄까, 그건 위험에 위험을 더하는 미친 짓이긴 했다.

지금도 수많은 몬스터들에게 싸 먹히기 직진인데, 칼두두의 병력들까지 더하게 된다. 내가 무사히 살아서 도망칠 확률은 극단적으로 줄어들 게 되겠지.

하지만 이런 선택만이 어려운 상황 속에서 원하는 결과를 만들어줄 것이다.

"유제아! 어딜 그렇게 꽁무니가 빠지게 도망가는 거지! 혼자 위세란 위세는 다 부리더니! 크하하핫!"

달리면서 뒤를 돌아보니 거대한 덩치의 즈굴이 파안대소하면 날 쫓아오고 있었다. 그 뒤로 무수히 많은 몬스터가 따르는데 마치 바퀴벌레 떼처럼 징그러웠다.

특히 부서진 시가지의 건물을 다닥다닥 붙어서 기어오르는 꼴이 영락없이 바퀴와 같다.

그들은 마치 거대한 하나의 유기체와 같은 모습으로 이쪽으로 밀려오고 있었다.

보통의 헌터들이라면 저들의 물결에 그대로 집어 삼켜질 게 뻔하다. 하지만 내 달리기는 만만치 않았기에 아직 잘 도망치고 있었다. 무엇보다 좋은 점은 목적지인 올림픽 공원까지의 거리가 짧다는 것.

이 정도 속도면 금방 도착하게 된다. 그런데 내가 애초부터 올림픽공원을 목적지로 삼았다는 걸 모르는 즈굴은 실컷 비아냥댔다.

"이 멍청한 것아! 어디로 도망치는 것이냐! 달리기 급급해서 네놈 앞에 무엇이 있는지도 모르는구나!"

즈굴 입장에선 내가 칼두두에게 가고 있으니 웃길 수밖에. 놈은 아마 내가 올림픽공원에 칼두두의 세력이 있다는 걸 모른다고 여기는 거겠지.

하지만 즈굴의 예상과 다르게 나는 적의 위치를 사전에 정확히 보고 받았다. 그리고 그 보고가 틀리지 않았는지 저 앞에 막대한 몬스터 무리가 보이기 시작했다.

칼두두가 이끄는 언데드 몬스터와 불쾌함을 감수하고 그쪽에 들러붙은 몬스터들이다.

이대로 달려간다면 나는 양 진영에 마치 샌드위치처럼 끼이는 상황이 된다. 그렇기에 즈굴이 저리 즐거워하는 거겠지.

"유제아! 이제 어쩔 것이냐! 어디까지 쥐새끼처럼 달아날 거지?"

그리 말한 즈굴은 자기 군세에게 손짓을 했다. 몬스터들은 즉각 좌우로 넓게 벌어지며 반원형으로 진형을 이뤄갔다. 내가 빠져나갈 구석을 원천봉쇄하겠다는 의지가 느껴졌다.

하지만 헛수고다.

애초에 이쪽이 원하는 게 그게 아니니까. 나는 오히려 속도를 올려 칼두두의 군세 쪽으로 뛰어 갔다. 이런 상황에 칼두두 쪽은 당황한 기색이 역력하다.

갑자기 나타난 나도 그렇지만, 즈굴이 군세를 이끌고 우악스럽게 몰려온 탓이다.

본래라면 진작 선발대가 남하해야 하는 시점. 그런데 이게 갑자기 무슨 난리지 싶겠지.

즈굴은 혼란스러워 하는 그들에게 우렁차게 명령했다.

"오만의 군주 즈굴이 명한다. 지금 네놈들 앞에 있는 인간을 붙잡아라!"

사실 즈굴은 칼두두 휘하의 몬스터들에게 명령할 권한은 없다. 지배력도 닿지 않고.

다만 몬스터들 사이에서 경외 받는 '오만의 군주'란 타이틀에 빌어 명령을 내린 것이다.

물론 이건 칼두두의 지휘권을 침해하는 무례한 행위다. 그러나 당장 날 붙잡는데 정신이 팔린 즈굴은 신경 쓰지 않는 기색이다.

아니, 본래부터 칼두두와 잡음이 있던 사이라 그 정도 사소한 갈등은 아무래도 좋은 걸지도 모른다.

능구렁이 같은 저놈 성격이면 일단 멋대로 굴다가 이후 칼두두가 항의하면 대강 넘어가려고 할 것 같았다.

확실히 즈굴이 포효하듯 명령한 건 효과가 있었다. 놈의 위엄에 질린 칼두두쪽 몬스터들이 엉거주춤하게나마 움직이기 시작한 것이다. 언데드 몬스터들이야 꼼짝도 안 했지만, 일반 몬스터들만으로도 충분했다.

이대로라면 꼼짝없이 포위되고, 이후 날 요리할 무대가 만들어진 것이다.

그러나 세상 일이 어떻게 뜻대로만 될까?

특히 이 유제아, 적의 계획을 망치기 위해서라면 불구덩이에라도 뛰어들 사내다.

아니, 진짜.

이번만큼은 불구덩이에 뛰어든다는 말이 하나도 틀리지 않았다. 나는 눈앞에 빼곡하게 깔린 칼두두의 군세를 보고도 멈추지 않았다.

대신 있는 힘껏 앞으로 달려 나갈 뿐이다. 누가 보면 자살 희망자처럼 보이겠지. 마치 나일악어로 가득한 강물에   홀로 뛰어드는 누와 같다고 할까?

"자포자기한 것이냐!"

즈굴은 조롱이 가득한 고함을 질러댔다. 하지만 내겐 저 많은 몬스터들 중에서 살아남을 방책이 있었다.

다만 일반 몬스터를 상대로는 무리고, 언데드 몬스터가 더 유리했다. 하여 나는 방향을 조금 틀어 벽처럼 늘어서 있는 언데드 몬스터에게로 달려갔다.

그들은 칼두두의 명령이 없었던지라 적극성은 보이지 않았다. 하지만 내가 접근하면 산 자에 대한 특유의 증오심 때문에 가만있지 않을 건 뻔했다.

즈굴 입장에선 이러나저러나 별 상관없는 일이겠지.

하지만 즈굴의 예상대로 내 돌격이 언데드의 방벽에 막혀 멈춰지는 일은 일어나지 않았다.

언데드 몬스터들과 일정 거리가 되자마자 방패를 앞으로 세우고 특기를 발휘했다.

바로 태양광 폭사였다.

이 방패가 가진 강력한 기능 중 하나로 빛과 고열을 앞으로 방사하는데, 특히 언데드 몬스터에겐 즉효약이다.

즉각 수십 미터 안쪽에 있던 언데드 몬스터들이 귀곡성을 내지르며 증발해 버렸다.

키에에에엑!

재처럼 타버린 언데드들의 육체가 그대로 바스러져 자욱하게 흩날렸다. 그보다 뒤쪽에 있는 언데드 몬스터들은 즉사는 면했지만 고열에 큰 피해를 입었다.

온몸에 불이 붙어서 날뛰는 놈들이 여럿이다.

단 한 방에 효과가 어마어마했다. 단단하게 서 있던 언데드의 벽이 와르르 무너져 내린 셈이다. 나는 즉각 그 공백 안으로 내달렸다.

적의 품속으로 뛰어든 셈이다.

다 타버린 나무처럼 앙상하게 서 있는 언데드 몬스터의 잔해를 박살내며 앞으로 내달렸다. 사방에 하얀 분진이 어지러웠다.

눈이 따갑고 숨 쉬는 게 메케해서 힘들었지만 그딴 걸 따지고 있을 때가 아니었다.

나는 계속 안으로, 안으로 파고들었다.

번쩍!

태양광 폭사가 다시 한 번 발동한다. 째지는 비명과 함께 언데드들이 열과 빛에 타올랐다.

이 능력은 항시 유용하게 써먹어 왔던 거지만, 지금은 그야말로 대박이었다. 생전에 고위 몬스터였던 언데드조차 빛을 당하지 못하고 타버렸다.

마치 태양에 노출된 흡혈귀마냥 속수무책이다. 그나마 군주급 언데드 몬스터는 태양광 폭사의 위력을 견뎌냈는데, 괴롭기는 마찬가지인 듯했다.

그야말로 기겁하더니 부하들을 마구잡이로 밀어붙이고는 도망가는 것이었다.

장대한 체구를 가진 군주급 몬스터들이 멋대로 부하를 짓밟고 밀며 달아난다. 당연히 대열이 삽시간에 엉망진창이 됐다.

거기에 더해 일시적으로 지배력까지 흔들리니 상황은 더 혼란스러웠다.

-우두머리들은 중심을 잡아라!

그때 칼두두의 목소리가 진영 전체에 울려 퍼졌다. 마치 맹수의 포효처럼 사나운 목소리였기에 당황하던 언데드 군단이 빠르게 침착함을 되찾는다.

아니, 되찾을 뻔했다고 하는 게 옳은 거겠지.

즈굴이 부하들을 이끌고 들이닥치지 않았다면 말이다.

"비켜라! 이 뼈다귀 놈들!"

날 잡는 게 최우선 목표인 놈은 막무가내였다. 그러다 보니 사방에서 언데드 몬스터와 즈굴의 부하들이 어지럽게 엉켰다.

심지어 즈굴은 내게 다가오기 위해 걸리적거리는 언데드 몬스터들은 거대한 주먹으로 단번에 박살내고 있었다.

퍼억!

일대가 뼛조각과 썩은 살덩이로 어지러웠다.

그야말로 개판이군.

이질적인 두 군대가 섞여서 또 다른 차원의 혼돈이 만들어지고 있었다.

"유제아! 이따위 노림수였나! 역시 매사 쥐새끼처럼 영악하구나!"

즈굴은 이제야 내가 왜 자살 희망자처럼 적의 무리 속으로 뛰어든 건지 알아챘다. 하지만 놈은 전혀 개의치 않았다.

성격 화끈하기로 누구에게도 뒤지지 않는 즈굴이다. 이미 내 도발에 넘어간 이상 끝장을 보자는 태도였다. 즈굴은 휘하의 몬스터를 이끌고 날 붙잡기 위해 언데드 진영을 종횡무진했다.

당연히 나는 악착같이 도망갔고, 정돈돼 있던 군대는 엉망진창이 되어갔다.

상황이 이러니 칼두두가 열을 낼 수밖에.

-즈굴! 실성해 버렸나!

마법으로 증폭된 칼두두의 목소리에는 당황과 분노가 가득 묻어나고 있었다.

-양쪽의 선봉대가 출발할 때인데 이게 무슨 개짓거리인가!

칼두두의 입장에서 보면 정말 어이없긴 할 거다. 협의된 작전을 시행해야 하는 때인데 갑자기 무슨 짓인가 싶겠지.

하나 즈굴은 안하무인이었다.

"칼두두! 쪼잔하게 굴지 마라! 그깟 선봉대는 조금 있다 보내도 된다! 유제아 놈을 잡을 최고의 기회를 놓치란 말인가!"

즈굴은 더욱 더 흥분하고 있었다. 내가 잡힐 듯 말 듯 요리조리 잘 도망다니고 있는 까닭이다.

"걸리적거리는 시체들! 졸개들아! 저 쓸모없는 것들을 밀어버려라!"

급기야 즈굴을 따르는 몬스터들은 언데드를 이리저리 밀쳐댔다. 이에 당연히 언데드 몬스터들이 발끈했다.

원래부터 살아있는 존재에 대한 증오심을 가진 그들이다. 그런데 이런 상황에서 참을 수 있을 리가 없다. 언데드 몬스터들은 똑같이 몸싸움을 해댔다.

아직 양쪽이 전투를 벌이는 상황은 아니었지만 꽤 거친 몸짓이 오간다. 마치 시위 현장의 시위대와 전투경찰을 보는 것만 같다.

결국 참다못한 칼두두가 나섰다.

-더 이상 못 봐주겠다!

언데드 진영 한가운데서 거대한 힘이 폭발했다. 잿빛 기운이 용오름처럼 하늘로 치솟더니, 거대한 덩치의 칼두두가 모습을 드러냈다.

"변함없이 기괴하군."

나는 칼두두의 외형을 보고는 인상을 찌푸렸다. 칼두두는 죽은 몬스터의 뼈와 살로 자신의 육체를 구성한다. 그래서인지 볼 때마다 다른 형상을 하고 있었다. 그때그때 유리한 형태를 한다고 할까?

우르르르!

콰아앙!

묵직한 소음을 일으키며 나타난 모습은 그 어느 때보다 거대했다.

"엄청나네."

솔직히 좀 감탄했다. 20층 건물 같은 높이를 가진 거대 언데드라니! 생김새도 특이했는데, 마치 그리스로마 신화에 나오는 히드라 같았다.

육중한 몸체 위에 아홉 개의 기다란 목이 길게 사방으로 뻗어 있다. 저 긴 목은 마치 브라키오사우루스 같은 용각류 공룡을 떠올리게 했다. 그런 게 아홉 개나 있으니 실로 장대할 수밖에.

다만 기괴한 건, 그 기다란 목 끝에 달린 머리가 파충류 같은 형태가 아니라 사람을 닮아 있었다.

그 아홉 개의 머리가 동시에 노호성을 터뜨렸다.

-오만의 군주여! 당장 그 폭거를 멈춰라!

칼두두의 목소리가 어찌나 큰지, 머리 바로 위에서 공연용 앰프

9개가 동시에 울리는 것만 같았다.

더군다나 그것은 즈굴의 육성肉聲과 다른 마법적인 목소리라 더욱 괴이하게 느껴졌다.

이에 대해 즈굴은 우렁찬 목소리로 반박했다.

"멈추라고? 개소리 집어치워라! 지금 우리의 손아귀에 누가 있는지 봐라! 당장 잡아야 한다. 걸리적거리는 네놈의 시체들이나 치우라고!"

지가 먼저 난장을 피워놓고 적반하장의 태도였다. 그런 뻔뻔한 모습에 칼두두도 일순간 말이 막힌 듯했다.

–…….

칼두두의 여러 머리들이 일제히 고개를 돌려 날 바라봤다. 그리고는 의아하다는 듯 물어왔다.

–대체 네놈은 왜 여기 있는 거냐? 유제아.

나는 천사와 인간 진영에서 최고 지휘관 격의 인물이다. 물론 대천사들 모두 나보다 위계가 높지만, 실질적인 지휘권은 내가 행사하고 있다. 한데 그런 내가 홀로 사지에 있으니 의아할 수밖에.

칼두두는 질문을 던지면서도 머리 네 개를 돌려 이리저리를 둘러보고 있었다. 혹시나 증원이 있나 찾으려는 기색이다.

내가 혼자 있는 게 도저히 상식적으로 이해가 안 되는 거다.

아무래도 현재 상황을 파악하는데 어려움을 겪는 것 같은데 내가 혼란을 좀 더해줘야겠군.

나는 칼두두를 향해 버럭 소리를 질렀다.

"멍청한 놈! 이유를 모르겠나! 이번 기회에 즈굴과 손을 잡고 네놈을 같이 재끼기로 한 것이다!"

ㅡ뭐라?

"즈굴은 강북을 홀로 차지하게 될 것이다. 나는 우환거리인 네놈을 제거하고!"

ㅡ말도 안 되는 소리!

칼두두는 바로 부정했다. 당연히 말 안 되는 소리가 맞다. 이것은 그저 당황하는 칼두두를 조금 더 혼란에 빠뜨리기 위한 꾀에 불과하니까. 금방 내 말이 거짓이라는 걸 알아챌 거다.

하지만 잠깐 머뭇거리며 즈굴을 추궁하는 정도의 틈조차 내겐 아주 요긴했다.

ㅡ즈굴! 이 황당한 발언해 대해 해명해 보도록.

다행히 먹혔다. 이쪽을 보던 다섯 개의 머리 중에 세 개가 즈굴을 향했다. 이제 날 감시하고 있는 머리는 두 개 뿐이었다.

즈굴은 분노를 터뜨렸다.

"그런 황당무계한 소리에 흔들리는 건가! 칼두두! 역시 뇌까지 썩어서 매사 판단이란 걸 못하는군! 더 이상 굼뜨게 굴지 말고 유제아를 잡는데 협력해라!"

즈굴은 답답하다는 기색을 감추지 않았다. 하지만 그럴수록 칼두두의 반감을 살 뿐이다. 안 그래도 제멋대로 자기 진영을 엉망으로 만들고 있는 즈굴이다. 거기에 호통까지 쳐대니 좋게 봐줄 수가 없다. 설령 즈굴의 말이 맞다고 해도 들어주기 싫은 삐딱한 심경이될 터. 나는 도망다니며 그런 감정을 더욱 부채질했다.

"칼두두! 정말 모르겠나? 이 모든 게 연극이다. 즈굴과 쫓고 쫓기는 척하면서 네놈 진영을 무너뜨리고 있는 게 안 보이나? 머리가 아홉 개나 달렸으면서 도무지 생각이란 걸 하지 못하는군!"

내 말에 칼두두가 분노한 듯 포효를 해댔다.

-크워어어어!

아홉 개의 머리가 동시에 날뛰는 건 꽤나 대단한 광경이었다. 아주 단단히 화가 난 모양이다.

하긴 그럴 수밖에.

칼두두의 입장에선 이 모든 일이 난데 없을 거다. 원래라면 선봉대를 내려 보내야 하는 타이밍이다. 그런데 갑자기 진영이 난장판이 됐다. 한데 그것도 부족해 즈굴이랑 내게 연이어 멍청하다고 욕까지 먹고 있다.

당연히 열 받겠지.

-이놈이나! 저놈이나!

-아주 제멋대로구나.

-이 몸이 누구라고 생각하는 거냐!

-감히 면전에서 그딴 망발을 지껄여!

칼두두의 여러 머리들이 저마다 분기탱천한 소리를 냈다. 그 소리가 마치 우르르릉, 콰앙 하고 천둥이 치는 것만 같았다.

-너희 놈들이 무슨 수작이든 더는 봐줄 수 없구나!

-일단 예절을 교육시켜 주지!

칼두두의 아홉 개의 머리 중 여섯 개가 입에 시커먼 연기를 머금기 시작했다.

딱 봐도 뭔가 흉악한 걸 토해내려는 것만 같다.

즈굴은 당연히 발끈했다.

"돕기는커녕 방해하려고 해! 저놈 세 치 혀에 놀아난 것이냐! 멍청한 것!"

─닥쳐라! 시시비비는 일단 너희를 교육한 뒤에 듣겠다!

칼두두의 태도를 보니 이간계가 완벽히 먹혔다고 하긴 힘들었다. 하긴, 놈이 바보도 아니고 갑자기 그런 소리를 한다고 즈굴과 척을 질 리는 없지. 하지만 그걸 떠나서 열 받는 건 열 받는 것.

일단 즈굴과 날 두들겨 패준 뒤에야 사정을 파악하려는 듯했다. 뭐, 내 입장에선 나쁘지 않은 상황이다.

나는 더욱 도발에 나서기로 했다.

"칼두두! 주제 파악이나 해라! 네깟 놈이 나랑 즈굴을 어쩔 수 있을 것 같나! 성질이나 죽이고 이쪽 말이나 들어보지!"

당연히 칼두두도 이 수작질을 간파했을 테지만, 분노 때문에 기꺼이 넘어가줬다.

이쪽을 향해 거대한 주둥이를 벌리기 시작한 것이다. 그러자 입가에서 시커먼 화염이 쏟아져 내렸는데, 나는 그걸 본 순간 좆 됐다는 생각이 먼저 들었다.

"맙소사!"

저건 분명 라파엘이 썼던 검은 화염이잖아? 시화호에서 놈과 싸울 때, 기습적으로 날아 온 그것 말이다.

딱 봐도 칼두두에게 전수받은 게 틀림없는 사악한 마법이었다. 한 방만 맞아도 중상을 입을 만한 위력이었는데, 문제는 그것만이 아니었다.

저 화염에는 극악한 저주가 동반되는 탓에 어지간한 기술로는 화상을 회복할 방법이 없다는 것.

당시에는 태양신격의 방패 덕에 잘 막아냈지만 지금은 사정이 완전히 달랐다.

칼두두는 저 마법의 원류인 데다가, 여러 개의 머리를 써 어마어마한 범위에 불길을 토해낼 게 뻔했기 때문이다.

대인공격처럼 일직선으로 불을 쏘아내던 라파엘의 것은 솔직히 어렵지 않게 처리했다. 하지만 이것은 차원이 다르다. 그야말로 광범위한 파괴마법.

당연한 얘기지만 그런 성질의 공격은 내 상체 정도만 가리는 방패로는 막을 방법이 없다.

일대가 불바다가 될 텐데 쇠판대기 가지고 뭘 하겠는가?

문제는 어디로 피할 구석이 없다는 거다. 사방은 언데드 몬스터로 가득하다. 당장 두더지처럼 땅을 파고 들어갈 수도 없고 말이지…. 그렇다고 덩치 큰 언데드 몬스터 뒤로 숨는 것도 의미 없었다. 온통 불길로 가득 찰 테니까.

'낭패다. 낭패.'

물론 범위 공격을 예상하지 못한 건 아니다. 다만, 이 정도의 초강력 범위 공격이 내가 적군 안에 갇혀 있을 동안 쏟아질 거라곤 생각 못했지.

심지어 입에 불길을 머금은 여섯 개의 머리 중에 네 개가 날 향한다. 나머지 두 개는 즈굴에게 향했으니, 아무래도 칼두두는 내 쪽이 더 미운 모양이다.

'위쪽으로 튀어 오를까?'

불길이 토해지는 때를 노려 벼룩처럼 위로 뛰는 거다. 하지만 이내 고개를 저었다. 공중에 떠 있을 때 완전 무방비 상태에 가까웠기 때문이다.

애초에 칼두두 정도 되는 교활한 놈이 그걸 예상하지 못할 리가 없다. 공중에서 기다렸다는 듯 날 낚아챌 수도 있고, 아니면 내가 떨어질 때를 노려 시간 차로 불을 뿜을지 모른다.

이래저래 진퇴양난의 상황.

나는 사정없이 달려드는 언데드 몬스터를 방패로 힘껏 쳐내면서 머리를 굴렸다.

콰앙!

빛이 번쩍이며 달려들던 거대한 언데드 몬스터들이 트럭에 치인 것처럼 뒤로 날아갔다. 하지만 그 정도로는 몬스터의 파도 앞에선 티가 나지 않을 수준에 불과했다.

얼른 불길이 쏟아지기 전에 이곳을 벗어나야 하는데, 솔직히 무리다. 나는 성질이 절로 났다.

"네놈들 부하까지 다 태울 셈이냐! 칼두두!"

내 외침에 불을 머금고 있지 않은 칼두두의 머리 하나가 답했다.

—상관없다! 시체란 또 일으키면 그만이니! 마침 딱 좋은 상황이다. 바라카엘 놈의 신성지로 가면 시체가 넘쳐나겠지. 지금 너희 닭털들끼리 서로 추잡하게 싸우는 중일 테니까.

놈의 말대로다.

지금 성남에선 바라카엘이 가브리엘의 토벌군을 상대로 농성 중이다. 거기에 미카엘라와 스이엘까지 가세해서 점입가경일 터. 얼마나 많은 천사와 헌터들이 죽을지 생각만 해도 아찔하다.

우리에겐 비극이지만 칼두두에게는 자원의 보고와도 같을 터. 저렇게 부하들을 쓸어버리든 말든 상관없다는 태도가 이해 못할 바는 아니었다.

날 쫓아오고 있던 즈굴은 방해를 받자 분통을 터뜨려댔다.

"정신 나간 놈! 좀 더 효과적인 방법으로 잡아야 할 것 아니더냐!"

─닥쳐라! 네놈도 시커멓게 구워줄 테니까. 애초에 일을 개판으로 만든 게 누구인데!

이번 일에 어지간히 화가 난 듯 칼두두는 여러 개의 머리를 세차게 흔들어댔다.

어조도 격하기 그지없어서 이제는 열 받은 걸 숨기려 하지도 않았다. 일단 머금은 화염을 토해내야 속이 시원하겠다는 태도다.

이에 즈굴은 더는 말릴 수 없다고 판단한 듯 온몸의 힘을 집중하기 시작했다.

"크아아압!"

고성과 함께 거대한 몸에 푸른 색의 힘이 번져간다. 그리고 그것은 한 벌의 단단한 갑주처럼 즈굴의 전신을 둘러싸갔다.

분명 즈굴이 가진 특유의 방어 마법이 틀림없다. 태도가 자신만만한 걸 보니 칼두두의 검은 화염을 효과적으로 막을 수 있겠지.

게다가 몬스터란 무리들은 태생적으로 저주에 강하다. 처음부터 부정한 혼돈 속에서 태어난 존재기에 그렇다.

즉, 칼두두의 저주 가득한 검은 화염에 대한 느낌이 나랑은 다를 수밖에.

'어떻게 하지.'

이미 칼두두의 검은 화염은 준비가 거의 끝난 상태. 나는 여전히 게걸스럽게 몰려드는 언데드를 박살내며 머리를 굴렸다.

저 화염 마법이 강력한 대신 발동하는데 시간이 저 정도 걸린다는 게 내겐 천운이다. 아무래도 라파엘이 쓰던 것보다 규모가 훨씬 거대하니 그런 듯하다. 나는 이 짧은 사이에 뭔가 방책을 만들어야만 했다.

안 그랬다면 불타 죽는 끔찍한 결과만 남을 터.

아니, 그간 메타트론의 화신으로 올라간 레벨이 있으니 즉사는 피할지도 모른다. 하지만 그것도 문제.

거의 빈사 상태에서 즈굴과 칼두두에게 붙들리면 죽음보다 무서운 일이 기다리고 있을 테니까.

거기까지 생각하던 나는 갑자기 한 가지 사실을 떠올렸다.

'잠깐? 레벨 업?'

물론 이 위기의 상황을 레벨 업으로 해결하자는 간편한 얘기는 아니다. 그래도 혹시 몰라 상태창을 열어봤지만, 레벨 업 버튼은 회색으로 누를 수 없게 되어 있다.

'역시나⋯.'

난장판을 벌이면서 언데드를 많이 태워죽인지라 잠깐 기대를 했다. 레벨만 올릴 수 있다면 일발역전이 가능했을 테니 아쉽게 됐다.

하지만 애초에 기대도 안 했다.

요즘 내가 계속 겪고 있는 문제 때문이다.

바로 그건, 언젠가부터 레벨 업이 안 되고 있다는 거다. 처음에 메타트론의 화신이 되고 나서 신나게 렙업을 하며 강해져 왔다. 그런데 그게 갑자기 멈춰버렸다.

나는 이에 대해 메타트론과 나눴던 얘기를 떠올렸다.

"어렵게 생각할 것 없다. 유제아. 너는 천사들이 설정한 힘의 끝자락에 다다른 셈이다. 지금 너를 봐라. 인간 중 너만큼 강한 존재가 어디에 있을까?"

틀린 소리는 아니었다. 전대의 전설인 태산 장흥억도 내겐 못 미친다.

"결국 그것은, 본녀의 현명하고 정확한 판단에 의하면 간단한 결론으로 귀결된다. 너의 강함은 우리가 게임에서 차용한 시스템의 한계까지 나아간 셈이지. 그러니까 이제 레벨 업이 좀처럼 안 될 수밖에. 어쩌면 아예 불가해진 건지도 모른다?"

요컨대, 만렙이라는 거다. 결국 내 성장이 끝났냐고 물어봤는데, 그건 메타트론도 미지수라 했다. 다만 이렇게 덧붙이더라.

"유제아, 스스로를 만렙이란 한계에 가둘 필요는 없다. 이제는 새로운 사고가 필요할 때다. 천사가 만든 게임이란 시스템을 벗어나 힘의 본질에 대해 탐구해야 한다는 소리니라."

그때 메타트론은 의미심장한 얼굴로 말해왔다.

"단순히 본녀의 화신으로 머물며 힘을 가져다 쓰는 게 아니라, 보다 근본적인 영역으로 가보란 말이다."

많은 생각을 하게 하는 얘기였다. 나는 한참 말없이 숙고했다. 하지만 이내 고개를 저을 수밖에 없었다. 뜻은 알겠는데, 어찌해야 할지 감이 잡히지 않았다.

우리 인간은 어쨌든 천사란 저 미지의 존재에게 의지하는 이에 불과하다. 한데 그런 처지를 넘어서라니? 지금껏 누구도 나아가본 적 없는 미개척지를 탐험하란 소리나 마찬가지다.

내가 그렇게 비관적인 전망을 내보이자 메타트론은 녀석 답지 않게 인내심을 갖고 응원해줬다.

"네 과거를 돌아봐라. 유제아. 시한부 인생의 비루한 하이에나가 지금은 인간과 천사를 통솔하고 있지. 과거 너는 이런 극적인 변화를 상상이나 했더냐? 너희 인간은 이런 걸 기적이라 부르는 것으로 안다. 지금 네 한계를 부수는 게 그런 기적보다 어려울까? 본녀는 아니라고 생각한다."

메타트론은 두 주먹을 가슴팍 앞에서 쥐어 보이며 강조했다.
"네놈은 지금껏 스스로의 열망이 이끄는 대로 달려왔다. 지금도 그렇게 하면 될 것이다."

그 말에 용기를 얻은 나는 한 가지 궁금한 걸 물었다. 왜 여태 만 렙이란 것에 대해 얘기해 주지 않았냐고 말이다. 내가 이런 고민을 털어놓을 때까지.

"어째서냐고? 간단하다. 유제아, 네가 그걸 자신의 한계점으로 받아들일까 저어됐던 거다. 그렇게 납득해 버리고 나면 그것은 종국에는 불변하는 진실이 되어버리고 말지. 그대는 그걸 원하느냐?"

절대 그렇지 않다. 그게 내 답이었다. 이에 메타트론은 흡족한 표정을 지어보였다.

"보통 게임 속에선 만렙을 넘어설 수 없지. 하지만 이곳은 현실이 니라. 게임에서 차용한 상태창이니, 레벨이니 하는 건 그저 헌터들 의 편의를 위한 시스템일 뿐."

"삶이란, 한계가 정해진 게임이 아닌 것이다."

"그리고 유제아나 너는, 이미 한계를 넘을 자격을 갖고 있다."

나는 위기일발의 와중에도 그때 메타트론이 했던 조언을 되새김 질했다. 그리고 지금이야말로 만렙이라는 제한을 뛰어넘어야 할 시 점이었다. 안 그러면 칼두두의 화염+저주라는 콤보를 당해낼 재간 이 없다.

그런데 그때, 수십 미터나 되는 거대한 꼬리가 내 진로 앞을 강타했다.

콰아아아앙—!

거대한 폭탄이 터지는 것은 소음과 흙먼지가 자욱하게 일었다. 동시에 그 범위 안에 있던 언데드 몬스터들이 모조리 박살났다. 사방에 뼈다귀와 썩은 살점의 비가 내릴 정도다. 나는 급히 방패를 들어 그것들을 막아냈다.

철푸덕!

썩은 살점이 방패를 때리는 소리가 소름 돋는다. 이어서 방패의 끝을 따라 부패한 살의 체액이 걸쭉하게 흘러내렸다.

이처럼 칼두두가 날 직접 노리지 않고 앞쪽을 내리친 이유는 간단하다. 기다란 꼬리를 방벽처럼 세워서 내 도주를 막겠다는 것.

어차피 직접 찍어봐야 태양신격의 방패로 버틸 테니, 검은 화염을 제대로 먹일 포석을 깐 셈이다.

'저 새끼가 아주 작정을 했구나!'

이를 빠득 갈고 있자 칼두두가 득의양양해 했다.

—얼굴에 당황한 모습이 보이는구나! 유제아! 크흐흐흐흐!

아니, 머리가 저 꼭대기 위에 있는데 이쪽 표정까지 다 보이는 건가? 확실히 머리가 여러 개니까 장점이 있구나.

시전 시간이 걸리는 검은 화염도 준비하고, 말도 지껄이고, 안력을 집중해 나까지 처다보고 말이야.

—유제아! 거기서 지켜봐라. 화염의 위력을!

칼두두는 검은 화염을 머금은 머리 여섯 개 중 두 개를 즈굴에게 향했다. 그렇다면 나머지 네 개는 나한테 토한다는 건데, 저거 너무한 새끼 아닌가.

아무래도 상황을 보니까 즈굴에게 먼저 불을 토해서 위력을 선보이려는 것 같았다. 내게 절망을 주고 싶은 모양이다. 동시에 그만큼 자신 있다는 거기도 하고.

즈굴은 믿을 수 없다는 듯 소리쳤다.

"이런 정신 나간! 진짜 불을 토하려는 것이냐! 네놈의 뼈다귀들뿐만이 아니라, 내 부하들까지 휩쓸린단 말이다!"

─상관없다! 직접 되살려서 요긴하게 써주마!

그 말과 함께 즈굴이 두 개의 머리에서 검은 화염을 토해냈다.

화르르르륵!

지켜보는 입장에서 솔직히 말하자면 그건 솔직히 장대한 광경이었다. 날 붙잡아 두기 위해서, 지금도 끊임없이 달려드는 언데드 몬스터들조차 동작을 멈추고 시선을 돌릴 정도였다.

뭐랄까, 하늘에서 거대한 불길이 천지를 뒤덮듯 쏟아지는 건 그 정도로 초월적인 광경이었다.

일대가 삽시간에 열화지옥으로 변한다. 범위에 휘말린 언데드 몬스터들은 폭발하는 것처럼 터져나갔다.

그런 와중에도 칼두두는 범위 조절에 나름대로 신경을 쓴 듯했다. 머리를 휘둘러 불벼락을 일대에 넓게 퍼뜨리는 게 아니라, 즈굴이 있는 위치에 집중하고 있었다.

덕분에 언데드 몬스터의 피해는 수백 정도로 그쳤지만, 당하는 즈굴은 죽을 맛이겠지.

안 그래도 즈굴이 고통에 겨운 비명을 터뜨리고 있었다.

"크아아아압! 칼두두 이놈! 해보자는 것이냐!"

집중되는 검은 화염 속에서 푸른 빛이 선명하게 빛나고 있었다. 잘 버티는 중이나, 아픈 건 별개의 문제인 것 같다. 푸른 빛이 심하게 요동치는 게 놈이 처한 격한 상황을 말해주고 있었다.

지켜보는 내 입장에선 식겁할 노릇이다. 즈굴은 종족의 특성상 저주에는 별 피해를 입지 않는다. 검은 화염만으로 저 지랄이 난 건데, 나는 어떻겠는가?

'진짜 뒤지는 수가 있겠다.'

칼두두가 위력을 선보여 나를 절망에 빠뜨리려 했다면 그건 아주 성공적이었다.

박수라도 쳐줄 만큼 대단했다. 내 간담이 완전 서늘해진 것이다. 그럴수록 살아남기 위해 머리를 최대로 굴렸다.

그야말로 두뇌 풀가동.

메타트론의 말대로 받아쓰던 힘의 본질을 깨달아야만 하는 순간이었다.

하지만 설령 깨닫는다 해도 짧은 순간 극적으로 변화가 올 것 같지도 않고, 그럴 방법도 모른다.

뭔가 도구가 필요했다.

그러다 손에 쥔 물건에 생각이 미쳤다.

"…도구라?"

그건 바로, 지금도 실시간으로 언데드를 박살내고 있는 태양신격의 방패다.

나는 일전에 들은 이 신물神物에 대한 비밀을 떠올렸다.

방패의 명칭인 '태양신격'이란 존재에 대한 것으로, 그 위대한 신격은 본디 지구에 온 천사 무리가 섬기는 자였다고 한다.

즉, 메타트론이니, 미카엘라니 하는 이름을 부여받고 천사의 형태를 하고 있는 그 존재들의 원래 주인인 셈이다.

천사 세력이 몬스터의 세력과 우주를 유랑하며 한쪽의 완전한 소멸을 위해 끝도 없이 싸우고 있는 것도 태양신격의 명령이란 것.

문제는 그 명령을 받은 지도 벌써 긴 세월이 지나 주인인 '태양신격'과 연결이 끊겨 버린 지도 오래라고 한다.

본래 출발지에서 너무 먼 우주까지 와버린 탓에 태양신격과 교신할 방법 자체가 없다나.

심지어 메타트론 같은 부류는 본래 주인인 태양신격에 대해 거의 잊어버린 모양이었다. 심지어 지고지순한 성정의 미카엘라조차 별다른 충성심을 비친 기색이 없었다. 그저 과거에 그런 일이 있었지…, 라고 회상하는 느낌이랄까?

그렇다고 태양신격 쪽에서 천사 무리를 찾은 적도 없다고. 아무래도 잊어버린 게 확실해 보였다.

하면 그딴 명령은 이제 무시하는 게 좋지 않냐고 물은 적이 있다. 그런데 그것도 쉽지 않다고 했다.

이 끊이지 않는 싸움에 진력을 내는 우리엘 같은 존재가 나오고 있음에도, 길고 긴 세월 멍에처럼 씌워진 창조주의 명령은 마땅히 벗어날 방법이 없다는 것.

그냥 하기 싫다는 결심만으로 벗어날 수 있는 것이면 진작 그만

됐을 거라고 했다.

요컨대, 태양신격이란 놈의 명령 때문에 천사 무리는 여태 벗어날 수 없는 고통에 시달리고 있는 것이다.

물론 태양신격은 이 싸움이 이다지도 오래, 끝날 기미도 없이 반복될 줄 몰랐을 수도 있다.

하지만 메타트론, 미카엘라, 스이엘을 소중히 여기는 내 입장에선 무척이나 짜증나는 놈이다.

그렇다고 마냥 원망만 하기도 그런 게, 내가 여태 살아 있는 게 그놈 방패 때문이기도 했다.

게다가 태양신격에게도 뭔가 사정이 있을지 어찌 알겠는가?

아무튼 여기서 중요한 사실이 있다. 이 신적인 방패를 구성하는 힘과 천사들이 사용하는 힘의 성질이 같은 것이란 점이다.

주인인 태양신격의 방패에 담긴 힘과 창조물인 천사의 힘이 다를 리가 없으니까.

그렇다면 한 가지 가능성에 생각이 미쳤다.

'역시… 어쩌면, 충전이 가능한 거 아닐까?'

여기서 말하는 충전이란, 진작 사라져 버린 방패의 최강 기능을 말한다.

바로 시간 역행이다.

과거 메타트론과 만났던 때 나는 몇 번이고 시간 역행을 경험했다. 그 결과 당시 지옥도 같은 상황을 무사히 돌파할 수 있었다. 더불어 까다롭기로 유명한 메타트론과 인연을 맺을 수 있었고.

하지만 강력한 힘에는 한계가 있는 법. 몇 번인지 정확히 파악하기 어려운 회귀 끝에 결국 방패의 힘은 방전돼 버렸다.

충분히 득을 봤지만 그런 막강한 능력이 사라졌으니 아쉬울 수밖에.

그래서 이후에 그 능력을 다시 충전해 보려고 여러 시도를 해봤다. 하지만 메타트론이나 미카엘라 정도의 최상위 대천사도 실패했다.

힘의 본질이 같다면서 왜 안 되는 것일까?

거기에 대해 미카엘라는 방패의 주인만 가능하단 가설을 내세웠다.

남들도 이 태양신격의 방패를 들 수야 있지만, 방패가 진정한 주인으로 인정한 건 나밖에 없다는 것.

이 신물에 무슨 자아가 있는 건 아닌 듯하지만, 사용자를 가리는 건 확실했다.

정확한 이유는 모르겠다.

설마 태양신격이란 놈이 일부러 그렇게 만들어서 보낸 게 아닐까 생각했던 순간도 있었다.

그놈도 천사들과 연락이 끊겨버리자, 무책임하게 잊지 않고 어떻게든 방책을 강구해 왔다는 가정 하에 내린 결론이다.

서로 교통할 방법이 없으니 나름대로 머리를 굴려 뽑기 시스템을 이용해 전에 없던 강력한 신물을 이동시킨 게 아닐까?

장비와 물자야 말로 전쟁을 지원하는 기본이니까.

미카엘라의 말에 의하면, 만약 그게 사실이면 자기 주인 성격상 모종의 조치를 해놨을 듯하다고 했다. 이 정도 되는 신물을 몬스터나 불순한 의도를 가진 이가 쓰면 곤란한 법이다.

하니 합당한 주인 말고도는 제대로 활용하게 못하는 것도 이상한 일은 아닐 터.

물론 여기까지도 다 내 예상에 불과하다.

진실은 안개 저편에 존재할 뿐이다.

그 멍청한 태양신격이란 놈이 그냥 건망증에 분실한 방패가 요상한 경로로 뽑기 시스템까지 흘러들어온 걸지 누가 알겠는가?

아무튼, 여러 가정이 난무했는데 중요한 건 이거다.

이 방패를 다시 충전할 수 있는 건 오로지 나뿐이란 것. 그리고 방패의 방전된 힘과 메타트론에게 받은 화신의 힘은 서로 같은 성질이라는 것.

즉, 지금 상황에서 나를 구할 건 오로지 나 자신 밖에 없다.

다행히 아주 맨땅에 헤딩하는 건 아니다. 이미 메타트론과 쿠니엘에게 시간 역행에 관한 도움을 받은 적이 있었다.

나는 머리 위로 쏟아져 내리는 거대한 불길의 파도를 보며 기억을 더듬었다.

화르르르륵!

즈굴을 적당히 손봐준 칼두두가 이번에는 날 향해 시커먼 불을 토해냈다. 당연히 나는 즈굴처럼 막강한 방어 기술은 없었기에 재빨리 움직였다.

전신에 힘을 고루 집중한다. 화신이 가진 압도적인 신체능력을 이용해 내가 낼 수 있는 최대 속도를 발휘했다.

강력한 마력이 허벅지에 깃들자 내 움직임은 가히 폭발적이었다. 거기에 더해 방패까지 앞세우자 앞에 걸리는 언데드들은 모조리 터져나갔다.

속도가 올라가니 충격력 역시 이전과 다를 수밖에. 마치 그것은 거대한 언데드 군대라는 살덩이를 송곳으로 꿰뚫어 버리는 것과 비슷했다.

하지만 그런 움직임에도 칼두두의 검은 화염을 완전히 피할 순 없었다.

첫 번째 화염 방사의 범위는 아슬아슬하게 벗어났다. 그러나 두 번째에는 어림도 없었다. 총 네 개의 머리를 내게 배정한 칼두두가 이미 내 움직임을 보고 예측샷을 날렸기 때문이다.

영악하게도 칼두두는 즈굴 때와 다르게 한 번에 화염을 집중하지 않았다. 막강한 저주 효과를 믿는 듯 내가 움직일 수 있는 범위 전체에 화염을 흩뿌렸다.

그 때문에 칼두두의 군대에는 즈굴 때와는 비교도 안 될 피해를 입었지만 그는 별로 상관하지 않는 모양이었다.

확실히 그런 방법은 내게 치명적이기도 했고.

화르르르륵!

사방에서 검은 화염이 쏟아져 왔다. 그것은 마치 해일처럼 밀려들고 있어 방패로 막을 성질의 것이 아니었다.

결국 이를 악물고 버텨내는 수밖에. 화신이 된 후 성장한 내 육체는 초월적인 내구도를 가졌다. 저런 고열의 화염조차 쉽사리 날 태워버리지 못한다.

"크아아아아!"

전신이 불길에 휩싸였다. 나는 재빨리 안구를 보호하기 위해 눈을 감고, 기도로 화염이 들어오지 않게 숨을 멈췄다.

신체의 모든 부위가 아찔할 정도의 격통에 사로잡혔다. 화신이 된 후에 이렇게 아팠던 적이 있었나 싶을 정도였다. 화염에 저항하기 위해 화신의 힘을 최대로 끌어내면서 나는 이를 악물었다.

허리가 절로 굽혀졌는데 이 급박한 와중에 황당한 생각이 들었다. 마치 내가 불로 구워지는 오징어 같단 생각이 든 것이다.

'빌어먹. 오징어 많이 구워먹었는데 그 죄를 받는 건가.'

이딴 생각이 드는 걸 보면 아직 여유가 있는 것 같았다. 그리고 마침내 끝나지 않을 것 같은 화염이 멈췄다.

불길이 사라지고도 피부가 가벼운 화상으로 붉게 달아오를 정도의 열기가 일대에 가득했다.

잠깐 숨을 들이마셨는데 뜨거운 열기가 폐로 가득 들어왔다.

"크윽!"

마치 그 고통이 펄펄 끓인 물을 단번에 들이켰을 때 식도가 타들어가는 느낌이랄까?

한 마디로 최악.

"아아악……!"

나는 참지 못하고 가슴팍을 손으로 쥐어뜯었다. 그때 보니까 팔에 화상이 가득했다.

이미 의복의 상당 부분이 타서 부스러져 내렸는데, 그 때문에 화상이 적나라했다.

부위마다 정도가 달랐다.

피부가 일그러지고 물집이 잡힌 정도는 약과였다. 심한 곳은 아예 피부의 전층이 죽어버린 상태라 통증조차 느껴지지 않았다. 요컨대, 신경까지 손상된 거다.

보통 이런 수준이 되면 자연적인 회복은 불가능하다. 해당 부위를 제거한 뒤 새로운 피부를 이식하는 게 보통 의학적인 방법이다.

한데 내가 지닌 강력한 재생력은 이것조차 실시간으로 회복하고 있었다. 다행히 완전히 시커멓게 타서 절단해 버려야 할 정도의 화상은 없었기에 그렇다.

휘이이잉.

후끈한 바람이 한 차례 불었다. 그제야 숨 쉬기 적당해졌다. 시커먼 연기와 불티가 밀려가자 나를 내려다보는 칼두두의 여러 머리들이 보였다.

그는 놀라움을 표현했다.

─버틴 건가!

모든 화염을 집중한 건 아니지만, 분명 일부가 직격했다. 그런데도 내가 숯덩이가 되지 않은 게 신기한 모양이다.

─하지만 몸을 좀먹는 저주에는 대항할 수 없을 거다!

칼두두는 자신만만하게 외쳤다. 아닌 게 아니라, 화상의 통증에 몸서리치는 와중에 저주에 의한 피해가 몰아쳤다.

심지어 이 저주는 화상보다도 심한 고통을 수반했다.

"아아악! 크아으윽…!"

저 득의양양한 칼두두 놈이 짜증나 참으려 했음에도 절로 죽는 소리가 나왔다.

대체 이걸 뭐라고 해야 할까?

전신을 수만 마리 벌레가 파먹는 것 같은 기분이다. 급기야 나는 참지 못하고 방패를 떨어뜨리고 한쪽 무릎을 꿇고 말았다.

털썩.

먼지가 자욱하게 인다. 동시에 저 멀리서 터져 나오는 포효가 들렸다.

"유제아! 네놈이 결국 쓰러졌구나!"

즈굴이다. 녀석의 목소리는 기쁨으로 가득 차 있었다.

곧이어 대지를 쿵쿵 올리는 발소리가 들렸다. 즈굴이 날 향해 곧장 달려오고 있는 것이다. 그런데 이는 금방 제지 받았다.

─물러나라! 멍청한 놈! 불길을 뒤집어쓰고도 아직 주제 파악이 안 되는 건가!

칼두두는 즈굴을 제지하고 있었다. 왜 그런가 했더니, 아무래도 나에 대한 소유권을 주장하는 모양이다.

─네놈은 자격이 없어!

"뭐라! 닥쳐라! 한 번 당해주니까 상황 파악을 못하는군! 그 많은 머리를 다 뽑아줘야 정신을 차릴 테냐!"

돌아가는 상황을 보니 역시나다.

마치 육식동물끼리 잡아놓은 사냥감을 놓고 다투는 꼬라지다.

굴욕감이 느껴졌다.

하나 이것은 기회기도 했다. 나는 둘이 다툼을 벌이는 사이에 다시 태양신격의 방패를 손에 쥐었다.

저주가 온몸을 좀먹어 가고 있었지만 극복할 방안이 떠오른 것이다.

나는 과거 시간을 다루는데 일가견이 있는 철심장 쿠니엘과의 대화를 회상했다.

"시간이란 게 뭐라고 여겨…?"

짧지만 어려운 질문이었다. 거기에 대해 나는 간단히 답했다. 물리량의 기본적인 단위가 아닐까 하고. 너무 성의 없는 대답이 아니었나 싶었지만 쿠니엘은 의외로 순순히 고개를 주억였다.

"좋은 대답이야… 시간에 대해선 논쟁이 많지……. 실재 하는지도 의문이고. 다만 유제아 네가… 시간이란 걸 막연하고 어렵게 생각하지 않는 건 좋아……."

쿠니엘은 시간을 다루는 능력자들은 저마다의 방법으로 시간을 해석해서 사용한다고 했다. 내가 시간을 간단한 물리적 단위로 이해하고 있다면, 그렇게 하는 게 좋다고.

"시간을 다루는 걸 엄청난 이적 같이 여기지 마……. 모호하게도 생각할 필요 없고. 네가 생각하는 시간이 그저 1초… 2초… 3초… 같이 측정할 수 있는 단위라면 그걸로 충분해. 그리고 그 단위를 부분적으로 움직이는 거야……."

되물을 수밖에 없었다.

부분적으로?

이 질문에 대해 쿠니엘의 답은 이랬다.

"시간은 절대적인 게 아니야… 상대적이지. 같은 장소에 있어도 서로의 시간은 다르게…… 흐를 수 있어. 그러니 방패로 발휘했던 회귀처럼…… 거대한 일을 할 필요는 없어. 본래 방패에는 태양신 격의 힘이…… 충전돼 있으니 가능했던 거잖아. 인간인 네가 그걸 무리해서 따라 할 필요는 없어….."

그래서 부분적이라고 했다.

아예 역사 자체를 되감아 버리는 신의 기적이 아니라, 시간의 흐름이 모두 제각각인 걸 이용해 부분적으로 시간을 이용하라는 것.

"시간은 강력해. 아무도 시간을 이길 수 없어……. 그러니 아주 작은 공간만 시간을 통제하더라도 가공할 결과로 이어져…."

실제로 쿠니엘이 쓰는 힘을 보면 공감할 수 있는 말이다. 그녀는 반구형의 공간을 설정해, 그 안에서 시간의 흐름을 느리게 만들어 버린다. 여러 군주급 몬스터가 거기에 속수무책으로 당해왔다.

회상을 끝낸 나는 결론에 도달했다.

"그래, 부분적인 시간의 통제."

나는 저주가 좀 먹고 있는 자신의 신체를 살펴봤다. 피부 여기저기가 시커멓게 타들어 간 것처럼 변하고 있었다. 끝나지 않는 격통

탓에 여기저기 혈관이 터질 듯 불거진 상태.

멈추지 않으면 여기서 죽는다. 다행히 적들은 날 두고 다투느라 시간을 허비하고 있었다. 이미 사바나 초원에 쓰러져 마지막 숨결을 헐떡이고 있는 임팔라 정도로 보이겠지. 살고 싶다면 놓칠 수 없는 기회다.

나는 확실한 목표를 정했다.

'방패를 도구로 사용한다. 그리하여 시간을 통제해 저주를 멈춘다.'

문제는 대체 이 태양신격의 방패를 충전하는데 얼마나 되는 마력이 필요하느냐는 거다.

'애초에 제대로 충전하기는 무리겠지.'

이 신물이 마력을 머금을 수 있는 양은 어마어마하다. 정확히 파악하지 못하겠지만, 가히 심연과도 같을 터.

과거 몇 번이고 내 마력을 쏟아 부어 방패를 충전하려 해본 적이 있다. 하지만 그것은 넓은 호수에 던진 조약돌처럼 사라질 뿐이었다. 그 후 다신 시도하지 않게 됐다.

'하지만 지금은 그 넓은 호수를 다 채울 필요는 없지. 필요한 용도 정도만 하면 된다.'

나는 태양신격의 방패에 마력을 쏟았다. 지금 날 좀먹고 있는 저주를 멈추려면 아마 남은 마력을 대부분 소진해야 할 터였다.

'여기까지 오면서 쓴 마력이 적지 않은데 아슬아슬할 것 같군.'

이후의 도망가는 상황도 문제겠지만 망설일 때가 아니었다.

나는 눈을 감고 온몸의 마력을 일으켰다. 태양신격의 방패는 마치 게걸스러운 짐승처럼 마력을 먹어치웠다.

삽시간에 보존하고 있던 마력을 털려버렸다. 쭉 빨리는 이 느낌은 몇 번 경험해봤지만 적응이 안 된다.

"헉… 허억!"

온몸에 탈력이 일어난다. 전투 중 몸을 폭발적으로 쓸 때와도 비교가 안 될 정도다.

판타지 소설에 나오는 에너지 드레인에 당하면 이러지 않을까 싶다.

'설마 이래놓고 에너지가 충분하지 않은 건 아니겠지?'

그럼 진짜 똥 된다.

말 그대로의 의미다.

즈굴이 날 잡아먹고 뒷구멍으로 배설할 확률이 매우 높으니까.

'진짜 그것만은 피하자. 제발!'

속으로 간절히 빌면서 방패의 힘을 작동시킬 방법을 궁리했다.

쿠니엘은 내가 이해하고 있는 방법대로 시간을 다루면 된다고 말했지.

하면 시간이란 무엇인가? 그리고 무엇이 가장 이해하기 쉬운가?

나는 짧은 순간 고민하다가 시계를 떠올렸다. 살아가면서 시간이란 곧 시계나 마찬가지였기 때문이다. 나는 늘 시계를 보며 시간이란 걸 인식해왔으니까.

그렇다면 시간은 곧 시계라고 해도 틀린 소리는 아닐 터.

그렇다면 그 시계는 어떤 구조로 이뤄져 있는가?

마침 적당한 기억과 경험이 있다.

과거 하이에나 시절, 지아 누나가 시계를 선물해 준 적이 있다. 제법 값이 나가는 시계였다. 다이버용으로 나온 물건이라 튼튼하기도 했고.

그 시계는 기계식이라 오른쪽에 있는 용두를 돌리면 안에 있는 태엽이 감기게 된다. 그리고 그게 안에 있는 장치를 움직여 시계가 작동하게 된다.

즉, 동력이 떨어지면 시계는 멈추게 된다.

내게 시계는 시간과도 같다.

그렇다면 시간의 정지에 그 원리를 이용할 수 있지 않을까?

잠깐 희망이 보이는 듯했다. 도대체 시간이라는, 아무도 가르쳐 주지 않는 미지의 힘을 어떻게 다뤄야할지 약간이나 감을 잡은 탓이다.

하지만 그것도 오래 가지 못했다.

시계의 내부 구조를 떠올려보자 '무브먼트'라고 불리는 그것이 너무나 복잡한 탓이었다.

어떤 장치가 어떤 역할을 하는지 알 방법이 없었다. 선물 받은 시계가 부서졌을 때 본 내부구조만으로는 절대 무리였다.

탐구를 위한 시간과 자료가 있다면 모를까, 지금은 무리다. 짧은 시간 안에 해낼 더 효과적이고 간단한 방법이 필요했다.

그래서 훨씬 간단한 배터리로 가는 쿼츠 시계를 이미지로 떠올려 보려 끙끙댔다.

쿼츠 시계란 배터리를 빼버리면 정지하기 때문이다. 지금처럼 구동원리를 때문에 머리를 혹사시킬 필요가 없다.

하지만 아무리 애를 써도 불가능했다. 쿼츠 시계의 내부구조를 본 적이 없으니 떠올릴 방법이 없다.

'어떻게 뚜껑을 따고, 어느 부분에 얼마나 되는 크기의 건전지를 넣는지 전혀 모르겠어….'

게다가 내게 시계란 기계식의 이미지가 너무나 강했다. 평생 손목시계를 차본 적이 없었는데, 지아 누나가 선물해서 갖게 된 유일한 게 기계식이었다. 당연히 기억에 깊숙이 각인될 수밖에.

'젠장, 쉬운 길을 놔두고 어려운 길로 가야 하다니….'

고민하던 중 퍼뜩 무언가가 떠올랐다.

"아!"

바보인가? 나는!

시계를 몇 번 안 찼던 탓에 깜빡 잊어버린 게 떠올랐던 것이다.

'안타깝게도 금방 망가졌으니….'

지아 누나가 애써 돈 모아 선물해줬던 시계는 하이에나 시절 몬스터에게 잘못 걸리는 바람에 박살났다. 몇 번 차보지도 못한 게 참 애석하고 미안했지. 아무튼, 그래서 아주 간단한 사용법인데 까먹은 게 있다.

시계의 용두를 잡아 뽑으면 시간을 맞출 수 있는데, 이때 초침이 정지한다. 이런 기능을 '해킹'이라 불렀고. 해킹을 연상하면 분명 간단하게 시간을 정지할 수 있다.

용두를 뽑자 초침이 정지하는 장면은 내 뇌리에 아직 선명하게 남은 상태니, 연상에는 문제가 없다.

'직관적이고, 단순한 방법이야.'

그렇지만 나는 곧 이것 이상의 뭔가가 필요함을 느꼈다. 이쪽 방면으로 수련이 부족해서 이미지를 형상화하는 게 어려웠기 때문이다.

'시간이 없는데.'

연상만으로 어렵다면 무언가 물리적인 보조가 필요했다. 고민하던 나는 곧 뭔가를 발견했다.

'가만?'

태양신격의 방패를 내려다보던 중, 이 원형의 방패가 마치 시계 같다는 생각이 든 것이다. 그리고 이어서 방패 오른쪽 끝에 있는 장식이 눈에 들어왔다.

본래 그것은 태양빛을 시각화한 모양에 불과했는데, 지금은 마치 시계의 용두처럼 보였다. 오른쪽으로 당기면 잡아 뽑을 수 있을 것만 같다니.

'이거다. 지금 필요한 물리적인 보조.'

딱이지 싶다.

원형의 방패를 시계로, 튀어나온 장식을 용두로 인지한다. 분명 아직 수련이 부족한 내겐 절대적인 도움이 될 터.

망설일 필요 없었다.

바로 재도전에 들어갔다.

'시간이란 시계다.'

가장 단순하면서도 쉬운 방법으로 방패를 도구로 이용한다. 나는 그것에 충실하며 연상에 잠겼다. 그리고 부족한 심상을 메우기 위해 오른손으로 방패의 장식을 붙잡고는, 시계의 용두처럼 잡아 뽑았다.

그 순간.

지금까지 도무지 일어날 것 같지 않은 일이 벌어졌다.

메타트론이 말하던 미답지에 발을 들여놓게 된 것이다.

'이렇게 쉽게?'

깨달음이란 어려우면서도 간단한 거라더니 지금이 그랬다. 도저히 방법이 안 보였는데, 효과적인 연상만으로 이리 되다니

'역시 메타트론의 말이 맞았어.'

이미 나는 한계를 넘을 자격을 갖고 있었던 것이다. 헌터 시스템이 그걸 구현하지 못해 레벨 업이 막혔던 것 뿐. 간단한 돌파가 이뤄지자 즉시 새로운 경지에 다다르게 됐다.

'이것이 힘의 본질적인 영역인가?'

받아만 쓰던 힘이 이제는 내 것처럼 느껴졌다. 그 새로운 성취가 이제껏 없던 경험을 선사해왔다.

뭐든 직관적으로 그리고, 창조할 수 있단 느낌이 들었다. 나는 지아 누나의 시계를 떠올렸다.

기억 속에서 희미하던 것이 무슨 일인지 선명하게 되살아난다. 그리고 마치 눈앞에서 그 복잡한 부품들이 확대돼 보이는 듯한 환상에 사로잡혔다.

"아…!"

동시에 오른손 쪽에서 빛이 번쩍였다.

정확히는 오른손이 아니라 용두처럼 잡은 방패의 장식이다. 놀랍게도 그것은 빛과 함께 실시간으로 변형을 일으키고 있었다.

딱딱한 금속성의 질감이 마치 찰흙처럼 말랑말랑해졌다가 잠시 뒤에 원래대로 돌아왔다.

변형된 모습은 그야말로 시계의 용두였다. 과연 신물은 신물이구나! 사용자의 요구에 따라 이렇게 형상이 변형되다니.

나는 주저 없이 그 용두를 잡아 뽑았다. 동시에 방패 안에 저장했던 마력이 삽시간에 증발하는 게 느껴졌다. 그리고 내 바람대로 몸을 좀먹던 저주의 시간이 멈춰버렸다.

"세상에……!"

상황이 이러자 한창 다투던 즈굴과 칼두두도 눈치를 챘다.

"유제아! 다 죽어가던 놈이 무슨 발악이냐!"

―비켜라! 즈굴!

둘은 일이 뭔가 잘못됐음을 느끼고는 싸움을 멈췄다. 하지만 이미 늦어버렸다.

이 몸은 저주를 멈춰버렸으니까.

화상의 경우는 재생 능력으로 거진 회복됐다. 여기에 더 좋은 건, 칼두두가 화염을 뿜어내느라 주변이 초토화됐다는 것.

벽처럼 내 앞을 막던 언데드 몬스터 무리가 눈에 띄게 듬성듬성해졌다.

이 정도라면 도망치지 못할 것도 없다. 한계에 가까운 상황이라 저 두 괴물 놈을 상대하긴 무리라도 달리기라면 자신 있었다.

"잘 있어라! 이 병신들아! 나는 간다!"

그 말과 함께 곧장 달음박질을 시작했다.

서둘러 언데드 몬스터들이 날 막아서려 했지만, 이미 빠져나갈 구석이 많았다.

나는 방패를 앞세운 채 황소처럼 돌진했고, 막아서는 놈들은 트럭에 치인 것처럼 날아갔다.

빠가각!

뼈다귀 부서지는 소리가 사방에 요란하다. 여기서 살아나가면 진짜 지아 누나 덕이다. 금방 망가져서 내내 미안했었는데, 누나가 내게 시계를 사준 건 헛일이 아니었다. 돌아가면 뽀뽀라도 해줘야지.

아마 놀라서 기겁할 걸?

그런 얼굴을 보는 것도 생각보다 재밌을 것 같았다.

"유제아! 빠져나갈 수 있을 것 같으냐!"

뒤에서 즈굴의 목소리가 쩌렁쩌렁 울렸다. 돌아보지 않아도 녀석의 표정이 다 보이는 것만 같았다.

한껏 거드름 피우다가 다 잡은 고기가 도망치게 생겼으니 볼만한 얼굴을 하고 있을 터.

그러가나 말거나, 나는 걸음아 날 살려라 하며 도망가고 있었다.

좆 된 건 놈이지 내가 아니지. 엄청 위험했지만 이대로 도주에 성공한다면 이번 작전은 대성공이 아닐까.

즈굴과 칼두두의 선발대는 출발하지도 못했고, 지금 개판으로 엉켜버렸다. 게다가 두 거두(巨頭)의 감정 역시 최악으로 치달을 터.

지금에야 내빼는 날 잡기 위해 싸움을 접었지만, 만약 놓친다면 이후에 책임론이 오갈 게 뻔했다.

적의 진군도 막고 균열도 일으키는 것이다. 한데 그것은 내 생각보다 빨리 일어났다.

"이 멍청한 뼈다귀야! 방해하지 말고 지금은 도와라! 유제아를 잡아야 한다!"

즈굴이 먼저 명령하듯 외치자 칼두두가 냉담하게 거절한 것이다.

ㅡ이런 개 같은 상황에서도 저 인간에게 집착하는 건가? 그렇게 잡고 싶으면 혼자 가도록!

"뭐라! 이 병신 같은 새끼가!"

즈굴은 칼두두가 바로 저렇게 자를 줄은 몰랐는지 당황한 목소리를 냈다.

나는 칼두두의 결정을 이해할 만했다. 그에겐 자기 군대의 유지가 더 중요하다.

비록 칼두두가 나와 적대 관계로 돌아섰지만, 그의 최종 목표는 하얀 거인이다. 놀랍게도 저 죽음에서 돌아온 자는 인간과 천사가 아니라 같은 몬스터에게 보복하고자 했다. 그러니 자기 세력 관리가 더 중요한 문제로, 즈굴이랑은 입장이 다르다.

'연이은 사건으로 언데드 군대는 혼란에 빠져 있다. 이런 상황에서 칼두두까지 날 잡겠다고 나서면 붕괴되겠지.'

언데드 군대는 상명하복이 철저한 대신 그만큼 지배력이 더 많이 든다. 칼두두가 맘대로 자리를 비울 수 없다는 소리.

그렇다고 군을 통째로 이끌고 날 쫓기엔 속력이 안 나온다. 지금 나는 무서운 속도로 달아나고 있었다. 무리해서 쫓으려 하면, 군대가 길게 늘어져 이리저리 흩어질 테니까.

결국 즈굴의 바람과 달리 칼두두는 날 못 쫓는다. 나는 열심히 뛰다가 몸을 돌려 즈굴에게 가운데 손가락을 세워 보였다.

"이 애새끼 같은 놈아! 칼두두가 돌봐주지 않으면 나 하나 못 잡는 거냐! 캬하하핫!"

가뜩이나 열 받아 죽겠는데, 내가 이런 도발까지 하자 즈굴은 그야말로 돌아버렸다.

이젠 자기 친위대격의 부하들까지 내버려두고 날 쫓아온다. 여태 그를 수행하던 부하들은 이미 언데드 몬스터들과 드잡이질을 하느라 엉켜있던 상태. 폭발적으로 튀어나오는 즈굴을 도저히 따라잡질 못하고 있었다.

나는 그러거나 말거나 꽁무니를 뺐다. 뒤에선 즈굴이 호랑이처럼 울어댔다.

"유제아! 이 빌어 쳐 먹을 새끼야! 네놈을 손가락 끝의 불로 지저 죽여주겠다!"

여기서 몬스터가 말하는 손가락 끝의 불이란, 라이터만큼 작은 불길을 의미한다. 저 미친놈이 라이터 같은 불로 내가 죽을 때까지 태우겠다는 거다.

지난번에 근육을 한 결, 한 결 찢겠다더니 갈수록 참신하게 가학적인 새끼가 아닌가?

"유제아 네놈이 네 애미 몸에서 태어난 것 자체를 후회하게 해주겠다!"

허? 저놈이 이제 패드립까지 치네. 저게 어딜 봐서 몬스터냐. 아무리 봐도 속은 그냥 인간 그 자체 같다. 천사도 그렇지만 몬스터들도 시간이 지날수록 점점 인간과 닮아가는 것 같단 느낌이 드는 건 나만의 착각일까?

속으로 이런 생각을 하고 있는 나지만 상황은 녹록하지 않았다. 진짜 죽을 둥 살 둥 달리고는 있는데 즈굴을 도저히 떨쳐낼 수가 없는 것이다.

서로 속도가 비슷해서 답이 안 나오네.

"아, 씨발. 허억! 헉!"

숨을 몰아쉬면서도 욕이 절로 나왔다. 당연한 얘기지만 지금 싸우면 그냥 진다. 저주를 멈추느라 마력을 쏟아 부은 상태니까.

뒤에선 이런 내 상태를 짐작하고 즈굴이 한껏 조롱을 퍼붓고 있었다.

"유제아! 이 씨발 새끼야! 쫄리냐! 잡으면 두고 보자!"

말하는 게 그냥 동네 양아치가 따로 없네. 특히 지배를 받으며 인간들 사이에 있었던 게 큰 영향을 미친 것 같다.

"쫄리기는 지랄! 허억! 헉!"

"숨넘어가고 있는데 허세는! 크하하하! 딱 가다려라! 이 조그만 쥐새끼야!"

어떻게 된 건지 즈굴의 체력은 끝이 없는 것만 같았다. 저 빌어먹을 새끼는 숨을 몰아쉬지도 않는다. 반면 나는 점점 궁지에 몰리고 있었다. 이대로라면 성남까지 도망가기는커녕 몇 분 안에 붙들릴 게 뻔하다.

'진짜 개좆같은 작전이었다.'

내가 계획하고 실행한 거지만, 막상 연이어 벌어지는 사태를 보니 욕이 절로 나온다. 한 고비 넘겼는데, 또 이런 문제… 살아서 도망가기가 이렇게 힘드냐?

그런데 그때 마법적인 전음이 들려왔다.

－꽤나 바빠 보이시군요?

움찔 놀랄 수밖에 없었다. 그러다 즈굴과 거리가 좁혀질 뻔했기에 다시 한동안 빡세게 달려야 했다. 즈굴 놈이 쏘아낸 마법을 방패로 쳐내면서 말이다.

－다르쿠다.

나는 상대의 이름을 불렀다. 금속을 떠올리게 하는 차가운 목소리의 소유자.

진정한 정체는 메타트론의 여동생인 산달폰이지만, 그렇게 부를 순 없다.

마법으로 전언을 보내는 것도 완벽한 보안이 아니기 때문이다. 혹여나 감청될 것도 염두에 둬야 한다.

－당신 배를 찌른 존재라 그런지 확실히 기억하고 있군요.

말투를 들어보니 상대는 확실히 다르쿠다란 입장에서 이야기 하는 것 같았다.

서로를 돕는 진정한 관계가 아니라, 몬스터와 인간이란 입장을 견지하는 것 같아서 나도 거기 맞춰주기로 했다.

'어쩌면 제3자가 듣고 있는지도 모르지. 눈치껏 행동하사.'

그리 결론을 내린 나는 적대감 어린 태도로 답했다.

－살금살금 숨어 다니는 새끼답게 전음으로 장난질이군. 자신 있으면 앞으로 나오지 그래?

－바빠 보여서 말이죠. 그것보다 제안이 있답니다. 그 비루한 목숨을 구할 기회인데 어떤가요?

지금 대답으로 확실해졌다.

다르쿠다는 누군가 이 대화를 듣는다고 해도 문제없게 행동하는 중이다.

-급하면 개똥이라도 써야지. 무슨 제안인데?

-귀담아 들으세요. 목숨 줄을 연명할 유일한 기회니까. 아, 뒤에서 돌 날아옵니다.

이에 나는 몸을 돌려 방패로 하늘을 덮는 듯 날아오는 거대한 바위를 쳐냈다.

카앙!

충격음과 함께 집채만한 바위가 산산조각난다. 문제는 다음이었다. 그 바위 잔해를 뚫고 시커멓고 악의로 가득한 눈동자가 나타났다.

즈굴이었다.

"유제아-!"

어느새 바로 뒤까지 따라잡은 즈굴이 공중으로 흩어지는 바위 잔해를 온몸을 헤치며 낙하해 왔다.

"큭!"

이를 악물 수밖에 없었다. 태양신격의 방패로 바위를 박살내느라 온몸을 뒤로 돌린 상태였다. 하필 그 시점에 당했으니 허를 찔릴 수밖에. 그나마 다행인 건 즈굴과 나 사이에 태양신격의 방패가 있다는 점이다.

콰아아앙!

즈굴의 거체가 날 짓밟고 올라섰다. 그리고 내 몸이 수십 미터나

지면 위로 미끄러졌다.

"커억!"

즈굴 같은 거체에 깔린 채 미끄러졌으니 등판이 완전히 갈려나가야 정상. 하지만 강인한 화신의 몸뚱아리는 그걸 견뎌냈다. 물론 충격이 만만찮다. 즈굴은 바닥에 깔린 내 모습을 보며 입을 헤벌쭉 찢었다.

"잘 걸렸다! 이 새끼야!"

길게 찢어진 입 안에 칼날 같은 이빨이 가득하다. 흡사 귀신의 미소가 따로 없었다.

"존나게… 못 생겼군….”

그런 감상에 대해 즈굴은 주먹으로 화답해 왔다.

마치 격투기 선수가 파운딩을 하듯, 내리쳐왔다. 놈의 손등 부분, 중수골 끝 쪽에는 마치 너클을 낀 것처럼 굵은 가시가 튀어나와 있어 실로 위협적이었다. 나는 그것들을 이를 악문 채 방패로 막아냈다.

쾅! 콰앙! 쾅!

태양신격의 방패 너머 온몸이 떨리는 충격이 전해져 들어왔다.

'한 방만 맞아도 죽는다!'

아닌 게 아니라, 막는 동안 태양신격의 방패에서 불꽃이 마구 튀고 있었다. 즈굴은 악을 써댔다.

"더럽게 단단한 방패 같으니라고! 구겨지지도 않나! 크아아아!"

라파엘의 말처럼 이 방패는 역시 사기다. 한때 카르페의 삼건장 가운데 하나였고, 언젠가 대군주가 되어도 이상하지 않을 즈굴조차 어쩔 못하는 것이다.

　그렇다고 내 처지가 마냥 안녕한 건 아니다. 한 대 맞을 때마다 등뼈가 부러질 것 같은 고통과 함께 땅에 처박히고 있었으니까.

　버티다가 방패를 지지하는 내 팔이 먼저 박살날 것만 같다. 그때 작은 한숨 소리가 들려왔다.

　ㅡ정말 손이 많이 가는군요. 귀찮게.

　그와 함께 즈굴의 머리가 옆으로 꺾이며 피가 튀었다. 일순간이 지만 즈굴의 불타던 두 눈이 흐려졌다. 그 뒤에 소음이 뒤따랐다.

　타앙ㅡ!

　마치 총탄이 터지는 것 같은 소리였지만, 마법에 의한 것임이 확실하다. 저격총 같은 걸로 즈굴의 몸에 상처를 낼 수 없으니까. 즈굴의 관자놀이에서 피가 주르륵 흘러나오고 있었다. 저격탄처럼 멀리서 쏘아진 마법이 그곳을 때린 듯했다.

　나는 그 틈에 재빨리 즈굴의 밑에서 빠져나왔다. 즈굴은 금세 눈빛을 회복하더니 손가락으로 뚫린 자신의 관자놀이를 쑤셔댔다.

　끈적한 피가 푸슈슛! 터져 나왔다. 그럼에도 즈굴은 끄떡없는 모양새로 웃어보였다. 이 빌어먹을 놈은 뇌가 헤집어져도 괜찮은 건가?

　"유제아, 이 영악한 새끼야. 어디서 조력자를 끌고 왔군?"

　방금 건 다르쿠다의 도움이 틀림없다. 하지만 이 이상은 어려울 거다. 다르쿠다도 정면 승부로는 즈굴을 상대할 수 없으니까. 즈굴은 분노한 사자처럼 외쳐댔다.

　"어떤 놈이냐! 앞으로 나서라! 이 몸의 분노를 감당할 수 있다면!"

다르쿠다가 바보도 아니고 그럴 리가 없다. 나 역시 몸을 돌려 다시 달아나기 시작했다. 다르쿠다가 어떻게 만들어준 기회인데 놓칠 수 없지. 이에 즈굴은 활화산처럼 분노를 터뜨렸다.

"수치도 모르는 건가! 언제까지 달아날 수 있다고 여기는 거지!"

모욕적인 말이었으나 대꾸할 여력이 없었다. 다르쿠다와 긴급하게 논의에 들어갔기 때문이다.

－그 제안이란 거 빨리 좀 해봐. 안 그랬다가는 즈굴 놈이 나를 산 채로 박제해서는 평생 들고 다닐 기세니까.

－이제야 대화가 좀 되겠군요. 저는 일단 묻겠어요. 즈굴과 싸우겠어요? 아니면, 이대로 도망칠래요?

－왜 날 돕는 거지?

이건 그녀의 입장을 파악하기 위한 질문이다. 원래 산달폰이라면 날 돕는 게 당연하다. 하지만 현재 다르쿠다는 왜 그래야 하는지 알아야 했다.

－간단해요. 제가 봉사하는 분께서 즈굴이 몰락하길 바라니까. 더불어 칼두두도.

다르쿠다가 새로 봉사하는 인물은 아마 남하하고 있는 하얀 거인이 틀림없다.

－우리끼리 상잔하게 두는 게 낫지 않나? 그쪽 입장에서는?

－그분께선 먼저 불쾌한 반역자 무리를 쓸어버리길 원하십니다. 인간과 천사들이야 그 후 간단히 무너뜨릴 수 있으니까요.

－무척 건방지네.

－상황이 그렇게 좋지만은 않은 것 같은데 주둥이가 기시네요?

-…….

생각해 보니 메타트론이 말했지. 자기 여동생 입담이 거칠다고. 다르쿠다로 연기하고 있는 시점에도 별 차이가 없어 보인다. 스이엘의 말투가 거친 게 산달폰의 영향이라 하니, 이쪽이 원조맛집이다.

-어떻게 도망치게 해주겠다는 거야? 싸우는 건 또 뭐고?

-간단해요. 도망치겠다면 아까 같이 제가 원거리에서 도울 겁니다. 즈굴을 꽤나 귀찮게 굴 수 있으니 달아나긴 충분하겠죠.

-확실히…. 싸우는 옵션은?

-그쪽을 택할 건가요….

살짝 말을 흐리며 다르쿠다는 설명에 들어갔다. 그녀는 지금 달리는 진행방향 앞에 내 바닥난 마력과 체력을 회복시킬 물약을 미리 준비해 놓겠다고 했다. 다만 후유증이 꽤나 올 거라고.

-그건 군주급 몬스터의 피로 만들어진 귀한 물약이에요. 보통 천사가 마시면 사망하고 말 극악한 독이라 실제로 암살 할 때 제가 쓰던 거죠. 하지만 메타트론의 화신인 당신이라면 괜찮을 거랍니다.

그 말에 나는 납득했다.

메타트론은 이형의 존재로 양진영의 힘이 섞여 있다고 들었다. 괜히 타천사라고 비아냥거림 당했던 게 아니다.

-물론 그렇게 한다고 당신이 즈굴을 이긴다는 보장은 없어요. 차라리 제대로 도망치는 게 나을지도 모르겠네요.

-확실히 저 녀석은 위험한 적이지.

고민이 될 수밖에 없었다. 다르쿠다 역시 도망치는 게 나을 것 같다는 의견이었다.

−기껏 끼어들었는데 당신이 지면 보람이 없잖아요? 만약 즈굴에게 죽을 거면 중상이라도 입혀주세요. 그래야 약간 계산이 맞으니까.

−싸우겠다. 포션 쪽으로 안내해.

−정말인가요? 위험할 텐데?

−내 입장에선 즈굴을 계속 내버려 두는 게 더 위험해. 저놈은 증오심으로 돌아버렸다고. 앞으로 무슨 짓을 저지를지 몰라.

이런 면에서 보면 인간과 몬스터는 확실히 다르다. 인간의 분노란 결국 뇌 안의 화학물질의 작용. 노르아드레날린 같은 호르몬은 결국 시간이 흐르면 떨어지고 분노도 약해지기 마련이다.

반면 몬스터는 다르다. 해소하지 못한 분노는 나날이 더욱 커져만 가고, 몬스터를 집어삼킨다. 오로지 대적에 대한 복수나 파괴만으로 그것을 해소할 수 있다.

석가모니가 원한은 갚는다고 풀어지는 게 아니라 버릴 때 풀린다고 했는데, 어디까지나 인간 한정으로 몬스터에겐 해당 사항 없는 얘기였다.

이대로 두면 즈굴은 더 심한 짓을 할 것이고, 마지막에는 이성을 잃고 날뛰는 짐승이 될 터. 분노만큼 몬스터를 무모하게 만드는 것도 없으니 끝낼 수 있을 때 끝내는 게 좋았다.

−그런가요…. 알겠어요.

다르쿠다는 수긍한 뒤 지금 진행 방향을 유지하라고 했다.

−이대로 달리면 남한산성이 나옵니다. 미리 그쪽으로 가서 포션을 준비해 놓을게요.

-그냥 달리는 내게 던져주면 안 되나?

-즈굴이 가로채면 어쩌게요? 아까 한 방 맞은 것 때문에 뭐만 날아와도 민감하게 반응할 텐데.

-어쩔 수 없군.

그 말과 함께 다르쿠다의 기척이 사라졌다. 미리 약속 장소로 달려가서 포션을 놔두기 위해서다.

뒤에서 즈굴이 짜증을 내뱉었다.

"그만 포기해라! 산속으로 도망간다고 달라질 것 같으냐!"

이미 눈앞에는 넓게 펼쳐진 남한산이 보이고 있었다. 몬스터 사태 이후 어쩐지 황량한 느낌의 산이 됐다. 산비탈에 있던 주거용 건물들은 폭격이라도 맞은 듯 모조리 파괴돼 있었고, 조경용으로 심었던 듯한 큰 소나무들도 부러지지 않은 게 없었다.

그저 무성하게 자란 잡초와 덩쿨로 덮여서 예전에 이곳에 사람이 살았단 사실이 쉽게 안 믿길 정도였다.

일단 다르쿠다가 어디에 포션을 둘지 모르니 무작정 달릴 수밖에 없었다. 나는 뒤에서 날아오는 마법을 건물의 잔해를 이용해 요리조리 피했다.

콰앙! 쾅!

폭음과 함께 잘게 부서진 콘크리트 조각이 사방에 어지럽게 흩날렸다.

그때 다르쿠다의 전언이 다시 들렸다.

-계곡을 타고 올라가다가 중간에 공원.

거기까지였다.

이후 다르쿠타의 기척은 완전히 끊겼다. 즈굴에게 걸릴 걸 고려해 멀어지는 것 같다.

　나는 달리며 주변을 둘러보다 말라버린 볼품없는 계곡을 발견했다. 뭘 하다 죽었는지 몬스터 몇이 쓰러져서는 악취를 풍기며 썩어가는 중이다. 계곡에는 시체의 썩은 체액이 섞인 더러운 물만 흘렀다.

　나는 그 마른 계곡을 따라 올랐다. 금세 뒤에선 즈굴이 날 따라 계곡에 진입했다. 덩치 큰 녀석이 달릴 때마다 계곡 바닥의 돌멩이들이 사방팔방으로 날렸다.

　"크아아아!"

　달리던 즈굴은 앞을 가로막는 계곡의 바위는 그대로 밀치거나 박살내며 뒤쫓아 왔다.

　흡사 불도저가 따로 없다.

　'아니? 힘이 더 강해진 것 같은데?'

　어이없긴 하지만 이유를 짐작할 만했다. 지금 점점 더 거세게 일어나는 분노란 불길이 즈굴을 집어삼키고 있는 것이다. 놈은 자기 복수를 완성할 때까지 결코 멈추지 않을 터였다.

　나는 마음의 대비를 했다. 다르쿠다가 말한 목적지가 저 앞에 보였기 때문이다. 계곡을 벗어나니 넓은 공터가 보였다.

　흔히 보이는, 산 중턱쯤 있는 작은 공원. 몇 개쯤 운동기구가 놓여 있고, 일찍 일어난 노인들이 나무에 등을 부딪치는 이상한 운동을 하는 장소 말이다.

　나름 정겨운 광경이 지금은 완전히 사라져 있었다. 덩굴에 감긴

녹슨 운동기구만이 이곳의 과거를 간신히 알아차리게 해준다.

땅바닥은 본래 다진 흙이어야 할 텐데, 무릎까지 자란 잡초만 가득했다. 나는 잡초를 치우며 나아가 서둘러 주변을 살폈다. 그러다 마치 거짓말처럼 깨끗한 공원 벤치를 발견했다.

마치 그 주변만 풀을 제거한 모습이다. 살짝 풀냄새가 나는 그곳에 작은 유리병과 나침반처럼 생긴 작은 장비가 놓여 있었다.

나침반은 보자마자 통신용이라는 걸 알 수 있었다. 다르쿠다가 전음으로는 내게 차갑게 굴었지만, 내심은 역시 다르다는 증거였다. 그녀는 다양한 제한을 뚫고 나와 지속적인 연락을 강구하고 있었던 것이다.

'새로운 연락 수단이 필요한 상황인가 보군.'

나는 일단 재빨리 나침판을 품에 챙겨 넣고는 포션을 들었다. 그러자마자 뒤에서 폭음이 터졌다.

콰아아아앙!

흙무더기와 돌덩이가 하늘 높이 솟구쳐 올랐다. 먼지가 자욱하게 일었는데 즈굴의 시커먼 그림자가 그것을 뚫고 튀어나왔다.

"유제아―!"

보자마자 녀석은 틀렸다는 생각이 들었다. 저건 대군주급이 와도 못 말린다고 할까? 격분해서 눈빛이 완전히 맛이 갔네.

나는 포션을 든 채 담담하게 즈굴을 마주했다. 즈굴도 내가 더는 도망가지 않을 거라는 걸 느낀 듯 조금 차분해졌다. 놈은 양팔을 넓게 벌리면서 천천히 다가왔다. 그리고 성을 감추지 못한 채 낮게 으르렁댔다.

"유제아, 네놈 때문에 두통이 끝나질 않는다! 두통! 머리가 찌그러지는 것 같은 이 통증은 널 잡아 죽여야만 사라질 것이다!"

"두통인가…?"

조금 의아했지만 이해하지 못할 건 아니었다. 몬스터의 뇌구조가 어찌 생겨 먹은 건지는 모르겠으나, 복수를 향한 좌절이 그에게 지독한 두통을 선사했을 가능성은 충분했다. 몬스터의 분노가 복수로 끝나는 걸 생각해 볼 때, 놈은 내가 죽어야 두통에서 해방되는 게 틀림없다.

"그래! 네놈의 지배는 지독했다! 마치 이 몸의 머리에 기다란 정을 박아 넣은 것 같았지!"

즈굴의 분노에 호응해 그의 몸에서 불길이 치솟았다. 그러자 메마른 수풀이 삽시간에 타들어 가기 시작했다. 주변을 뒤덮는 불길 속에서 즈굴은 내 주위를 조심스럽게 돌고 있었다. 그렇게 사납게 쫓아오더니 내가 침착하게 있자 태도가 신중하다. 하지만 언제든 달려들려는 듯 기회를 엿보는 게 마치 하이에나 같다.

하지만 그런 자세에도 불구하고 즈굴은 전체적으로 아주 불안해 보였다.

내가 보기에 그것은 당장이라도 물이 넘쳐 무너지려는 댐과 같았다.

'놈이 차라리 이성을 잃는 게 편해.'

이지를 상실하면 즈굴의 육체적 능력은 훨씬 강해지겠지만 지성은 사라진다. 오히려 사냥하기 쉬운 짐승이 되는 것이다. 교활하게 구는 편히 훨씬 상대하기 어려웠다.

나는 자신의 관자놀이를 검지로 톡톡 두들기며, 즈굴을 향해 비아냥댔다.

"그건 단순한 고통이 아니야. 즈굴."

"그럼 이것이 뭐란 말이냐?"

"모르겠냐? 그건 두려움이다."

주변을 돌던 즈굴이 일순간 멈춰 섰다. 그리고 이해할 수 없다는 듯 고개를 옆으로 기울였다.

"두려움이라? 이 몸이 네놈 따위를 두려워한다고? 유제아?"

나는 잠잠히 고개를 끄덕였다.

"네 분노에는 두려움이 담겨 있다. 즈굴. 여유를 되찾으니 그게 명확하게 보이는군. 산을 무너뜨릴 태세로 울부짖고 있지만, 그 속에 보이는 네 공포가 말이다."

"닥쳐라−!"

즈굴이 소리치자 눈앞에서 거대한 음파의 폭발이 일어났다. 딱히 무슨 의도가 있는 건 아님에도 무슨 무협에 나오는 사자후가 터진 것만 같았다.

갑자기 숨이 막히는 기분과 함께 두려움이 가슴 속에 번졌기 때문이다.

'이런 기세라니! 보통 헌터들이라면 방금 다 기절해 버렸겠군.'

기가 막히네. 이게 몬스터인가? 무슨 소설 속 무공을 본인의 피지컬만으로 써버리다니.

다행인 점은 포션병이 금속제라 깨지지 않았다. 유리병이었으면 큰일 날 뻔했네.

나는 귀가 여전히 먹먹했지만 겉으론 내색하지 않고 계속 즈굴을 조롱했다.

"솔직히 두렵잖아? 또 지배당하고, 또 그런 수치와 굴욕을 겪을까 말이야."

"……."

정확히 의표를 찌른 듯 즈굴은 말이 없어졌다. 그저 죽일 듯 나를 노려볼 따름이다.

"즈굴, 이 가여운 친구야. 네놈이 그리 발작하는 건 단순히 복수심 때문만이 아니라고. 너 자신을 좀 먹고 있는 공포로부터 해방되기 위해 그리 발버둥 치는 거다. 정말 추해서 못 봐주겠군."

"그 입을 찢어버려……."

"또 지배해 줄까? 지금 내가 칼두두의 저주를 이겨내고 있는 게 안 보이나?"

나는 시커멓게 흑화된 팔을 들어 보였다. 저주는 심각했지만 그건 아무런 해도 끼치지 못하고 있었다. 즈굴도 그건 놀라운 듯 입을 다문다. 그래서 나는 허세를 부렸다.

"뭔가 자신의 한계를 뛰어넘은 것 같단 말이지. 내가 지닌 힘의 본질에 한 발 다가선 기분이랄까. 지금이라면 지배력도 충분할 것 같군."

물론 이건 거짓말이다.

힘의 본질로 가는 실마리를 잡은 건 맞다. 하나 그렇다고 지배력이 넘칠 정도는 결코 아니지. 당장 숨넘어가는 것만 막아둔 상태인데 즈굴 정도 되는 거물을 지배하긴 무리다.

하지만 내 발언은 즈굴을 공포에 빠뜨리기 충분했다. 가뜩이나 트라우마가 있던 놈은 다시 지배받을 지도 모른다는 압박에 결국 이성의 끈을 놓아버렸다.

"쿠워어어어−!"

마치 짐승처럼 울부짖은 녀석은 광기에 잡아먹혔다. 몸의 형태가 뒤틀리며 앞발로 땅을 짚었다. 그리고는 마치 네 발 짐승처럼 그 형상이 변하기 시작했다.

'아무래도 다음 페이즈인 것 같군.'

게임으로 치면 광폭화 모드 정도 되려나? 나는 포션 뚜껑을 열고는 잠깐 숨을 골랐다. 이 안에 담긴 액체는 군주급 몬스터의 체액을 가공한 것. 아무리 내가 메타트론의 힘을 가지고 있다고 해도 받아들이기 쉽지는 않겠지. 그래도 즈굴에게 밟혀 죽기 싫다면 선택의 여지가 없었다.

꿀꺽.

주저 없이 포션을 마셨다. 반응은 즉각 나타났다.

"끄윽!"

마치 그건 펄펄 끓는 용암을 집어삼킨 것과 같은 기분이었다. 격통에 몸이 굳어 꼼짝도 못할 지경이다. 이때 기습을 받는다면 뭣도 못해보고 날아갈 것 같단 생각마저 들었다. 하지만 다행히 즈굴도 몸의 변형 때문에 바로 달려들지는 않았다.

우리는 서로 변신 시간과 마력 충전 시간을 지켜주고 있는 셈이다.

즈굴은 사라져 가는 이지 속에서 마지막으로 토해내듯 내게 외쳤다.

"분노야말로 발전이며 새로운 계급으로의 진입이다! 이제껏 모든 이들이 분노와 함께 벽을 넘었다!"

즈굴의 외침은 몬스터의 사고방식을 여실히 보여주고 있었다.

"유제아! 지금 확신했다! 여기서 네놈을 죽이면 대군주급에 오를 수 있다는 사실을! 네 시체를 발판 삼아 보다 높은 곳에 다다르겠다! 크아아아아아!"

그 말을 마지막으로 분노의 불길이 즈굴을 완전히 집어삼켰다. 즈굴은 더이상 대화가 통하지 않는 짐승이 되어버린 것이다. 다행스럽게도 그쯤에는 내 안에 통증도 진정됐다.

화신으로서의 능력이 거의 만렙에 이르러서 그럴까? 걱정했는데 생각보다 쉽게 몬스터의 힘을 받아들였다. 상실됐던 마력이 넘칠 듯 차오른다.

'아주 좋은데? 후유증 때문에 앓아누울지도 모르겠지만, 당장 싸울 수 있다는 것만 해도 충분해.'

나는 방패를 든 채 고개를 좌우로 꺾으며 앞으로 나섰다.

"퉤!"

침을 뱉자 시커먼 침이 바닥에 달라붙는다. 뭔가 이상해서 방패에 비춘 얼굴을 살펴보니 눈이 완전히 외계인처럼 흑색으로 변한 상태. 괴물과 싸우기 위해 나 역시 괴물이 되어 있었다.

"즈굴, 이제 이 더러운 악연의 끝을 보자고."

6. 웃는 광대

　방패를 든 채 즈굴과 마주하니 기분이 아찔했다. 오늘 여기서 둘 중 하나는 죽는다는 직감 때문이다. 그 사실이 짜릿함도 안겨주었다.

　"즈굴, 결국 우리는 이렇게 될 수밖에 없는 관계인가 보다."

　즈굴은 대답하지 않았다. 대신 산을 쩌렁쩌렁 울리며 돌진해 왔다. 나 역시 피하지 않았다. 태양신격의 방패를 들고는 정면으로 즈굴과 충돌했다.

　콰아아앙-!

　양손으로 방패를 지지하고 어깨를 앞으로 내밀어 단단히 버티는 자세를 취했다. 하지만 그런 노력이 무색하게 간단하게 뒤로 밀려났다.

　서로 힘이 비슷해도 질량 차이가 워낙 크니까 버티기는 무리였다. 내 발이 지면에 길게 이어지는 고랑을 만들었다. 발바닥에 불이 난 것처럼 뜨겁다.

　"크윽."

　애초에 이렇게 형편없이 밀릴 걸 알고 있었다. 그럼에도 정면충

돌한 건 나름대로 노리는 바가 있어서다. 바로 태양신격의 방패가 가진 반사 능력을 이용하기 위해서다.

타이밍을 맞추기 어려운 기술이지만 라파엘을 상대하는 것보단 훨씬 쉬웠다.

번쩍!

빛이 작렬하며 여태까지 방패에 축적된 즈굴의 힘이 그대로 반사됐다.

"쿠어어어어!"

즈굴은 충격을 받은 듯 울부짖으며 휘청였다. 앞발이 꺾이며 살짝 무너지는데 그 순간을 노려 나는 공격에 들어갔다. 방패를 세워서는 즈굴의 뿔을 힘껏 내리찍은 것이다.

빠직!

무언가 금이 가는 소리가 들렸다. 좋은 징조였다. 몬스터의 뿔은 권력의 상징이자 힘이 담긴 기관. 부러뜨려버린다면 즈굴을 약화시킬 수 있다. 이대로 몇 번만 더 내리치면 가능할 듯했으나, 기회가 나지 않았다.

퍼억!

어느새 충격을 회복한 즈굴이 앞발로 내 옆구리를 강타한 것이다. 트럭에 치인 것처럼 튕겨나간 나는 한참을 굴러가다가 겨우 멈춰섰다. 방패를 들고 일어나자 즈굴은 기세등등하게 뒷발로 몸을 일으킨 채 포효하고 있었다.

'그 정도 힘을 반사했는데, 벌써 저렇게 쌩쌩하다고?'

기가 막힌 기분만 든다.

역시 만만찮구나.

이 싸움은 어찌될지 알 수가 없었다. 결국 방법은 하나뿐. 시간을 다뤄야만 승산이 생긴다. 애초에 그럴 생각이기도 했고.

'마력은 충분해. 문제는 방법인데….'

나는 이어지는 즈굴의 공세를 방패로 버티며 필사적으로 머리를 굴렸다.

시간의 응용 중 가장 쉽고 강력한 방법은 감속이나 가속이다. 그걸 활용하면 이 전투 역시 유리하게 풀어나갈 자신이 있다.

문제는 그걸 이미 내가 사용 중이라는 것. 지금 저주를 정지시켜 놓은 건 엄밀히 따지면 저주의 진행을 극히 느리게 만들어 놓은 거다. 워낙 진행이 더디니 정지나 다름 아니었지만.

아무튼 이미 발동 중이니 이중으로 쓸 수 없다. 나중에 내 능력이 강해지면 모르겠지만 일단은 한 번에 하나가 한계다.

'그렇다면 어떻게 시간을 써야 할까? 아직 응용력도 부족하고, 아는 바도 적은데.'

아무리 생각해도 모르겠다. 그렇다고 이대로 드잡이질만 하는 건 방법이 아니니 부딪쳐 보는 게 좋지 않을까? 일단 시도해 보면 뭔가 새로운 수단이 보일지도 모른다.

시간 능력을 사용하는 건 마력의 소모가 심하지만, 지금은 다르쿠다의 포션 덕에 나름대로 여유가 있다.

나는 반사 능력으로 달려드는 즈굴을 밀어내 여유를 만든 뒤에 바로 방패의 용두를 잡아 뽑았다.

파직!

순간 스파크가 한 번 튀었다. 하나 그렇다고 갑작스럽게 시간조작에 대한 영감이 떠오르진 않았다.

'역시 날로 먹을 순 없는 건가.'

어떻게든 새로운 방법으로 운용을 해보는 수밖에 없다. 그런데 한 가지 달라진 건 있었다.

시간을 아주 민감하게 느끼게 된 것이다. 시간의 개념이나 정의 같이 어려운 게 아니라 그냥 현재 흐르고 있는 시간에 대해서 말이다.

지금 지구의 한국이 몇 시인지 부터, 미세한 시간의 흐름까지 명확하게 인지된다. 0.1초, 0.01초 같은 차이조차 말이다.

'인간 타이머가 된 건가!'

시간을 잴 때라면 아주 유용하겠는데 싸움질에선 어따 써먹으라는 거냐. 당장 날 물어뜯으려는 즈굴을 피해 옆으로 튀면서 황망해졌다.

그런데 마냥 그렇게 생각할 건 아니었다. 어쩌면 이건 기본적인 상태인 것 같다.

방패의 용두를 뽑으면 시간계 능력을 사용할 수 있으면 자명하다. 그때 시간의 흐름을 피부로 느끼는 것처럼 민감하게 알 수 있으면 좋겠지.

그렇게 결론 내린 나는 일단 용두나 한 번 돌려보기로 했다.

드르륵.

일단 시계방향으로 돌렸다. 그와 동시에 뇌에 번개가 친 것 같은 감각이 느껴지며 시야가 암전됐다.

'뭐지!'

전투 중에 잠깐이라도 시각을 잃으면 극히 위험하다. 바짝 긴장하며 방패를 끌어올렸는데, 다행히 금세 시야가 돌아왔다. 그리고 나는 이상한 광경을 보게 됐다.

"어?"

분명 내 앞에 있던 즈굴이 내 뒤로 이동해 있었다. 뒷모습을 보인 채 좌우를 두리번거린다. 그리고 놈의 전갈 같은 기다란 꼬리가 위협적으로 날 찾고 있었다.

'대체 이게 무슨?'

심지어 나도 원래 있던 위치에서 벗어나 있었다. 어리둥절도 잠시. 나는 금방 원인을 알 수 있었다.

'시간 도약이다!'

방금 머릿속에 번개가 치던 감각을 느끼던 때로부터 분명 3초 흘러 있었던 것이다.

즉, 나는 3초 뒤의 미래로 도약한 것이다. 돌진하던 즈굴은 갑자기 내가 없어진 것처럼만 보였겠지. 놈은 뿅 하고 사라진 날 그대로 지나친 뒤 멈춰선 거다.

'일단 알겠다.'

아직 황당하긴 하지만 감탄만 하고 있을 때가 아니었다. 즈굴이 당황했다고 나까지 그럴 필요는 없지. 즉각 태양신격의 방패에 마력을 주입했다. 그리고 즈굴의 꼬리를 노렸다.

짐승처럼 변한 즈굴에겐 전갈 같은 꼬리가 있었는데, 끝에 독침이 있어 매우 위협적이었다. 저주에 독까지 더하면 감당하기 힘들다.

나는 마력을 잔뜩 머금은 방패를 즈굴의 꼬리를 향해 던졌다. 그제야 즈굴은 놀라서 반응을 보였지만 이미 늦었다.

극속으로 날아간 태양신격의 방패가 즈굴의 꼬리 끝에 정확히 명중했다.

파앙!

마치 잘 익은 수박이 터지는 것처럼, 즈굴의 꼬리 끝 뭉뚝한 부분이 박살났다.

"크워어어어!"

격통에 즈굴이 울부짖으며 이쪽을 노려봤다. 지금 상황이 이해할 수 없다는 듯한 표정이다. 내가 몇 초간 갑자기 사라졌으니 그럴 수밖에.

재미를 본 나는 이 힘을 한 번 더 쓰기로 했다. 즈굴 놈을 물 먹일 수 있다니 이보다 더 좋을 순 없다. 즈굴이 마치 드래곤처럼 입에서 불을 토하려던 순간 다시 용두를 돌렸다.

드르륵.

용두가 돌아가며 머릿속에서 전기가 번쩍였다. 잠시간 시야를 잃었다 회복했는데, 문제는 이번에는 영 좋지 않은 위치에서 나타났다.

즈굴의 뒷발 근처였던 것이다. 하필 즈굴의 뒷발에는 긴 털들이 나 있었는데, 이것은 마치 고양이의 수염처럼 민감하게 감각을 느끼는 역할인 듯했다.

내가 놈의 뒷발에 난 긴 털에 닿자마자 즈굴은 거의 본능적으로 뒷발차기를 날려왔다. 이번에는 뭘 할 틈도 없이 방패를 들어 막아야 했다.

카앙!

날카로운 소음과 함께 허공으로 몸이 떴다. 그리고 요란한 소음과 함께 나무 여러 개를 부수며 뒤로 날아갔다. 세상이 수습할 수 없을 지경으로 빙글빙글 돌았다.

얻어맞고 날아가는 일에 꽤나 익숙해져 있다고 생각했는데 이번만큼은 감당이 안 될 정도였다.

퍼억!

등줄기에 딱딱한 뭔가가 부딪쳤다. 동시에 숨이 턱 막힐 정도로 통증이 심했다. 하지만 어떻게든 몸을 일으키려 애를 썼다. 대안은 없었다. 이미 저 앞에서 즈굴이 돌격해 오고 있었기 때문이다.

그나마 내가 멀리 날아가서 거리가 좀 있다는 게 다행이랄까. 가까운 거리였으면 꼼짝도 못하고 당할 뻔했다.

하지만 몸을 뺄 시간까지는 없었다. 비틀거리며 일어나 간신히 방패를 든 순간 즈굴이 날 들이받았다.

콰아아앙!

버틸 세도 없이 바로 뒤로 처박혔다. 뒤에는 거대한 바위가 있었는데 나는 즈굴의 머리와 바위 사이에 껴서 바둥거리는 게 다였다. 어떻게든 방패를 앞으로 밀어내려고 했지만 즈굴이 계속 힘을 주고 있어서 소용이 없었다. 완전히 프레스 기계에 눌린 꼴 같았다.

"크아아악!"

쥐포처럼 실시간으로 짜부러지는 중이라 비명이 절로 터져 나왔다. 하지만 즈굴은 계속 힘을 주고 있었기에 반사를 할 타이밍도 안 나왔다.

파지직! 파직!

등 뒤에서 바위에 금이 가는 소리가 났다. 즈굴은 마치 무한한 힘을 가진 것처럼 날 바위에 밀어붙였다.

그렇다고 용두를 또 돌려 시간 도약으로 탈출할 수도 없었다. 두 손을 방패의 안쪽에 받친 채 버티다, 그대로 눌렸기 때문이다.

용두로 손을 가져갈 수가 없다. 나는 온 몸이 실시간으로 박살나는 감각에 전율했다.

콱. 뿌드득!

갈비뼈가 금이 가더니 하나씩 부러지기 시작했다. 그리고 부러진 뼛조각이 폐를 비롯한 장기를 찌르는 게 느껴졌다.

"아아아악!"

입에선 억눌린 비명이 터졌다. 즈굴에게 욕을 퍼붓고 싶어도 지금은 흉부의 압박 때문에 숨 쉬는 것조차 어렵다. 말하는 건 더욱 무리였다.

이대로 눌린 오징어처럼 죽는다고?

소름이 절로 돋았다.

말로 할 수 없는 비참함이 느껴졌다. 그런데 그때, 시간에 관한 새로운 감각이 개방됐다.

이유는 바로 알 수 있었다. 위기의 순간이라 기적적으로 뭐가 생긴 게 아니다.

태양신격의 방패가 대상과 일정 시간 이상 접촉하고 있었기 때문에 가능한 능력이었다. 여태 그 조건을 만족하지 못하고 있었는데, 지금 즈굴과 계속 붙어 있는 상태가 아닌가.

'방패에 총 몇 가지 기술이 있는지 모르겠군.'

점점 태양신격의 방패로 시간을 조정하는 기술에 대한 이해가 넓어지고 있었다.

이번에 가능하게 된 것은 미래 읽기였다. 일정 시간 이상 접촉한 대상에 한해서 가까운 미래에 벌어질 일을 파악하게 해준다.

불과 십 초도 안 되는 미래지만 전투 중에는 아주 요긴한 능력일 터였다. 게다가 이 능력은 용두를 직접 돌릴 필요도 없었다. 다만 대상과 접촉을 유지한 채로만 발동 가능했다.

나는 새로운 능력을 바로 썼다.

우우웅—!

마력이 뭉텅이로 날아갔다. 하지만 죽기 직전이라 아끼고 뭐고 할 겨를이 없다.

지금은 할 수 있는 걸 모든 걸 한다. 그 생각 뿐이었다.

'헙!'

알고 쓴 능력이지만 눈앞에 짧은 미래가 보이자 당황하지 않을 수 없었다.

끝도 없이 날 밀어붙이던 즈굴은 결국 힘이 떨어져서 살짝 뒤로 빠진다. 그 틈을 놓치지 않고 나는 방패에 고인 힘을 반사해 낸다.

하지만 그것이 즈굴의 함정이었다. 교활한 즈굴은 같은 기술에 또 당하지 않았다.

빠지는 순간 자랑인 방어 마법을 전개했고, 반사의 힘을 모조리 막아냈다. 칼두두의 검은 화염을 막을 정도로 효과가 확실했으니 타이밍만 맞는다면 반사를 막는 건 가능한 일이다.

그렇게 즈굴이 방어를 해내자 당황한 나는 자유로워진 손을 용두로 뻗는다. 시간 도약을 써서 위기를 타개하기 위해서다.

한데 그것 역시 이미 즈굴은 예상하고 있었다. 용두를 돌리면 내가 사라진다는 걸 알아채고는 처음부터 노렸던 거다.

즈굴은 재빨리 용두를 잡던 내 오른손을 물어버렸다. 비명과 함께 오른팔이 통째로 날아가면서 미래시는 종료됐다.

'젠장!'

속으로 탄식이 터졌다. 미래 읽기가 없었다면 큰일이 날 뻔한 게 아닌가. 즈굴의 노림수는 실로 영악해서 당할 수밖에 없었을 거 같다.

확실히 난적은 난적이구나, 즈굴.

어떻게든 여기서 끝내야겠다는 생각이 갈수록 강해진다.

이미 미래를 읽었으니 대처하지 못할 건 없지.

몇 초 뒤, 즈굴이 힘을 빼고 살짝 물러난다. 몰아붙이던 기력이 다했다는 듯 거칠게 숨을 몰아쉬면서 말이다.

실로 교묘한 함정이 아닌가?

저런 상황이니 이때다 싶어서 내가 반사를 썼겠지. 그렇지만 이젠 다르다. 반사를 쓰는 것까진 비슷하겠지만, 이후 전개에서 차이를 만들어주지.

번쩍!

반사를 사용하자 즈굴이 기다렸다는 듯 방어 마법을 전개한다. 회심의 일격이 별다른 힘을 발휘하지 못하고 즈굴에게 무력화됐다.

이후 나는 사전에 본 시나리오대로 용두를 향해 손을 뻗는 척했다. 즈굴은 즉각 거기 말려들었다.

흉흉한 주둥이로 내 오른팔을 물려 한 것이다. 하지만 아무리 재빠른 공격도 미리 알면 못 피할 것도 없다.

나는 속임수로 뻗은 오른손을 빼고 방패로 반사를 한 번 더 발동했다.

번쩍!

빛이 작렬하며 내장돼 있던 힘이 즈굴의 목덜미에 작렬했다. 급소를 가격당한 즈굴의 거체가 일순간 바닥에 쓰러졌다.

쿠우우웅!

미래를 읽은 이후 나 역시 처음부터 낚시질을 시작했다.

반사는 효과적인 반격을 위해 최대치로 내보내는 게 보통이다. 방패와 상대가 가까이 있어야 하는 만큼 전투 중에 사용할 기회가 매우 제한되는 데다가, 안에 힘을 담고 있어도 오래 가지 않기 때문이다.

그래서 여태 나눠서 쓴 적이 없는데 지금만큼은 달랐다. 분명 반감된 위력이긴 하나 허를 찔린 즈굴에겐 충분했다.

첫 반사에서 뭔가 좀 약하다고 생각했겠지만 즈굴이 내 능력을 자세히 아는 것도 아니고 이런 것까지 예측하긴 무리였다.

"이번에야 말로!"

나는 기합성과 함께 방패를 세워서는 있는 힘껏 즈굴의 뿔을 내리찍었다.

빠각!

아까 금이 갔던 터라 일격에 부러뜨렸다. 커다란 소리와 함께 거의 뿌리 부분부터 분질러져서 사방에 피가 거창하게 튀었다.

엎어져 있던 즈굴은 정신이 든 듯 벌떡 일어나 사방으로 날뛰어 댔다.

"쿠워어어어!"

격통에 몸서리를 치는 게 보였다. 사방에 나무를 부러뜨리며 몸을 데굴데굴 구르는데 그 틈에 나는 상황을 수습할 수 있었다.

궁지에 몰려 있던 곳에서 나와 공간이 확보된 공터 쪽으로 서둘러 이동했다.

'시간 도약 한 번 잘못 썼다가 큰 코 다쳤군.'

뭐랄까, 그건 아직 조절이 안 되는 힘이었다. 정확히 몇 초 뒤로 이동할지 감이 안 잡힌다.

아마 용두의 회전수와 투입되는 마력량에 따라 달라지는 것 같은데, 매우 섬세한 기술이 필요해서 당장 어떻게 할 수준이 아니었다.

필경 꾸준한 연습으로 숙달해야 하는 분야였다.

'시간 도약은 이번 전투에선 봉인한다. 자칫 잘못하다가는 또 봉변당한다.'

마침 즈굴도 뿔이 부러져서 약해진 상태. 충분히 해볼 만했다.

"후우…."

부서질 것처럼 고통스러운 몸을 점검하며 숨을 내쉬는데 즈굴에게서 변화가 일어났다. 네 발 짐승처럼 변했던 놈의 몸이 빠르게 원래대로 돌아간 것이다.

녀석은 머리를 좌우로 흔들면서 두 발로 일어나더니 입에서 피를 뱉었냈다. 그리고는 이쪽을 노려보며 성큼성큼 다가왔다.

즈굴의 눈에 다시 지성이 깃들었기에 나는 물었다.

"네놈의 분노란 것도 별 것 없군. 맞으면 치료가 되는 모양이니."

"정말 짜증나는군. 유제아, 그 존재 자체가."

날 향해 삿대질을 하는 즈굴에게 어깨를 으쓱여 보였다.

"언제는 안 그랬나?"

"그래, 늘 그랬지."

이제 즈굴은 어떤 식으로 싸우려고 할까?

녀석은 뿔이 부러졌다. 하지만 분노의 힘이 풀린 건 별로 반갑지 않다. 차갑게 머리를 굴리는 즈굴보단 분노해서 날뛰는 즈굴이 상대하기 편하니까.

즈굴 놈은 분노 상태에서도 전투 중에 교묘한 함정을 팔 정도다. 미래 읽기가 아니었으면 꼼짝없이 당했을 터. 짐승 상태에서도 그런데 지성이 돌아왔으니 어떤 전투 센스를 발휘할지 걱정됐다.

하지만 금세 걱정을 덜 수 있었다. 한 가지 눈치 챈 게 있었기 때문이다.

'뿔이 부러졌다는 건 여러 가지 의미가 있지.'

지금 녀석은 그 점을 간과하고 있는 것 같지만 말이다. 놈의 머리는 어떻게 하면 날 효과적으로 참살할 수 있을지 궁리하는 것만 같았다. 넘실거리는 적의가 일대를 서늘하게 물들일 정도였다.

특별히 마력에 민감하지 않은 자라도 지금 이 공간에 서 있다면 숨이 막히는 기분을 절로 느낄 테지.

'헌터들 중에 이 분위기에서 쫄지 않을 놈이 하나도 없을 것 같은데.'

그럼에도 나는 여유롭게 제안했다.

"즈굴."

"말해라."

"네놈에게 마지막 기회를 주겠다. 자유를 향해 도망갈 수 있는 기회."

이건 뭐랄까, 상대가 결코 받아들이지 않기에 할 수 있는 제안이었다.

만약 즈굴이 정말로 도망간다면 쫓지 않을 생각이다. 무리해서 쫓기도 어려운 데다가 나머지는 다르쿠다에게 맡겨도 잘 해결할 테니까.

다르쿠다의 입장에선 반역자의 수급만큼 들고 갈 만한 것도 없을 거다. 약해진 즈굴은 다르쿠다의 암습을 당해내기 어렵겠지.

아무튼 내 입장에선 즈굴이 내빼든 말든 상관없는 셈이다.

그럼에도 이런 제안을 한 건, 녀석에게 내정된 미래가 조금 안타까웠기 때문이다.

놀랍게도 나는 즈굴에게 약간이나마 측은지심을 느끼고 있었다. 악어의 눈물이라고 해도 좋았다.

어차피 튀어봐야 다르쿠다에게 찔릴 테지만, 할 수 있으면 도망가 보라고 제안할 만큼.

하지만 당사자에겐 이런 내 진심이 닿지 않은 모양이다.

그저 불쾌하다는 듯 코웃음을 친다.

"네놈의 되먹지 못한 도발도 이제는 질렸다. 아니, 익숙해졌다. 아무리 지껄여 봐야 지금의 내겐 소용없다."

"그런가?"

"이미 유제아 네놈에게 너무 휘둘려 왔으니까. 지금만큼은 차분히 겨루고자 한다."

즈굴에게서 각오가 느껴졌다. 그런데 이걸 어떻게 할까? 나는 거기 응해줄 생각이 없는데. 그런 내 속도 모르고 즈굴은 당당히 제안해 왔다.

"전사답게 겨루자. 서로의 명예를 걸고."

"전사답게? 명예?"

"그래. 추잡한 짓거리는 할 만큼 했잖은가? 마지막에는 서로의 힘과 힘으로만 겨루자는 거다. 유제아."

즈굴은 정면 승부를 제안해 왔다. 간교한 속임수 없이 전력으로 한 판 붙자는 얘기.

언뜻 듣기에는 호방하고 그럴 듯했다. 하나 즈굴과 나는 그런 싸움을 할 라이벌 관계 같은 게 아니다. 그리고 애초에 전사 대 전사로서 명예를 걸고 싸워왔다면 서로의 관계가 이 지경이 될 일도 없었다.

'참으로 웃기는 제안이 아닌가?'

세상 비겁하게 살던 놈이 이제 와서? 하지만 겉으로는 그런 티를 내지 않았다. 나 역시 노리는 바가 있었기 때문이다.

앞으로 나선 나는 씨익 웃으며 답했다.

"좋다. 즈굴. 명예를 아는 전사답게 정면으로 한 판 붙자고."

당연히 맘에도 없는 소리였다. 즈굴은 칼날 같은 이빨을 보이며 크게 웃었다.

"크하하하! 좋다. 네놈과 마지막만큼은 마음이 맞는군. 이곳에서 서로의 생사를 결정하자."

그래, 끝을 보자. 정말 되도 않는 소리를 지껄이는 이 싸움의 결말이…, 어떻게 나는지 보고 싶군.

즈굴은 서로의 마음이 맞는다니 하는 개소리를 지껄였다. 나는 그것에 동의할 수 없었지만, 즈굴에게 깊은 동질감을 느꼈다.

정말 최후까지 와서도 겉과 속이 다른 점만큼은 똑같았기 때문이다.

"오라! 나의 숙적이여!"

즈굴이 피를 흘리면서도 포효했다. 그에 호응해 나는 방패를 들고는 앞으로 돌진해 들어갔다.

단순한 달리기가 아니다.

몸의 마력을 폭발시켜 코뿔소처럼 상대를 들이받는 기술이다. 어느 정도 위력이냐 하면 달려가는 내 발걸음 때문에 지면이 박살나고 있을 정도였다.

실로 오랜만에 해보는 정면으로의 닥치고 돌격이었다.

'자, 즈굴? 어떻게 호응할 거냐?'

나는 그게 궁금했다.

대체 무슨 꿍꿍이로 정면승부를 외친 건지 그 카드패에 호기심이 일었다.

그런데 의외로 즈굴은 내 정면승부를 피하지 않았다. 놈의 거대한 주먹이 불길에 휩싸이더니 있는 힘껏 돌진하는 내 방패를 때려온 것이다.

카아아앙!

보신각의 종을 때리는 것보다 수십 배는 큰 소음이 터졌다. 일순간 아무 소리도 들을 수 없을 정도였기 때문이다.

하지만 즈굴의 두꺼운 팔과 강인한 완력에도 불구하고 내 방패 돌진은 저지 되지 않았다.

뼈가 부러지는 소리와 함께 즈굴의 오른팔이 꺾여버렸다. 부러진 뼈가 피부를 뚫고 튀어나오는 광경이 느리지만 생생하게 보인다.

정면 승부는 내 일방적인 승리였다.

사실 즈굴의 공격은 나쁘지 않았다. 내가 든 방패가 상식선의 물건이었다면 바로 깨져나갔을 테니까. 하지만 이 신물은 박살나지 않는다. 결국 즈굴만 오른팔을 잃었다. 그런데 순간 마주친 즈굴의 표정은 나쁘지 않았다.

아니, 희희낙락하며 악귀처럼 웃는 얼굴이다.

'역시 꿍꿍이가 있네.'

혹시나 했더니 역시나.

즈굴은 기대를 저버리지 않는다. 무슨 짓을 하려나 했는데, 즈굴은 반쯤 남은 오른팔과 멀쩡한 왼팔로 나를 껴안아왔다.

방패 돌진의 힘에 거대한 덩치가 속절없이 밀리면서도 날 단단하게 붙잡는다. 동시에 즈굴의 등에서 마치 말미잘을 떠올리게 하는 촉수 여러 가닥이 튀어나왔다.

그것들은 삽시간에 나와 즈굴의 몸을 한 덩어리처럼 동여매기 시작했다. 밧줄처럼 묶어대는 촉수 탓에 즈굴과 나는 중간에 방패를 두고는 딱 달라붙었다.

으, 기분 나쁜데 이거.

그와 함께 미래 읽기가 발동했다. 즈굴과 충분한 시간 접촉이 유지된 탓이다.

짧은 시간 앞에서 즈굴은 크게 웃고 있었다. 길게 찢어진 입꼬리가 한없이 올라간 게 우쭐하기 그지 없다.

즈굴은 내게 자신감 넘치게 외쳤다.

"유제아! 드디어 네놈과 끝을 보는구나. 나의 자폭에 걸려들다니."

여기서 난 조금 놀랐다.

즈굴이 마련한 수법이 자폭이었다니. 그 정도로 날 미워했던 건가?

동시에 즈굴의 냉철함과 교활함에 감탄도 나왔다. 이놈처럼 생에 끈질긴 집착을 가진 존재가 자폭이란 결정을 쉽게 내렸을 리가 없다.

"네놈이 새로 얻은 그 기괴한 능력과 함께 완전히 없애주마!"

이미 자신의 여력이 한계에 다다라 이제는 그것 말고는 방법이 없기에 내린 판단일 터.

'전사가 어쩌고 하는 어울리지 않는 소리를 하더니, 처음부터 자폭할 생각이었구나.'

자폭이란 게 그렇게 마냥 편리한 수법은 아니지만, 즈굴은 자기 목숨을 효과적으로 쓰는 법을 분명히 알 거다. 보통 목숨을 건 것치고는 보잘 것 없는 위력으로 효율이 극도로 떨어지는 게 자폭이지만, 즈굴은 뭔가 답을 알고 있겠지. 즉, 상당히 위험하다는 거다.

콰아아아앙!

짧은 미래시 속에서 즈굴과 내가 폭발에 휘말려 사라졌다. 주변에 화염이 가득 찼고, 이후에는 미래 읽기가 끝나서 어떻게 된 건지 알 수 없다.

하지만 확실한 건 그렇게 되게 내버려 두면 안 된다는 거다.

날 휘감은 즈굴은 내가 읽은 미래와 똑같은 목소리로 외쳤다.

"유제아! 드디어 네놈과 끝을 보는구나. 나의……."

다만 대사 끝까지 못 쳤을 뿐이다.

"자폭?"

담담히 묻는 내 말에 즈굴의 충혈된 눈이 일순간 커진다. 어떻게 알았냐는 표정이다. 몬스터도 가까이서 보니까 제법 표정이 생생하네. 입 냄새가 날 정도로 가깝게 붙은 건 고약하지만 말이다.

"즈굴, 이 가여운 친구야. 네놈이 나와 바짝 붙은 건 뻔하지. 자폭이란 허접한 해결책이 훤히 보이는구나. 그래도 네놈 딴에는 나름 용기를 냈군."

"…어떻게 안 거지? 어림짐작이 아니다. 혹시 네놈이 새로 얻은 능력과 관련이 있나?"

역시 눈치 하나는 기가 막힌 놈이다. 나는 담담이 고개를 끄덕였다.

"그래. 미래 읽기다."

"미래를 읽는다고? 그런 황당무계한!"

즈굴은 바로 믿지 않았다. 하지만 믿든 말든 알 바 아니었다.

"마지막이니 알려주지. 이 능력을 발휘하기 위해선 대상과 일정 시간 접촉해야 한다. 4~5초 정도지만 전투 중에는 너무 긴 시간이라 효율성이 떨어지지."

"…말도 안 된다."

"이렇게 밥맛없는 네놈과 바짝 붙은 것도 다 그걸 위해서다. 즈굴, 우리는 항상 엇나갔지만 그래도 마지막에는 뜻이 맞는군. 각자의 꿍꿍이를 위해 같은 선택을 한 게."

느긋하게 말하는 내 태도에 즈굴의 표정이 무너져내렸다. 놈의 뱀 같은 두 눈이 파르르 떨리고 있었다. 그러나 곧 즈굴은 다시 죽일 듯 나를 노려보기 시작했다.

"미래를 읽으면 무언가 달라진단 말인가! 유제아, 이 어리석은 것아. 설령 먼저 봤다고 해도 이렇게 묶인 이상 폭발을 피할 수 없을 것이다!"

즈굴은 더 이상 대화하기 싫다는 듯 자폭 능력을 사용했다. 괴성과 함께 놈의 입과 눈과 귀에서 새하얀 빛이 뿜어져 나온다. 동시에 즈굴의 몸체에서 원자로를 연상시키는 어마어마한 기운이 느껴졌다.

그야말로 절체절명으로만 보인다. 한데도 나는 여유가 있었다.

"너는 자폭하지 못할 것이다. 이제부터 네놈의 의지도 네놈 자신의 것이 아니기 때문에."

내 말에 즈굴이 황급히 날 쳐다본다. 눈에서 빛을 뿜어내는 와중에도 놀란 기색이 보였다.

퍼뜩 생각나는 게 있겠지.

아니나 다를까, 즈굴이 반항하듯 외쳤다.

"네놈은 날 지배할 여력이 없다! 이전에 말했던 건 허세에 불과함을 모르지 않는다!"

몸 안에서 에너지가 끓어오르고 있었기에 즈굴의 말투는 뭉개진 듯 이상하게 들렸다. 그래도 의미는 충분히 전해져왔다.

"그거야 해보면 알 일이지."

나는 손을 뻗어 즈굴의 이마에 손바닥을 댔다. 그리고 지배를 발동시켰다. 그렇게 즈굴의 정신을 옭아매면서 답했다.

"본래라면 네놈 말이 맞다. 하지만 네놈의 권위인 뿔이 부러지지 않았나? 너는 격이 떨어졌고, 남은 지배력으로도 지배가 가능해졌다는 거다."

즈굴은 의식하지 못한 듯했지만 뿔이 부러진 건 놈에게 치명타였다.

아까 내가 한 가지를 눈치 채고 걱정을 덜었다는 게 이점이다. 이런 내 설명과 점점 자신의 몸에 일어나는 변화에 즈굴은 사색이 됐다.

"안 돼! 멈춰라! 멈춰!"

즈굴의 몸 안에서 핵분열처럼 일어나던 반응은 점차 안정되고 멈춰져 갔다. 내가 지배력을 발휘해 즈굴이 자폭하는 걸 막았기 때문이다. 즈굴은 마지막까지 발버둥을 치고 있었지만 소용없었다.

놈은 이미 올무에 묶인 가여운 사슴 같은 처지였으니까.

"자신의 의지를 잃는다는 건 무슨 의미일까? 즈굴. 직접 당해보지 않아 네놈의 비참한 심경을 헤아릴 수 없구나."

"이런 비겁한 놈! 네놈을 저주한다! 유제아!"

"비겁해도 괜찮지 않나? 나는 전사가 아니다. 명예에도 별 관심

없고. 그래서 처음부터 네놈 얘기 따윈 아무래도 좋았지."

이어서 나는 턱짓으로 점점 풀어지고 있는 즈굴의 촉수를 가리켰다.

"그리고 말이야. 네놈도 전사는 아니지 않나? 우리는 똑같아. 서로를 그렇게 미워하는 것도 어쩌면 동족 혐오 같은 게 아닐까?"

"받아들일 수 없다! 또 지배를 당하라고? 그런 굴욕을 다시 겪을 바에는 자결하겠다."

"아니, 네놈은 자결할 수 없다. 이제 넌 내 충실한 개나 말과 같지. 자기 죽음조차 결정할 수 없게 됐다는 거야."

"크아어어어!"

어느새 떨어진 즈굴은 양팔을 흔들며 어린아이처럼 울부짖었다. 한때 대군주급을 바라보던 거물의 최후치고는 너무나 별 볼 일 없었다.

"즈굴, 앞으로 광대처럼 헌터들을 웃기고 굽실거리는 삶을 살아라."

"닥쳐! 닥치라고! 크아아아!"

즈굴은 활화산 같은 분노를 토해냈지만, 그게 마지막이었다.

덜썩.

무릎을 꿇은 녀석은 고개를 박고는 한참 움직이지 않았다. 하지만 다시 얼굴을 들었을 때는 전혀 다른 인물이 돼 있었다.

즈굴은 눈을 찡그린 채 눈물을 주룩주룩 흘렸다. 그러나 입만은 광대처럼 환하게 웃으며 내게 조아렸다.

"주인이시여. 여기 미천한 종이 인사드립니다."

너무나 극단적인 변화다.

잠깐 사이에 이뤄진 일이라곤 도저히 믿을 수 없을 정도다.

나는 억지로 웃음을 쥐어짜내는 즈굴에게 다가가 머리에 손을 얹었다.

"그래, 비참한 꼴이 잘 어울리는구나. 앞으로 네놈의 잘린 뿔은 다신 자라지 못할 것이다."

"네, 미천한 종이 그 말씀 받들겠나이다."

그렇게 오만의 군주 즈굴이란 존재는 완전히 사라졌다. 거기 있는 건 무슨 일이 있어도 웃어 보이는 광대일 뿐이었다.

7. 깨달음이란 죽음과
함께 찾아 온다

즈굴을 지배한 후 한동안 근처 바위에 앉아 쉬었다. 내 사기적인 재생력 때문에 회복에는 별 거 없다. 그냥 시간만이 필요할 따름이다.

'…트롤이 따로 없다니까.'

부러진 갈비뼈가 이리저리 밀리며 스스로 맞춰지는 걸 느끼고 있자니, 소름이 돋을 정도다.

잠깐 시간이 나서 즈굴과 대화하기로 했다. 옆에 대기하고 있는 즈굴에게 손가락을 까딱거려 보였다.

"광대야, 네놈의 지배력을 아직 발휘할 수 있냐?"

즈굴이 이끌던 군을 이용할 수만 있다면 더 없이 좋다. 그들을 이용해 지금 혼란에 빠져 있는 칼두두의 군대를 정면으로 들이박으면 최고니까.

하지만 즈굴은 고개를 저었다.

"이 비천한 자가 주인께 '광대'라 불리는 존재가 된 시점에서 이미 틀렸습니다."

즈굴은 공손한 태도로 답했지만 말에 뼈가 있었다. 재차 지배가 된 시점에도 성질머리는 여전하군.

　나도 특별히 기대하고 물어본 질문은 아니다.

　'격이 떨어진 상황이니 이전처럼 대군을 상대로 지배력을 발휘할 수 있을 리가…….'

　즈굴이 돌아간다면 휘하의 군주급 몬스터들이 대거 반란을 일으키고, 도리어 그를 사냥하려고 하겠지.

　이전처럼 복종은커녕 자기 출세의 발판으로 쓰려고 할 게 뻔했다.

　"완전히 지배력을 잃은 건 아닙니다. 주인이시여. 아직은 일부 병력에 대해 지배력을 발휘할 수 있는데, 그들이라도 이용하면 다소간의 혼란은……."

　나는 고개를 저었다.

　"됐어."

　즈굴은 위험하긴 하지만, 그만큼 쓸모있는 인재였다. 이놈은 적일 때 위험하지만 아군일 때는 유능하다. 고생한 끝에 다시 지배하게 됐는데 잠시간의 혼란을 위해 버리는 패로 쓸 수는 없지.

　"어차피 칼두두는 실패했으니까. 무리할 필요 없지."

　"놈이 실패했다고 보십니까?"

　"그래, 칼두두는 단독으로 못 내려온다. 사이가 험악하긴 했어도 네놈의 힘이 꼭 필요했으니까. 이런 상황에서 하얀 거인이 남하하고 있다. 놈은 아주 곤란해졌지. 하얀 거인을 생각하면 오히려 칼두두가 어느 정도 세력을 유지해 주는 게 좋을지도. 고기 방패…. 아니, 이런 경우에는 뼈다귀 방패인가?"

"놈들이 힘을 합치려면 어쩌려고 그러십니까?"

"하얀 거인과 칼두두가? 그런 일은 없다."

나는 즈굴의 얼굴 앞에서 검지를 좌우로 흔들어 보였다. 즈굴은 그런 태도가 기분 나쁜 듯 얼굴에 살짝 주름이 지고, 뜨거운 콧김을 뿜어냈다. 하지만 그 이상의 불만은 표현하지 못했다. 목에 사슬이 감긴 맹수보다 더 비참한 처지라 할 수 있겠군.

"칼두두는 하얀 거인을 불구대천의 원수로 생각한다. 놈이 죽어서도 살아가는 이유가 바로 하얀 거인이야. 손을 잡지는 않을 거야."

"어찌 단정하십니까? 만약 그런 일이 벌어진다면…."

"그건 그때 가서 생각하자고. 일어날 가능성이 극히 낮은 것에 대해 벌써부터 고민할 필요는 없지."

대화하는 사이에 꽤나 재생이 진행됐다. 완벽하진 않지만 몸을 움직일 수는 있겠지.

슬슬 돌아가야겠군.

시간의 능력으로도 저주를 무한정 멈춰놓을 수는 없으니 말이다. 나는 앉아 있던 바위에서 일어나 엉덩이를 털었다.

"광대야, 네가 왜 나한테 진 줄 아냐?"

"모르겠습니다."

"고민해야 할 부분에선 안 하고, 안 해야 할 부분에선 하니까 그런 거란다."

"……."

즈굴은 입을 다물었지만 불만 가득한 표정이다. 나는 산길을 내려가 물었다.

"왜 할 말 있냐?"

"납득 할 수 없습니다. 우리 둘 가운데 어느 쪽도 승리의 가능성이 이었습니다. 오히려 행운의 문제가 아닐까도 싶습니다. 그저 제가 조금만, 조금만 운수가 좋았다면 저희의 처지는 달라졌을 겁니다."

말을 하면서도 즈굴의 눈길이 타오른다. 놓쳐버린 승리에 대한 갈망이 놈의 뇌를 휘젓는 듯했다.

즈굴의 말이 틀렸다고 생각하진 않는다. 실제로 난 위험했고, 즈굴은 성공 직전까지 갔다. 한끗차이였다.

"그래, 물론 그렇지. 하지만 말이야. 그게 역량의 차이라고."

"……역량이라."

그후 즈굴은 말이 없었다. 뭐, 아무래도 좋겠지. 앞으로 놈에게 고민할 시간은 많을 것이다. 이번 지배는 풀어줄 생각이 없으니까.

그는 이제 정신적인 감옥에 갇힌 존재가 됐다.

잃어버린 건 의지의 자유였다.

즈굴을 동반하고 성남으로 향했다. 멀리서부터 성남의 분위기는 심상치 않았다.

"피 냄새가 진동합니다. 많은 죽음이 있었군요."

옆에서 걷고 있던 즈굴이 입을 열었다. 다시 지배된 녀석의 성격은 이전처럼 과장되게 밝은 척하던 것과 달랐다.

'예전이었으면, 이런 피 냄새야말로 제가 아주 좋아하는 것이죠. 크하하핫! 하고 웃었을 텐데 말이야.'

그렇다고 마냥 꿍해져 입을 다물고 있는 것도 아니었다.

지배 받는 걸 죽도록 싫어하고, 마지막 순간까지 지배를 거부했던 녀석이지만 지금은 꽤나 담담히 받아들이고 있는 기색이다.

'정말 속을 알 수 없군.'

오히려 이런 놈이 무섭지 싶다. 거친 반항 때문에 지배력으로 고통을 주는 걸 반복하고 있었다면 차라리 맘이 편했을 거다.

예상하기 쉬운 놈이니까.

반면 지금의 즈굴은 속을 들여다 볼 수가 없었다. 하지만 그 부분에 대해 너무 신경 쓰진 않기로 했다. 세상 일 중에 제대로 알고 하는 게 몇 개나 있겠나.

지금 즈굴이 내 광대란 사실은 확실하다.

"개코가 따로 없군. 점점 진해지네."

이후 조금씩 전투의 흔적이 나타나기 시작했다. 사방에 죽은 천사와 헌터가 보였다. 성남 방향에서 벌어진 전투는 어떻게 됐을까?

'미카엘라와 스이엘이 무사해야 할 텐데.'

걱정 속에서 나아가다가 한 무리의 헌터들을 만났다. 다친 천사를 들것에 실어 나르고 있었다. 그들은 이쪽을 보고 기겁했다.

"히익!"

"군주급?"

"저건 즈굴이다!"

정확히는 즈굴을 보고 까무러칠 것 같은 표정이다. 여기서 즈굴은 더 이상 쾌활한 척하지 않는다. 예전에는 여러분의 선량한 이웃 즈굴입니다, 같은 괴상망측한 소리를 해서 헌터들을 놀라게 했었지.

　지금 즈굴은 그저 오연한 태도로 서서 헌터들을 내려다 볼 뿐이다. 놀란 헌터 중 몇은 바닥에 주저앉아 버리기까지 했다.

　나는 혀를 차며 옆에 있는 즈굴의 정강이를 걷어찼다.

　"눈에 힘 빼. 이 자식아. 다들 놀라잖아. 모두 괜찮습니다. 즈굴 놈은 다시 제 지배 하에 들어왔습니다."

　그제야 사람들은 날 발견하고 안도했다. 즈굴의 존재감이 어찌나 큰지 옆에 있던 나는 보이지도 않았던 건가.

　"유제아 의장님!"

　"의장님 무사하셨습니까? 위험한 작전을 맡으셨다 들었습니다."

　"미카엘라 님께서 어찌나 걱정을 하시던지."

　이들을 보니까 미카엘라 클랜의 산하 클랜원들 같다. 다들 즈굴을 힐끔힐끔 보면서도 다가왔다. 나는 즈굴에게 손짓을 해서 멀리 좀 떨어져 있게 했다. 그리고 헌터들에게 물었다.

　"바라카엘 토벌전은 어떻게 됐습니까?"

　가장 중요한 문제였다. 그나마 다행인 건 다가온 헌터들의 표정이 어둡진 않다는 거다. 그들 중 대표로 보이는 자가 알려왔다.

　"승리했습니다. 바라카엘은 패퇴했고, 그의 성소는 함락됐습니다. 남은 바라카엘 클랜 전원이 항복했습니다. 다만…"

　"다만…?"

　"적의 수괴인 바라카엘이 탈출에 성공해 행방이 묘연합니다."

"저런."

아깝게 됐구나. 대천사 바라카엘이 도망가다니. 그래도 바라카엘 클랜 자체가 사라졌다는 건 아주 큰 성과다. 내부의 종양을 제거한 셈이니까. 나는 그 외에 궁금한 걸 바로 물었다.

"미카엘라 님과 스이엘 님은 무사하십니까?"

"네, 두 분 다 별 탈 없으십니다."

"다행이군요…."

내심 안도의 한숨이 나왔다. 그래, 그거면 됐다. 둘이 무사한 게 제일 중요하지.

"바로 성남에 있는 지휘부로 가봐야겠군요."

"그러시지요. 의장님의 귀환을 다들 기다리고 있습니다. 저희가 먼저 무전으로 보고하겠습니다."

"감사합니다. 부탁 좀 드리겠습니다."

마침 즈굴이랑 싸우느라 핸드폰이 박살나서 연락도 못하고 있었는데 잘 됐다.

그렇게 헌터 일행이랑 헤어져서 몇 분쯤 됐을까? 걸어가고 있는데 저 멀리서 빛이 눈부시게 반짝였다.

"뭐, 뭐지?"

마치 눈을 찌르는 것 같은 게 순간 당황할 정도로 강렬한 광채다.

마치 타오르는 유성이 내가 있는 방향을 향해 내리꽂히는 것 같았다. 또한 그 빛에선 엄청난 기운이 느껴졌다.

'습격인가!'

누군가 내게 강력한 마법을 먹이려는 건가 싶어 방패를 들어올리려 했다. 그러나 곧 그 빛줄기의 정체를 알 수 있었다.

바로 엄청난 속도로 비행해 오고 있는 미카엘라였다. 무슨 제트기처럼 주변에 소닉붐을 일으키며 날아오더니 그대로 내게 떨어졌다.

짧은 순간 미카엘라의 보석같이 아름다운 눈과 마주쳤다.

한 번 보면 도저히 잊어버릴 수 없는 선명한 녹색 눈동자. 그 영롱한 동공이 격정에 가득 차서 오로지 나만 쫓고 있었다. 그리고 미카엘라는 순식간에 내 앞에 당도했다.

콰아아아앙!

거대한 힘의 파동과 함께 공기가 터져나갔다.

이대로 부딪치나 했는데, 충돌 직전 미카엘라는 공중에서 거짓말처럼 멈췄다. 대신 그 여파로 주변이 와장창 터져나갔다.

일대의 지면이 한꺼번에 뒤집혔고, 굴러다니는 건물의 잔해와 자동차들이 와르르 날아갔다.

'대단한 비행 실력이네.'

저 정도 속도로 날다가 이렇게 멈춰 설 수 있다니. 내게 날개를 달아준다고 해도 따라도 못할 수준이다. 그런데 그런 급격한 제동에 많은 마력이 사용된 듯 주변에 금빛 마력의 불티가 어지럽게 흩날렸다.

환상적인 광경이었다.

놀랍도록 아름다운 외견을 가진 대천사가 공중에서 날개를 펼친 채로 멈춰서서 날 바라보고 있다.

거칠게 일어난 바람과 찬란할 정도로 화려한 마력 빛무리가 주변의 모든 광경을 지워버렸다. 오로지 세상에 그녀와 나만 있는 것 같단 생각이 들 정도다.

"유제아."

그런데 그녀의 목소리는 평소보다 차가웠다. 항상 쓰던 낯간지러운 애칭도 없었고.

이런 모습은 정말 간만이었기에 나는 입이 쉽게 떨어지지 않았다.

'화난 거 같은데….'

원래 사근사근한 존재가 열 받으면 더 무서운 법이다. 사실 그간 미카엘라가 지나칠 정도로 나한테 잘해줬지. 천사나 헌터들 사이에선 감히 말도 못 붙이는 위엄 넘치는 존재임에도 내겐 '소녀의 주인님'이라는 민망한 호칭으로 친근감을 표현해 왔다.

새삼 깨달았다.

나는 그 분에 넘치는 영광과 배려를 너무 당연하게 여겨 왔구나.

마치 위대한 정복자, 지배자, 혹은 승리의 여신 같은 위엄으로 뽐어내며 날 내려다보는 미카엘라의 모습은 어렵게 느껴졌다.

물론 지배를 하고 있긴 하지만 그건 절차에 불과했다. 실제로 미카엘라가 어떤 태도를 취하던 그녀의 마음인 것이다.

따지고 보면 본래 저게 당연한 건데, 그간 미카엘라가 날 위해 얼마나 상냥하게 굴었던 건지 알 만했다.

"왜 대답이 없지? 이 태양의 대천사를 눈앞에서 무시할 셈이니?"

묵묵부답으로 있자 미카엘라의 눈꼬리가 살짝 올라가며 추궁하는 듯한 말투가 됐다.

동시에 미묘하게, 약간 섭섭함이 묻어나고 있었다. 나는 그 부분에서 내심 안도했다. 그리고 강하게 직감이 왔다.

'화나긴 했지만 어떻게든 풀 수 있는 것 같다. 이건.'

지금 저 감정을 뭐라고 해야 할까? 상당히 복잡한 심경인 거 같다.

미카엘라는 나 때문에 정신적인 상처를 느꼈다. 동시에 이런 것을 겉으로 표현하기엔 싫은 것 같다. 저 차가운 표정은 그걸 위한 가면이고.

하지만 찰나의 순간 보였던 섭섭한 표정은 미카엘라가 자신의 마음을 달래주길 원하고 있음을 확신할 수 있다.

결국 그녀의 부정적인 감정은 나에 대한 관심과 걱정에서 온 거니까. 그런 기대가 좌절됨에 분노하고 실망한 것이다.

아무튼, 구구절절 복잡한 설명이었는데 이걸 단순히 표현하자면 이렇다.

요컨대, 삐친 거다.

위대한 태양의 대천사가 말이다.

하도 위엄이 쩔어서 바로 의식하지 못했지만, 확실하다.

'아, 존나 귀엽다….'

상황을 파악하고 나니까 현상이 달리 보인다.

한껏 올라간 눈꼬리와 굳은 입매에서 어색한 연기가 느껴진다. 동시에 어서 마음을 풀고 날 껴안고 싶어하는 기색이 가득하다. 그럼에도 자기 감정 때문에 갈팡질팡하고 있다.

어쩌면 이리 가여운 대천사가….

'그래도 이런 걸 이용해서 놀리진 말자.'

이런 상황에선 그녀의 고고한 자존심을 지켜주는 게 좋다. 마음 상하지 않게 잘 달래주면 넘어갈 수 있을 터.

그녀 같이 도도한 존재가 나 때문에 삐쳤다는 사실을 쉽게 받아들일 수 없겠지. 만약 내가 그 감정을 정확히 지적했다가는 사태는 돌이킬 수 없게 된다.

'지아 누나 때문에 잘 알지. 삐침+삐침 상태에 들어간 여자의 무서움을….'

어릴 때 지아 누나를 그 무섭다는 2단 삐침 상태로 만들어버려서 보름은 말 못했던 기억이 떠오르네. 그나마 어릴 때 지아 누나는 얌전해서 나랑 말 안 하는 걸로 끝났지만, 상대가 미카엘라라면 그렇게 속 편하게 되지 않을 거다.

보름 동안 공격이나 습격을 당하는 시나리오가 쉽사리 그려졌다. 아니면, 날 곤궁에 빠뜨리려 정치적인 문제를 일으키는 것도 가능했다.

해결 못한다면 나름대로 상당한 위기라는 거다.

'저 여자라면 갑자기 나랑 정략결혼 하겠다고 발표해도 이상하지 않아. 그냥 파국을 크게 일으킬 수만 있다면 무슨 소문이든 괜찮을 테니까.'

미카엘라는 내 정치 스승이다. 이것저것 심계를 배우며 그녀에 대해 알 수 있었는데, 미카엘라라면 입에 침도 안 바르고 내 아이를 임신했다고 발표할지도 모른다.

그럼 장담하건데, 대한민국이 발칵 뒤집히겠지. 인간과 대천사의 염문으로도 부족해 아이까지?

생각만 해도 난리가 난다.

아니, 대한민국이 문제가 아니라 메타트론이 어떻게 나올지 짐작도 안 되는데.

아무튼, 미카엘라는 그 정도 짓거리는 눈 하나 깜빡이지 않고 벌일 성격이라 그거다.

과거에는 이제까지의 체계를 지키려고 꽤나 보수적으로 행동했으나, 신성지가 무너진 이후 그녀의 과단성은 점점 심해지는 중이다.

아니, 그게 사실 본래 성품인 거겠지.

겉으로는 온갖 우아한 척은 다하는, 저 내숭 심한 대천사의 속은 태양처럼 뜨거웠으니까.

"벙어리라도 된 것이니?"

다시 미카엘라가 날 추궁해 왔다.

차르륵!

주변에 흩날리던 마력이 변형되어 점점 모양을 이루었다. 그리고 그건 금빛 쇠사슬처럼 변해 주변을 휘감고 있었다.

전혀 본 적 없는 힘이다. 아무래도 미카엘라가 근자에 깨우친 것일까? 그녀 역시 이번 전쟁과 함께 발전하고 있으니까.

척 봐도 굉장히 위험해 보였다.

"벙어리라니. 그럴 리가."

애써 입을 열자 미카엘라가 코웃음을 쳤다.

"하! 그것 참 다행이구나. 유제아. 그럼 왜 좀처럼 말을 못하는 거니?"

대체 여기선 어떻게 해야 할까? 삐친 건 알겠는데, 대화의 물꼬를 어떻게 타야 할지가 문제다. 두뇌를 풀가동 했지만 좋은 수가 보이지 않는다. 그러다 뜬금없는 생각이 들었다.

애써 화를 내기 위해 노력하는 미카엘라의 모습이 너무나 아름답다는 것이다.

그녀는 여신이란 말이 아깝지 않다. 이런 와중에도 자신의 미를 발산하고 있었으니까. 그래서 그냥 별 생각 없이 입을 열었다.

"네가 너무 예뻐서 멍하니 보느라 대답하는 게 늦었다. 미안."

"뭐? 뭐라고 하는…?"

갑작스러운 외모 칭찬 때문이었을까?

미카엘라는 당황한 기색이다.

눈동자가 흔들리며 허둥댄다. 나는 의아해졌다. 뜬금없는 얘기긴 했지만 저럴 정도인가?

그런 의문을 품다가 미카엘라의 특수한 사정을 다시 생각하게 됐다.

'맞아. 미카엘라는 평범함과 거리가 멀지.'

보통의 미인에게 외모 칭찬은 항시 듣는 일이다. 주변에서 늘 해주니까.

'그래도 듣기 싫어하지 않는다고 들었다.'

예쁜 여자라고 해도 본인이 예쁜 건 늘 확인하고 싶다나? 물론 그렇긴 해도 그런 칭찬은 파괴력이 약한 법이다. 익숙한 일이니까.

반면 미카엘라의 경우는 다르다. 그녀는 수많은 클랜원을 거느리고 있었음에도 고독했던 존재. 메타트론이 섬처럼 홀로 고립돼 있었다면, 미카엘라는 군중 속에서 외로웠다.

태양처럼 찬란하고 뜨거워 누가 살갑게 대해주질 않았으니까. 아직도 옆에 스이엘이랑 메타트론만 끼고 도는 건 다 그런 이유다.

　'아무튼 그런 상황 때문에 미카엘라는 외모 칭찬에 면역이 없다.'

　누가 해주질 않으니까.

　나는 그 점을 적극 이용해 미카엘라를 당혹시키기로 했다.

　"미카엘라."

　힘 있게 부르자 그녀는 살짝 홍조가 오른 채 움찔한다.

　"으, 응?"

　"거짓말이 아니다. 네 아름다움은 가히 예술의 경지. 만약 예술이란 관념에 생명력을 불어넣고, 그걸 여성으로 빚는다면 네가 태어나지 않을까 싶을 정도다."

　"뭐? 그 정도라고?"

　"아니, 고작 그 정도가 아닐지도 모른다. 일찍이 인류가 상상했던 사랑과 미의 여신조차 네 미색에 미치지 못했다. 그러하니 감히 꿈도 꿀 수 없는 아름다움에 이름을 붙인다면 '미카엘라'라고 해야 하지 않을까?"

　미카엘라는 얼굴이 시뻘게 졌다. 그러다 노여움을 표했다.

　"미사여구가 지나치구나. 그리고 그런 아첨으로 지금 상황을 모면하려는 수작이 너무 뻔히 보이네!"

　그래, 안 보이면 오히려 이상한 거지. 하지만 상관없다. 지금 멘트들은 분명히 먹히고 있다.

　미카엘라를 설레게 하고 있지는 않겠지만, 미카엘라를 난처하게 만드는 데는 성공이다.

나는 살기 위해 계속 입을 나불거렸다.

"미사여구라니? 이것은 널 향한 솔직한 헌사다. 지금 이 순간, 도저히 그 아름다움에서 눈을 뗄 수 없으니까."

"…정말이니?"

"그래, 가장 순수한 금을 녹인 것 같은 그 머리칼에, 에메랄드로도 따라 할 수 없는 녹안의 빛깔. 그리고 금속 흉갑으로도 감히 억누를 수 없는 상반신의 존재감. 너의 모든 것이 감히 상상도 할 수 없던 영역의 예술을 눈앞에 펼쳐놓고 있다."

"아니, 그런…."

미카엘라는 몸 둘 바를 모르겠다는 듯 꼼지락거리기 시작했다. 슬슬 말빨이 먹히고 있었다. 이 녀석, 내 칭찬을 진심으로 받아들이고 있구나. 아니, 생각해 보니 거짓말은 아니지.

좋아, 이대로 적당히 칭찬을 더하다가 마무리짓자. 미카엘라의 화도 적당히 풀린 것 같으니까.

한데 그때 생각지도 못한 놈이 간섭해 왔다. 시야에 한껏 들어오던 미카엘라의 눈부신 외형 대신, 시커먼 근육질의 괴물이 나타난 것이다.

바로 즈굴이었다.

즈굴은 우리 사이에 끼어들더니 날 보호하는 듯한 태도를 취했다.

"주인이시여, 그딴 실없는 소리를 할 때가 아닙니다. 지금 저 대천사를 보십시오. 흥분 상태로 가고 있음이 틀림없습니다. 심장이 빠르게 뛰고 있고 호흡이 점점 거칠어 집니다. 이쪽을 공격하려는 신호가 확실하군."

아니, 미카엘라는 단순히 부끄러워 하는 것 같은데. 하지만 즈굴은 위협적으로 느끼는 듯했다. 그래서 날 보호하려 하고 있었고.

물론 그가 좋아서 그러는 게 아니다. 그저 지배의 능력에 의해 자기 주인을 지키려는 거다. 내심 거지 같아도 즈굴은 나에 대한 경호를 소홀히 하진 않는다.

반면 미카엘라는 황당할 수밖에. 한껏 몸을 꼬고 있었는데 어디서 시커먼 놈이 나타나서 공격이니 어쩌니 하는 소리를 하고 한다.

슬슬 풀어지던 미카엘라의 얼굴이 다시 딱딱하게 굳었다.

"이 괴물이 지금 뭐라고 하는 거니? 꼴을 보니 유제아에게 다시 지배된 듯한데. 그런 팔푼이 같은 놈이 뭐가 어째?"

"크릉! 맘대로 지껄여라."

의외로 즈굴은 화를 터뜨리지 않고 차분하게 대응했다. 그리고는 조목조목 미카엘라에게 따졌다.

"괴물은 네년이지, 미카엘라. 이 몸은 항시 너 같은 강자를 쓰러뜨릴 방법을 연구해 왔다. 그 결과 천사를 상대로 깊은 통찰력을 갖게 됐다."

"호오? 그래서?"

미카엘라는 팔짱을 낀 채 다소 관심이 보였다. 그 바람에 눌린 가슴이 엄청난 존재감을 발휘했다. 흉갑이 부서져 속 안에 있던 풍만한 가슴이 일부분 드러나 있던 까닭이다. 눈을 뗄 수가 없었는데 다행히 미카엘라는 즈굴을 쏘아보느라 눈치채지 못했다.

'미카엘라, 너는 정말 살아있는 예술의 화신이다.'

나는 기회가 있을 때 미카엘라의 가슴을 많이 봐두기로 했다. 수명이 늘어나는 기분이다. 그런 나와 다르게 즈굴은 제법 심각했다.

"변명해도 소용없다. 대천사. 이 몸의 능력은 확실하니까. 네년의 신체를 꿰뚫어볼 능력이 있다면 믿겠나?"

"네까짓 놈이 나를?"

"그렇다. 힘으론 못 이길지 모르나 네년을 파악하는 능력은 제법 놀라울 거다."

그와 함께 즈굴이 힘을 일으켰다. 동시에 서늘한 안광이 뿜어져 나왔다. 매우 고명한 안법을 발휘한 것만 같았다.

미카엘라는 뭔가 소름끼친다는 표정으로 흠칫한다. 그 모습에 즈굴은 득의양양해 했다.

"태양의 대천사. 이미 간파를 시작했다."

"어림 없는 소리."

"못 믿겠다면 말해주지. 지금 네년의 뇌에서 엄청난 화학물질이 분비되고 있군. 상당히 달아오른 상태가 아닌가. 역시 전투를 각오하고 있는 건가! 주인이여, 싸움을 대비하시오."

"지금 무슨 소리를 하는 거야. 이 괴물이!"

미카엘라는 발끈했다. 그런데 안법을 발휘하고 있던 즈굴은 뭔가 이상하다는 듯 고개를 갸웃거렸다.

"음…? 아니, 뭔가 좀 다른데. 다시 보니 전투의 신호라기엔 뭔가 끈적끈적하고 농밀한 느낌이다."

이후 즈굴은 미카엘라를 추궁했다.

"대천사! 이해할 수 없는 행동을 하는군! 왜 가슴골과 겨드랑이로

암컷의 페로몬을 흘리고 있는 것이지? 무슨 목적이냐!"

즈굴의 말에 미카엘라는 눈이 휘둥그레졌다. 그리고 끔찍할 정도로 당황한 듯 말을 못 잇고 어버버 거렸다. 얼굴은 이미 토마토 같이 변해버린 상태. 아니, 금방이라도 터질 것 같은 게 폭발성 토마토다.

이런 모습에 즈굴은 자기 나름대로 추측을 내놨다.

"설마 정신계 공격인가? 아차! 큰일이군. 주인이시여, 정신을 보호하길 바랍니다. 분명 저 요망한 대천사가 주인의 전전두엽의 피질과 쾌락중추를 엉망으로 만들려 하고 있소. 이건 그 정도로 농밀한 유혹의 향기! 분명 이대로라면 주인께선 저 대천사의 정신적인 노예가 되어버릴 터!"

아니, 갈수록 얘기가 이상해지고 있었다. 물론 지금 미카엘라를 보면 가슴이 뛰긴 한다. 잠깐이라도 눈을 뗄 수 없고. 마주보고 있으면 그녀에게 빨려 들어갈 것 같다.

반면 미카엘라는 정신을 못 차리고 있었다. 손부채를 부치며 허둥지둥댔다. 즈굴은 그런 모습에 자신의 추측이 맞았다는 듯 자신감 넘치는 태도였다.

"조심하십시오. 주인이시여. 미천한 하인이 아는 지식으론, 사람을 노예로 만드는 그 가증스러운 감정을 인간은 사랑이라 부른다고 했습니다."

나는 즈굴의 명확한 정의에 감탄했다.

"사랑인가!"

이 가슴이 뛰는 게 그런 이유에서였나. 한데 즈굴은 날 보더니 심각한 얼굴이 됐다.

"주인이시여! 이미 반쯤 홀린 것 같습니다. 정신을 단단히 간수하십시오! 이대로라면 노예의 운명만이 남습니다. 방패를 들고 용기를 되찾으십시오. 지금 저 가증스러운 대천사는 주인에게 말할 수 없을 정도로 강렬한 욕망을 느끼고 있습니다. 이 하인의 간파 능력으로 정확히 감지됐습니다."

즈굴의 말에 미카엘라는 어지러운 듯 공중에서 떨어지지 직전이었다. 나는 궁금증을 참지 못하고 물었다.

"강렬한 욕망이라고?"

"그렇습니다."

즈굴은 대답하면서도 고개를 갸웃거렸다.

"다만 먼저 말했듯 전투와는 다릅니다."

"구체적으로 어떻게?"

서둘러 묻는 나는 이 상황에 흠뻑 빠져 있었다. 무슨 특별한 기술을 쓴 건지 즈굴은 미카엘라의 정신을 효과적으로 분석하고 있었다. 그리고 나는 그 결과에 관심이 폭발했다. 이건 마치 순진한 소녀의 비밀 일기장을 훔쳐보는 것 같은 기분이었다.

"안 돼! 그 입 다물어!"

미카엘라가 뒤늦게 빽 소리를 질렀으나 즈굴은 내게 충성했다. 그래서 그딴 소리는 신경도 쓰지 않고 지껄여댔다.

"이건 매우 놀랍습니다. 가히 퀘이사의 폭발을 떠올리게 만드는 격렬한 전기신호의 폭주! 급격할 정도의 혈류량의 유동! 지금 저 대천사는 유래 없을 정도의 혼돈 속에 있습니다."

"그래서 결론이 뭔데?"

"어… 이 미천한 하인이 판단하건데, 이럴 수가!"

마침내 즈굴은 한 가지 결론에 다다른 듯 놀란 표정을 감추지 못했다. 그리고는 황망함 속에서 입을 열었다.

"설마 태양의 대천사는 전투가 아니라… 번식 활동을 원하고 있는 건가!"

그 말과 함께 미카엘라가 짧게 기절한 듯 지상으로 추락했다. 마법이 그녀를 지킨 탓에 볼품없이 철푸덕 떨어지진 않았다. 바닥에 사뿐하게 내려앉은 그녀는 잠시 뒤에 정신을 차렸다. 하지만 즈굴은 미카엘라가 뭐라 입을 열기 전에 연타석 홈런을 날려버렸다.

즈굴은 못 믿겠다는 표정으로 미카엘라에게 물었다.

"틀림없군. 번식기도 아닌데 교미 하는 건가? 이런 대낮에? 야외에서? 너희 무리는 그런 짓은 주로 밤의 밀실에서 하지 않느냐?"

그 물음에 미카엘라는 반쯤 울 것 같은 표정이 됐다. 그리고 자신의 허벅지를 안쪽으로 오므리고는 입술을 꽉 깨문다. 뭔가 오줌이라도 마려운 것 같은 포즈다. 즈굴의 순수한 혼란과 의문이 그녀를 완벽하게 박살내고 있었다.

"그게 무슨… 말도 안 되는…. 소녀는, 주인님에게 그런 감성을 품을 리가… 아니, 생각 안 한 건 아니지만!"

미카엘라가 슬슬 고장 나기 시작했다. 스프링이 박살난 시계가 기괴하게 움직이는 것처럼 미카엘라의 행동은 이상하게만 보였다.

결국 한계점에 다다른 그녀는 자신의 모든 감정을 한꺼번에 폭발시켰다.

매우 운 좋게도, 내가 아닌 즈굴에게 말이다. 천운이었다. 즈굴의 경호는 실로 훌륭한 방향으로 이뤄진 셈이다.

"죽여버리겠어! 죽어!"

미카엘라가 전신의 마력을 폭발시키더니 즈굴에게 공격을 퍼부었다.

번쩍!

눈을 찡그리며 감게 만드는 강력한 태양광이 즈굴에게 작렬했다. 즈굴은 충격을 받으며 뒤로 밀려났다.

"크르르! 이런 터무니없이 강한!"

즈굴은 대경실색한 기색이다. 그의 전신은 화상으로 부글부글 끓어 올랐고, 연기가 자욱했다. 일격에 다대한 피해를 입었음이 자명하다. 하나 미카엘라의 분노는 아직 끝나지 않았다. 아니, 시작도 안 했다.

미카엘라가 다시 힘을 일으키자 즈굴은 서둘러 자신이 가진 가장 강력한 방어 마법을 시전했다.

우우웅-!

진동과 함께 즈굴의 몸이 푸른 빛으로 둘러싸인다. 저것의 효과는 아마 확실하겠지. 칼두두의 검은 화염을 막는 걸 봤으니까.

하지만 열 받은 미카엘라의 위력은 즈굴과 내 예상을 한참 뛰어넘었다.

미카엘라를 둘러싼 쇠사슬이 갑자기 수십 가닥으로 분화하더니 채찍처럼 즈굴을 내리치기 시작했다.

카앙! 캉! 캉!

쇠사슬이 내려쳐질 때마다 즈굴의 푸른 마력이 요란하게 튀었다. 지켜보던 나는 눈이 휘둥그레졌다.

'존나 강하잖아?'

칼두두의 필살기인 검은 화염도 견딘 즈굴이 쇠사슬 몇 대 맞더니 급기야 한쪽 무릎을 꿇고 말았다.

쿵.

또한 자랑인 놈의 방어 마법은 힘을 잃고 그 색이 대번에 희미해졌다.

마법이 깨지기 일보직전이었다.

미카엘라가 강한 건 알고 있었지만 이 정도였나? 이번 전쟁에서 단련된 건 나뿐만이 아니구나 싶다.

카앙!

요란한 소리와 함께 즈굴은 결국 한 손으로 땅을 짚었다. 이제 거의 좌절해서 엎어진 포즈가 됐다.

맙소사.

그 오만의 군주 즈굴이….

대군주급을 제외하고는 최강이라 했던 즈굴이….

내게도 심대한 위협이었던 즈굴이 이렇게 순식간에 패배해 버렸다고?

즈굴도 황망하다는 표정이다. 그러나 곧 순순히 패배를 인정했다.

"과연 과거 모시던 분과 겨루던 실력이란 말인가. 이 즈굴의 상대로 부족함이……."

"시끄러워! 닥치렴!"

한껏 신경질이 난 미카엘라는 즈굴이 말하는 걸 들어주지도 않았다. 사방에 현란하게 뿌려진 사슬을 다시 합쳐서 하나의 굵은 사슬로 만들더니, 그걸로 힘껏 즈굴을 후려쳤다.

퍼억!

즈굴은 저항하지도 못한 채, 입에서 피를 성대하게 뿜으며 뒤로 날아갔다. 그리고 데굴데굴 굴러다가가 바닥에 널브러졌는데, 그 궁상맞게 뻗은 꼴이 어릴 때 보던 만화의 야무×를 떠올리게 했다.

"죽었어…?"

내가 놀라움 섞인 목소리로 중얼거리자 희미한 답이 돌아왔다.

"아직 안 죽었다…. 주인이여…."

그 말과 함께 즈굴은 기절해 버렸다. 이쯤 되니까 나도 간담이 서늘해졌다. 공포에 빠진 눈동자로 미카엘라를 볼 수밖에.

'서, 설마? 나도 저 사슬로 패진 않겠지?'

그래도 한때나마 '소녀의 주인님' 같은 초민망한 호칭까지 불러주던 사이 아닌가?

두려움에 혼자 오솔오솔 떨고 있자니 미카엘라가 성큼 다가온다.

히익!

흡사 한 마리의 맹수가 덮쳐오는 것 같다. 방패라도 들어야 하나 싶었는데, 다행히 사슬을 휘두르진 않는다. 대신 다급하게 변명을 해댔다.

"유, 유, 유제아!"

"응? 나는 유유유제아가 아니라, 유제아인데?"

그 말에 미카엘라가 눈을 치켜떴다. 나는 바로 꼬리를 내렸다.

"아니. 네가 원하면 오늘부터 성을 유 씨에서 유유유 씨로 바꾸지 뭐."

"아무튼, 그게 중요한 게 아니란다. 방금 그 황당한 소리는 저놈이 멋대로 한 말이니까! 섣불리 오해해서는 곤란……."

미카엘라는 어떻게든 사태를 수습하려고 안간힘을 쓰고 있었다. 지금 비지땀을 흘리고 있다는 걸 스스로 알고 있을까? 목소리는 전에 없이 떨리는 중이다. 자기 꼴을 자각한다면 더 입을 열 생각도 안 들 텐데.

예전에는 침실로 끌어들여 그리 농염하게 유혹하더니, 실제로는 이렇게 어수룩하고 수줍음이 많을 줄이야.

하긴, 여태 무슨 경험이 있을 리가 없으니 그럴 수밖에.

"알겠니? 알았어?!"

미카엘라는 거의 이마가 붙을 정도로 얼굴을 들이댔다. 그리고 검지를 세워 날 가리키며 어서 자신의 주장이 맞다는 걸 인정하라는 몸짓을 해 보였다.

동시에 그녀의 주변에 있던 사슬들이 온통 머리를 든 코브라처럼 일어나서 위협적으로 움직여댔다.

'어쩔 수 없지.'

여기서 미카엘라의 뜻을 따라줘도 되지만, 일단 바쁘기 때문에 이 태양의 대천사를 추방해 버리기로 했다.

어쨌든 무사한 거 봤으니 됐다. 할 일이 태산일 텐데 미카엘라가 해명한다고 계속 매달리면 곤란하다. 아마 몇 시간은 수습에 써야 할지도 모른다.

그래서 그녀의 사고가 박살날 만한 소리를 해주기로 했다. 나는 미카엘라의 귓가에 대고 그녀만 들릴 목소리로 속삭였다. 손으로 살짝 가는 허리를 휘감은 채로 말이다.

　"나는 거절하지 않을 거 같아."

　"뭐? 뭐어?"

　"너라면 좋다고. 미카엘라."

　"…아으?"

　미카엘라는 말문이 막힌 듯했다. 어버버 거리더니 뭐라 반응해야 할지 모르겠다는 표정이다. 그와 함께 극적인 변화가 일어났다.

　차르르륵! 카앙!

　미카엘라 주변에 있던 수십 가닥의 사슬이 일제히 박살나 버린 것이다. 유리처럼 와장창 깨진 그것은 본래 형태인 금빛 마력으로 화해 공기 중에 녹아 사라졌다.

　그녀가 개발한 새로운 권능.

　즈굴조차 어린애로 만들어 버린 그 힘이 내 말 몇 마디에 완전히 무너져 버렸다.

　'우와, 마력 구조 좀 봐.'

　박살나는 모습을 보고서야 이게 얼마나 정교하고 강력한 권능인지 체감이 됐다. 동시에 그런 걸 이리 간단히 박살냈다는 것에 놀라움을 느꼈다.

　'이 녀석, 진짜 날 심하게 좋아하는구나?'

　하지만 그런 말은 입 밖으로 내지 않았다. 이미 미카엘라는 감당할 수 없는 충격에 정신적인 빈사 상태다. 추가타를 감당할 수 없는 수준이다.

결국 그녀의 모든 격한 감정은 비명이란 형태가 되어 분홍빛 입술 사이로 터져나왔다.

"꺄앗! 꺄아앗! 무슨 소리를! 유제아!"

극도로 붉어진 얼굴로 미카엘라는 파르르 떨며 항의해왔다. 하지만 나는 덤덤히 답했다.

"말 그대로라고. 괜찮으면 지금부터라도…. 야외에선 취미가 없지만."

"그만! 그만해! 나도 취미가 없단다! 나중에 얘기하는 게 좋겠구나!"

그 말과 함께 미카엘라는 하늘로 날아올랐다. 그 모습이 마치 무서운 기세로 솟구치는 탄도미사일 같이 느껴졌다.

화려한 마력의 빛줄기로 공중에 호선을 그리더니, 그대로 점이 되어 사라져 버렸다.

제트기처럼 날아오더니, 제트기처럼 떠나갔다.

정말 정신없는 여자로군.

잠깐이었지만, 피곤함이 두 배는 된 거 같다. 그래도 미카엘라의 사랑스러운 면을 볼 수 있어서 좋았지. 정신적으로나 외형적으로나. 특히 상반신을 열심히 봤다는 사실은 부정할 수 없겠다.

그건 뭐랄까?

국보급이야. 아니, 세계의 보물급이지.

혼자 어떻게든 그 장면을 다시 머릿속에 떠올리고 노력하고 있는데, 이번에는 분홍색 빛이 저 멀리서 이쪽으로 날아왔다.

미카엘라처럼 빠르진 않았지만 상당한 힘이 느껴졌다. 보자마자 누군지 알 수 있었다.

스이엘이군.

아니나 다를까, 잠시 뒤에 작은 날개를 파닥파닥거리는 세상 귀여운 대천사가 내 앞에 내려앉는다.

"유제아, 미카엘라 님이 왜 저래? 날아오다 봤는데 정신 나갈 것 같은 표정으로 도망가시던데?"

아무래도 공중에서 마주쳤나 보다. 스이엘은 내 품에 꼬옥 안기더니 투덜거렸다.

"아니, 미카엘라 님도 너무하시지."

"왜?"

"유제아 네 소식이 들리자 같이 가기로 해놓고는 중간에 날 버리고 가셨다니까?"

"허……."

무슨 상황인지 알 만했다. 마음이 급한 미카엘라가 스이엘을 까먹고 혼자 빠르게 날아왔던 거 같다.

"지나가며 들었는데 혼잣말을 막 중얼거리시던데? 처나밤? 처날 빰? 처날쁘암? 대체 그게 무슨 소리지?"

"아…"

뭔지 알 것 같다. 첫날밤이겠지. 빠르게 지나치느라 이상하게 들린 모양이다. 나는 정답을 알았지만 미카엘라의 명예를 위해 함구하기로 했다.

"모르겠어."

"뭐, 그렇겠지. 그보다 괜찮아? 걱정했오~. 헤헤."

스이엘은 공중에서 파닥파닥 거리며 품에 다시 파고든다. 엄청 귀엽다. 어린애가 되더니 품성도 어려진 거 같다. 아니, 스이엘이면 그런 연기를 능숙하게 해낼지도 모르겠군. 그게 뭐든 간에 이 대천사가 내게 큰 호의를 품고 있는 건 사실이니 별 상관없다.

나는 기쁜 마음으로 스이엘을 품에 껴안았다. 그리고 작은 머리를 쓰다듬었다.

"아아…. 이거지."

이제야 마음이 편해져 저절로 탄식이 흘렀다.

"하핫!"

스이엘이 기쁜 듯 작게 웃었다. 그와 함께 꽃향기가 사방에 가득해졌다.

"돌아가자. 스이엘. 나눌 이야기가 많잖아."

"그래. 어떻게 된 건지 얘기 좀 해바아~."

스이엘은 내 목에 올라탔다. 나는 그녀의 발을 잡아 지지해준 채 목마를 태우고 걸었다. 그때 그녀가 뒤를 보더니 짧고 귀여운 손가락으로 즈굴을 가리켰다.

"저 흉한 고기덩어리는 그냥 내버려둬도 돼?"

"응, 나중에 재생하면 돌아오겠지. 그냥 죽으면 어쩔 수 없고."

"흐응… 다시 입양한 개새끼한테 모질구나. 유제아."

"아니, 니 입이 더 모진 것 같은데?"

우리 둘은 그런 시시껄렁한 잡담을 하며 같이 걸었다. 안도의 한숨이 절로 나왔다.

미카엘라도 스이엘도 평소 알던 그대로였다.

즈굴의 군대는 완전히 분해됐다. 오만의 군주가 다시 유제아의 지배를 받게 됐으니 당연한 수순이다.

일부 충성파가 남아 즈굴의 귀환을 기다리자고 했으나 어림없는 소리였다. 즈굴의 군대는 저마다 흩어져 군웅할거에 들어갔다.

야심만만한 군주급 몬스터가 가득했으니 그럴 수밖에. 저마다 공백이 된 강북 지역을 차지하기 위해 열을 올렸다.

일부는 칼두두에게 흡수됐으나 그 수는 많지 않았다. 즈굴의 파벌은 언데드 무리를 혐오하는 자들이었으니까.

오히려 도망가기 전에 혼돈에 빠진 언데드 군대를 약탈하는 놈들까지 나왔다.

-짜증나는군. 결국 그 포악하고 성급한 즈굴이 일을 모두 망쳤다.

칼두두의 여러 개의 머리들은 옹기종기 모여 회의를 하고 있었다. 참으로 신기한 게, 머리를 여러 개 만들면 인격도 여러 개로 나누어졌다. 실로 기이한 술법의 사용자라 하겠다.

이는 멀티테스킹에는 높은 효용을 보인다. 대신 내부적인 갈등을 겪을 수 있는 게 문제였다.

-그러니 내가 즈굴을 상대하지 말자고 하지 않았나? 결국 이 몸의 말을 듣지 않으니 화를 입은 것이다.

-지금 그런 걸 따질 때인가?

-옳다. 당시 즈굴과의 동맹은 세력구도를 이루기 위해 어쩔 수 없었다.

　-우리가 잘 이용해 먹고 제때 배신하지 못했으니 실패라고 할 수밖에 없겠지만.

　서로 논박이 한참을 오갔다. 그 비난으로 점철된 과정 속에서 내린 결론은 하나였다.

　-이대로 있다가는 그냥 무난하게 패배한다. 파격적인 대책이 필요하다.

　한 머리의 말에 모두가 끄덕였다. 정말 남은 운명은 패배 뿐이다. 강북을 완전히 장악하는 것도 실패했다. 즈굴과 함께한 작전도 실패했다. 더군다나 현재 하얀 거인이 내려오는 중. 남쪽에는 인간과 천사가 여전히 견고하게 버티고 있다. 라파엘을 꼬드겨 안산에서 벌인 작전도 별다른 효과를 못 봤고. 정말 망하는 거 밖에 안 남은 셈이다.

　-크르르….

　-크릉.

　머리들은 저마다 곤혹스러운 기색을 감추지 못했다. 그러던 중 여태 말이 없던 머리가 입을 열었다. 그 머리는 힘은 제일 약하지만 가장 지혜로운 자였다.

　-차라리 이대로 북상해 하얀 거인의 군대를 기습하는 게 어떤가?

　그 의견은 모두의 주의를 끌었다. 이에 그는 부연 설명에 나섰다.

　-우리의 본래 목적을 잊지 마라. 그것은 하얀 거인을 향한 복수

다. 인간과 천사를 정복하는 게 아니야. 이번 일은 복수의 과정에서 부수적으로 이뤄진 것일 뿐. 지금 당장 하얀 거인을 치러갈 수 있는데 망설일 이유가 뭐겠는가? 이대로 시간만 보낸다면 아군의 군대는 점점 흩어질 것이다.

－하얀 거인을 이길 수 있다고 보는가?

－생각해 봐라. 적은 우리를 무시하고 있고 경계하지도 않는다. 최근 몇 차례 정찰병을 보냈는데 무질서하게 내려오고 있다고 한다. 하얀 거인만 믿고 그들의 군대는 싸움에 대비하고 있지 못하다.

모든 머리가 지혜로운 자에게 감탄했다. 그가 따로 뭔가 하고 있다는 건 알았지만, 하얀 거인을 주시하고 있을 줄이야.

게다가 강력한 적의 의표를 찌르는 기습이란 말이 모두의 마음에 들었다.

－군대가 아직 힘을 유지하고 있을 때 싸워야 한다. 강북을 완전히 장악하고 있지 못한 이상, 시간이 지날수록 우리는 위나 아래의 적보다 약해질 것이다.

결론이 나왔다. 결국 군대는 바로 움직이기로 했다. 언데드가 태반인 이상 밤낮도 없고, 휴식도 필요 없었다. 일부 살아 있는 몬스터 병사들에게서 불만이 터져 나왔지만 칼두두는 커다란 보상을 약속하며 그들을 설득했다.

－어차피 쓰고 버릴 말들.

－얼마든지 약속을 해주지. 하지만 지켜질 일은 없을 것이다.

몬스터들은 칼두두가 나름대로 이 판도에서 제3의 세력을 이루려는 것으로 알고 있었다. 그렇기에 군주급으로 승급하고 싶어하는 고위 몬스터들이 특히나 호응이 컸다. 하나 실상 칼두두는 그럴 생각이 없는 복수귀였다. 이번 공격을 위해 공수표를 남발한 셈이지만, 몬스터들은 알지 못했다.

그렇게 군대는 하얀 거인의 주둔지로 은밀하게 나아갔다. 하얀 거인의 군대는 정찰병도 별도로 운용하지 않고 있었다. 그들은 무질서 했기에 칼두두의 군대가 지척까지 접근할 때까지 알아채지 못했다.

이에 칼두두의 머리들은 잔뜩 고무됐다.

－적의 군대가 엉망이다.

－승리할 가능성이 크군.

－우리 신께서 도우심이다.

현재 칼두두는 버스만한 크기로 몸을 줄인 상태. 엄청난 덩치 때문에 멀리서도 들킬 수 있기 때문이다. 그는 하얀 거인과의 결전의 순간이 오면 본 모습을 돌아갈 작정이었다. 아니, 그 이상이 그에겐 있었다.

－잠들어 있는 놈들이 태반이로군.

－독주를 퍼마시고 뻗은 놈도 많다.

－나태하고 제멋대로군. 이 싸움은 이미 우리가 이겼다.

칼두두의 군대는 야음을 틈 타 곧장 하얀 거인의 군대를 기습했다. 요란한 소동과 함께 난리통이 벌어졌다. 별다른 대비를 하지 않고 있던 하얀 거인의 군대는 일방적으로 두들겨 맞기 시작했다.

칼두두는 크게 고양되어 소리를 질러댔다.

－대번에 깨부숴라!

−복수의 시작이다!

−하얀 거인! 왕의 심장이여! 어디에 있나!

칼두두는 본모습으로 돌아갔다. 그러자 그의 몸체는 수십 미터 이상 커졌다. 실로 장대한 덩치라고 하겠다.

칼두두는 자신의 선택이 틀리지 않았음을 깨닫고는 기세가 오른 상태. 사방에 검은 불길을 토해내 하얀 거인의 군대를 말살하기 시작했다.

한데 그때.

지진이 인 것처럼 땅이 흔들렸다. 그리고 이 소란스러운 전장이 일순간 숨을 멈춘 것처럼 침묵하게 됐다. 한창 열을 올리던 칼두두 조차 마찬가지였다.

−대체 이게 무슨?

−놈이 나타난 건가?

−예상을 훨씬 뛰어넘는다.

칼두두의 목소리에서 저도 모르게 두려움이 묻어났다. 그는 힘을 늘리기 위해 고단한 노력을 해왔다. 하얀 거인과도 충분히 해볼 만하다고 여겼는데…. 벌써부터 차원이 다른 힘이 느껴졌다.

쿠우우우웅!

저 멀리 작은 산이라고 생각했던 어두운 실루엣이 움직였다. 그리고는 그것은 곧 두 발로 일어선 거인의 형상이 됐다. 하얀 거인이란 이름을 가졌지만 상상력을 아득히 벗어나는 참으로 기괴한 형태의 존재.

그건 마치, 온갖 불쾌한 혼돈의 힘이 제멋대로 뻗어나간 덩어리 같아 보이기도 했다.

칼두두는 그 존재를 목도하자마자 이번 출정을 후회하게 됐다.

−기습에 대비하지 않았던 게 아니다.

−저런 힘을 가진 주인이 있으니 그럴 필요를 못 느낀 것 뿐이었구나….

−저것의 이름은 분명 멸망이다.

좌절감이 칼두두를 사로잡았다. 하지만 그 이상의 증오심과 복수심이 있었기에 물러나지 않았다. 지혜로운 머리가 모두를 격려했다.

−오늘 같은 기회는 오지 않는다. 우리는 언제나 불리한 상황에서 승리해 왔다.

그 말에 나머지 머리들이 기운을 차렸다.

−옳다. 왕의 심장과 싸울 기회는 흔하게 오는 게 아니다.

−왕이 출정을 명했기에 나타난 것이지.

−모두 최대의 힘을 끌어낸다.

칼두두는 전신의 힘을 폭발시켰다. 하얀 거인과 싸우기 위해 자신의 깊은 곳에 간직해 왔던 마력이다. 그러자 사방에 있던 언데드 부하들이 칼두두에게 달라붙기 시작했다. 그는 그 뼈와 살을 이용해 자신의 몸을 엄청나게 불렸다.

마침내 모든 언데드가 사라졌을 때 칼두두는 산처럼 큰 하얀 거인과 같은 크기가 됐다. 적어도 덩치만큼은 싸워볼 만해 보였다.

이게 칼두두가 여태 군대에 집착했던 이유기도 했다. 그의 군대는 결국 그의 힘 그 자체였으니까.

-때가 왔다!

-복수의 시간이여! 오래 기다렸도다!

머리가 여러 개 달린 이무기 같은 모습의 칼두두가 사납게 진격해 나갔다. 그의 전신은 검은 불꽃으로 타올랐다. 수많은 몬스터가 그의 돌격으로 짓밟혀 터져나갔다.

그야말로 용맹무쌍한 공격.

이번 싸움에 모든 걸 건 기백이 느껴졌다. 하나 그에 비해 하얀 거인은 깊은 바다처럼 고요하기만 하다. 마치 칼두두를 막을 생각 자체가 없는 것만 같았다.

칼두두의 여러 머리들이 일제히 주둥이를 크게 벌렸다.

-복수!

-우리의 원한을 느껴봐라!

칼두두의 머리는 차례로 하얀 거인을 물어뜯기 시작했다.

콰직!

우드득!

거대한 주둥이가 사정없이 하얀 거인을 헤집었다. 하지만 하얀 거인은 별다른 움직임도 없었다. 그저 자신을 물어뜯는 칼두두를 쳐다볼 뿐이다.

[어서 오라. 기다리고 있었으니.]

자신의 몸이 찢어지고, 일부 뼈가 박살나고 있는데도 하얀 거인은 담담했다.

-여유를 가장하는가! 언제까지 그럴 수 있는지 보자!

칼두두는 흥분한 기색을 감추지 못하고 공격을 이어갔다. 분명 아껴왔던 힘이 유효하게 먹히고 있었다.

과거 하얀 거인에게 전혀 피해를 주지 못하고 도망칠 때와는 달랐다. 실제로 하얀 거인의 거체는 삽시간에 내부에서 흘러나온 검은 혈액으로 더러워져 갔다.

-허세를 부리는군! 네 자신의 꼴을 보라!

하지만 칼두두의 그런 기쁨은 오래 가진 못했다. 자신의 공격이 제대로 먹히고 있는지 점차 의문이 들었던 것이다. 그러던 중 지혜로운 자가 입을 열었다.

-모두 침착하라. 우리는 어쩌면 놈의 껍질에 상처만 내고 있는지도 모른다.

달아오른 분위기를 차갑게 식게 하는 말이었다. 그리고 그에 답하듯 하얀 거인이 입을 열었다.

[네가 여러 머리 중 가장 현기가 있구나.]

하얀 거인은 가볍게 웃으며 거대한 손을 뻗어왔다. 현명한 자의 목덜미를 틀어쥐려는 것 같았다. 그의 팔은 수없이 물어 뜯겨 완전히 살점이 너덜너덜 거렸다.

마치 제대로 된 팔이 아니라, 팔 위에 살점으로 된 거적대기를 둘러놓은 것 같단 생각마저 들 정도다.

결국 팔을 둘러싼 두꺼운 피부가 끈적이는 혈액과 함께 아래로 흘러내려버렸다. 그런데 그 안에서 이전의 둔탁한 것과 다른 날렵한 팔이 나타났다.

그 팔의 형태는 시커먼 근육이 그대로 드러나 있었으나 원래부터 그게 완전한 형태인 것만 같았다. 팔목 부분은 가늘었고, 손은

길었다.

─이게 진짜였구나!

칼두두의 머리 중 현명한 자는 바로 상황을 파악했다. 하얀 거인을 둘러싼 거대한 흰 살덩이가 사실은 그 안에 손을 보호하기 위한 것이란 점을.

그의 동료인 다른 머리들이 흉하고 불길하게 생긴 그 팔을 물어뜯기 위해 달려들었다.

대번에 네 개의 머리가 앞으로 뻗어오는 기다란 팔을 여기저기 깨물었다.

─소용없다! 물러나야….

현명한 자는 서둘러 외쳤지만 동료들이 그 이야기를 들을 리가 만무하다.

물론 다른 머리들 역시 우둔한 건 아니었으나 지나치게 흥분한 상태. 복수를 앞에 둔 상황 속에서도 이성적인 판단을 제대로 수행하는 건 현명한 자가 유일했다.

그가 보기에 이 팔에 담긴 힘은 가히 불가항력이었다.

동시에 말도 안 되는 추측이 머릿속에 떠오르기 시작했다.

─그럴 순 없다…. 불가능해.

이에 하얀 거인은 담담히 묻는다.

[무엇이 불가한가?]

칼두두의 머리들이 그의 팔을 맹렬하게 물어뜯었지만 전혀 멈출 수 없었다. 그 외피가 없이 근육이 드러난 검은 팔에 작은 상처조차 내지 못한 것이다. 심지어 일부는 이빨이 왕창 부러지기까지 했다.

다급해진 칼두두의 머리 중 하나가 급하게 초고열의 검은 화염을 뿜어냈다.

화르르륵!

시커먼 불길과 연기가 사방을 가득 채운다. 서로 엉켜 붙은 장대한 덩치 둘을 삽시간에 집어삼켜 버릴 정도였다. 하지만 불길에는 한계가 있었고, 이어 바람이 불자 연기도 흩어졌다.

연기가 가시자 드러난 하얀 거인의 팔은 열기로 새빨갛게 달아올라 있었다. 마치 용광로라도 들어갔다 나온 것 같다. 하나 그것뿐이었다. 아무런 피해도 주지 못했다.

덥썩.

대번에 하얀 거인은 시커먼 손으로 현명한 자의 목을 잡아챘다. 주변의 다른 머리들이 발악을 해댔지만 아무 소용없었다. 그제야 현명한 자는 자신의 공포스러운 예측이 사실임을 알게 됐다.

–말도 안 돼… 당신은. 아아…. 처음부터 불가능한 복수였구나.

[본디 깨달음은 죽음과 함께 찾아오는 법이지.]

그 말은 확고부동한, 피할 수 없는 죽음의 선고였다.

빠각.

뼈가 부러지는 소리와 함께 현명한 자의 목이 꺾였다. 이윽고 그의 거대한 머리는 무게를 버티지 못하고 땅으로 떨어졌다. 그제야 칼두두의 다른 머리들도 하얀 거인의 진정한 정체를 알게 됐다.

–이럴 수가….

–이것은 피할 수 없다.

–우리는 패배했다.

칼두두의 머리는 차례로 분질러졌고 그의 군대는 그날 완전히 흩어져 사라졌다.

그 후 하얀 거인은 남쪽을 바라보다 자신의 새로운 수하에게 명을 내렸다.

[가서 내 이야기를 전하라.]

그 말에 천사의 몸에 몬스터의 신체 여기저기를 꿰맨 것 같은 괴상한 존재가 깊게 고개를 숙여 보였다.

"말씀대로 하겠습니다."

에필로그

시간 정지로 멈춰놓은 몸의 저주는 이후에 미카엘라의 도움으로 풀어냈다. 저주는 매우 까다로운 마법이지만 미카엘라는 태양이 가진 정화의 힘을 십분 활용했다.

물론 정화가 끝난 후에 미카엘라는 엄청나게 화를 냈다.

"정말! 정마알! 일이 잘못됐으면 어쩌려고! 이런 지경까지!"

눈가를 파르르 떠는 모습에서 날 향한 격한 감정이 그대로 느껴졌다.

문제는 단순 저주 뿐 아니라, 포션의 부작용까지 겹쳐 앓아 누웠다는데 있다.

입이 열 개라도 할 말이 없었다.

"미안해. 화났는데도 정성껏 치료해줘서 고마워."

미카엘라는 내 몸을 회복시키는데 상당한 공을 들였다. 언뜻 보면 안색이 안 좋아진 것 같아 걱정스러울 정도다. 하지만 이내 신색이 괜찮아졌기에 안도했다.

"알긴 아니? 유제아."

"그래, 알지. 이 몸은 이제 나만의 것이 아니란 것을 말이야."

나는 리더로서의 책임감에 대해 되뇌며 말했다. 천사와 헌터, 양 진영을 이끄는데 내 역할을 중대하다.

"응…?"

　한데 미카엘라는 내 말을 이상하게 받아들인 듯했다. 갑자기 입술을 덜덜 떨더니 볼에 다시 홍조가 오른다.

"미카엘라?"

"그, 그래. 첫날밤을 생각하면 혼자만의 몸이 아니긴 하지……."

"저기 마키엘라 씨?"

"하지만, 그걸 그렇게 노골적으로 말할 줄은…."

　이게 대체 무슨 일이람. 그리고 이 핑크빛 분위기는 뭐지? 이건 별로 좋지 않은데. 아니나 다를까 옆에 있던 스이엘의 눈이 날카로워졌다.

"미카엘라 님, 지금 무척이나 수상한 소리 하고 계시는 거 아시나요?"

　옆에 있던 메타트론의 쪼끄마한 환영도 방방 뛰었다.

"둘이 대체 뭘 한 거냐? 유제아, 언제 저 금발거유에게 홀라당 넘어가서는! 본녀가 있지 않느냐!"

　옆에서 사납운 표정이 된 둘을 보며 미카엘라는 톡 쏘아붙였다.

"유제아가 꼭 한 천사의 것일 필요는 없잖니?"

"뭐라?"

　무슨 소리냐는 듯 고개를 갸웃거리는 메타트론에게 미카엘라는 이 말만 남기고 사라졌다.

"일부일처제는 인간의 관습이란다."

이후 미카엘라는 나랑 만나도 눈도 안 마주쳤다. 심지어 아는 척도 안 했다. 무지하게 어색해 하는 분위기였다. 잠깐이라도 같이 있게 되면 얼굴이 벌개져서는 자리를 피하기 일쑤였다. 결국 참다 못한 내가 그녀의 손목을 잡아채자 수줍음 가득한 목소리로 변명해 왔다.

"요즘 왜 이렇게 피해?"

"피하는 게 아니다. 어느 날이 길한지 계산 중일 뿐이다."

"길하다고?"

"중요한 날이니 좋은 날로 잡아야 하지 않겠니. 소녀가 잘은 모르지만 실망시키지 않기 위해 노력해 보겠다. 주인님."

"아니…. 얘기가 점점 이상해지는데."

뭔가 바로잡으려고 해도 미카엘라에겐 우이독경이었다. 뭘 말해도 그냥 흘러나가 버리는 것 같다. 그녀는 혼자 상상의 나래를 펼치는 듯했다.

'어쩔 수 없지. 당분간은 내버려 두는 수밖에.'

냅두면 제풀에 지쳐 정상으로 돌아올 것이다. 나 역시 미카엘라에게 좋은 감정이 없는 건 아니지만, 지금은 중요한 시기니까. 미카엘라도 이해해주겠지.

나중에 때가되면 그녀와 다시 진지하게 얘기해 보자. 이게 쉬운 문제는 아니다. 아무리 천사와 인간이 다르다지만, 메타트론과 키스도 한 사이인데 멋대로 굴 수는 없지. 나는 복잡한 문제는 뒤로 미루기로 했다.

이후 나는 여러 가지 일을 수습하는데 시간을 보냈다. 지아 누나를 만나 밥을 먹으면서 문뜩 다짐했던 게 생각이 나 뽀뽀를 해줬다. 그러자 지아 누나가 기겁했다.

"유제아? 너 미쳤어? 왜 그래!"

한 번도 겪어본 적 없는 동생의 애정 표현에 지아 누나는 치를 떨었다. 아니, 본인이 평소에 하던 걸 따라한 거잖아. 왜 그렇게 벌레 보는 것처럼.

"유제아, 정신 차려. 이 누나가 하는 건 괜찮지만 네가 하는 건 안 돼. 더러워."

"……아, 그래."

옛 시계 건이 생각나서 용기를 냈다가 심한 수모를 겪게 됐다. 어쩔 수 없지. 앞으로 지아 누나에게 뽀뽀는 영원히 봉인하자.

그때 비서인 원윤아가 급히 찾아왔다.

"엽왕이 도착했습니다. 의장님."

"알았어. 누나 나 좀 갔다 올게."

"그래."

심드렁하게 고개를 돌리는 지아 누나. 힐끔 보니까 귀가 붉어져 있다. 부끄럽긴 한 모양이네. 이거, 생각보다 나쁘지 않은데. 누나한테 뽀뽀하는 게 좀 역겹긴 해도 저렇게 곤란하게 만들 수 있다니 재밌단 말이지.

그런 생각을 하면서 엽왕이 기다리고 있는 회의실에 도착했다.

"오랜만이군요."

자연스럽게 그런 인사가 나왔다. 엽왕이 이탈한 이후로는 처음이니까. 그는 마음고생이 심했던 듯 눈밑이 시커멓게 변해 있었다.

이번에 안산 사태에 연루되며 그간 쌓은 명성을 다 잃어버리고 온갖 비난에 시달렸으니 이해 못 할 바도 아니다.

그래도 다행스러운 건.

그는 최악으로 가지 않았다. 마지막에 개심해서 사태를 수습하는데 앞장섰다. 아마 그게 이후 그에 대한 징계에서 정상참작의 요소가 될 터.

"오랜만입니다. 유제아 의장님. 그간 격조했습니다. 다 이 사람의 죄가 커서입니다."

엽왕은 고개를 숙여 보였다. 나는 얼른 그를 일으켰다.

"자, 이러지 마시지요. 다 제가 부족해서 아니겠습니까?"

엽왕이 저쪽에 가담한 동기는 간단하다. 이 유제아를 히틀러보다 나쁜 놈으로 여겼기 때문.

그래서 날 견제할 힘을 원한 엽왕은 라파엘의 제안을 받아들였다. 하지만 그도 몰랐겠지. 미친 라파엘이 안산 폭파 같은 짓거리를 벌일 줄은.

이후 엽왕은 우리 쪽과 협력해 안산에 자리 잡은 라파엘 클랜을 무너뜨리는 것에 협조해줬다. 내가 우리엘을 통해 보냈던 전서를 보고 결심을 굳혔던 것이다.

"부족하시다니 말도 안 됩니다."

"아닙니다. 저도 이번 일로 생각한 바가 많습니다. 아무튼 이쪽 싸움이 다 승리로 끝나서 다행입니다."

안산 사태가 원만하게 해결된 거는 우리가 꽁지 빠지게 여기저기 뛰어다닌 탓이 크다.

가브리엘을 위시로 한 토벌군이 바라카엘 클랜을 완전 숙청했다. 이후 내 활약으로 남진하던 즈굴과 칼두두의 세력은 와해됐다. 또한 서해의 독립군주들은 우리 편으로 돌아섰다.

즉, 라파엘 클랜이 손을 잡을 세력이 모조리 소멸된 것이다. 안산한 구석을 점거한 라파엘 클랜이 더 이상 할 수 있는 일은 없었다.

당연히 내부적으로 갈등이 일어나며 불만이 팽배할 수밖에. 라파엘 클랜은 계속 싸우자는 부류와 항복하자는 부류로 나뉘어 격심한 내홍을 겪었다.

그때 나선 게 엽왕이다.

헌터들을 규합해 내부에서 반란을 일으키고 직접 힘을 써 중요 간부인 천사들을 제압했다. 본래 인간 중에서도 최강을 논했던 엽왕이다. 그후에 라파엘에게 힘까지 받았으니 난다긴다 하는 천사들도 속수무책.

당연히 우리 역시 이때 호응했다.

이후 라파엘을 대신해 클랜을 이끌던 라헬과 라팔이 체포됐다. 다른 여러 대천사와 끝까지 반항하던 헌터들도 붙잡혔는데 적법한 절차에 의한 재판이 기다리고 있었다.

물론 가장 큰 원흉의 처벌은 즉각 이뤄질 예정이었다.

엽왕은 조용히 물어왔다.

"대천사 라파엘은 어떻게 되는 겁니까?"

"처형입니다."

미안하지만 다른 방법은 없다. 라파엘은 완전히 선을 넘었기에 아무리 전시라고 해도 봐줄 여지가 없었다. 아니, 전시니까 더 기강을 잡아야겠지. 라파엘의 힘이 탐나지 않는 건 아니지만, 이럴 때일수록 엄해져야 한다.

"사흘 뒤에 집행됩니다. 감당하셔야 할 겁니다."

감당이라 함은 엽왕이 잃어버리게 될 힘이다. 엽왕은 바라카엘에게도 버려졌고, 이후 힘을 내려주던 라파엘마저 사라질 테니 완전히 나가리 신세다. 게다가 정상참작 한다고 해도 지은 죄가 크니 형벌도 피할 수는 없다.

힘도 잃고 죄의 대가도 치를 테니 그가 감당할 일은 작지 않다. 한때 인간 중 최강자이자 11인 위원회의 의장이었던 엽왕 임철웅에겐 받아들이기 힘든 결과일 터.

완전히 영락한 셈이다.

한데도 엽왕은 담담히 고개를 끄덕였다.

"각오하던 바입니다. 라파엘의 손을 잡은 순간 돌이킬 수 없었던 거지요. 마지막에 약간이나마 사태를 수습하는데 일조해서 다행으로 여길 뿐입니다."

"그렇게 생각하신다니 알겠습니다."

나는 씁쓸한 어조로 엽왕과의 면담을 끝냈다.

사흘 뒤.

야외에서 처형장이 만들어졌다.

처형은 관계자들만 참석한 상태에서 비공개로 진행 중이다. 아무리 흉흉한 때라지만 천사가 목이 잘리는 걸 TV로 내보냈다가는 그 여파가 말도 못할 터.

고위 헌터들과 천사들이 주로 자리했다. 아까 전부터 법률과 형법을 담당하는 천사들이 라파엘, 라헬, 라팔, 이렇게 오늘 처형될 3인조의 죄상을 읽고 있었다.

동시에 천사들의 율법에 따른 절차를 진행 중이었는데 나는 봐도 뭔지 잘 모르겠다. 그저 엄숙하고 중요한 거란 사실을 알기 때문에 입 다물고 있을 뿐.

한참 그렇게 진행된 절차도 곧 끝이 났다.

참수를 담당하는 건 능천사 리베리엘이란 자다. 천사들 중 고명한 검객으로 폭이 넓은 참수검(Richtschwert)을 휘두르는 게 특기였기에, 처형을 전담하고 있다고 했다.

저 검은 태양신격의 힘이 담긴 것으로 어떠한 천사에게도 상처를 입힐 수 있는 무기라 했다. 대천사조차 예외는 아니었다.

능천사 리베리엘이 준비하는 동안 잠깐 여유가 생겼다. 그새를 못 참고 경박한 라헬과 라팔이 입을 열고 쪼잘거리기 시작했다.

"빌어먹을. 수장님을 잘못 택해서 우리까지 모가지가 날아가고 이게 무슨 꼴이야?"

"너무 지랄하지 마. 그래도 우리 성격 받아준 건 저 저놈뿐이니까."

라헬의 투덜거림에 라팔이 턱짓으로 라파엘을 가리켰다.

라파엘은 처량하고 볼품없는 모습이다. 평소 즐겨입던 화려한 차이나드레스 대신 흰색 죄수복 차림이다. 또한 나 때문에 한쪽 팔이 날아가 소매가 헐렁거렸다.

"……."

부하들이 실없는 소리를 하는 와중에도 라파엘은 별 말이 없었다. 심지어 무례하게 놈이라고 해도 별 신경을 안 쓴다. 이제 다 상관없다는 건가.

"하긴 우리 수장님께선 특이하긴 하셨지. 부랄이 달렸음에도 여자보다 더 여성스러운 걸 추구하는 괴인이었다고."

"물론 그 와중에 국밥은 좋아했지만. 어이, 대장! 가는 길에 국밥 좀 쳐 드셨나?"

라파엘은 그제야 짧게 답했다.

"안 먹었다."

그 말에 푸른 머리의 라팔이 날 향해 눈을 부라렸다.

"아니, 시팔! 이거 너무한 거 아냐? 마지막인데 국밥도 안 줘? 한국인의 정이 뭐 그런 건가?"

그 모습에 나는 어이가 없어 답했다.

"시끄럽다. 국밥을 머리에 부어버릴까 보다. 라파엘이 원하는 식사를 챙겨줬다."

"뭘 잡수셨는데?"

"닭가슴살 샐러드. 리코타 치즈 조금이랑."

그 말에 라팔은 눈이 휘둥그레졌다. 그리고는 짐작 가는 게 있다는 듯 되물었다.

"설마, 다이어트 때문에?"

나도 소문에 들은 적이 있는데 라파엘은 날렵한 몸매를 유지하기 위해 꽤나 노력한다고. 설마 대천사가 그럴까 싶었는데 오늘 반응을 보니 사실이었나 보다.

옆에 있던 붉은 머리의 라헬은 실소하며 라파엘을 조롱했다.

"아이구, 이 답답한 양반아! 이제 머리가 날아가는데 그깟 다이어트가 다 무슨 소용이라고? 그냥 국밥 그릇에 코나 쳐 박고 퍼먹지."

그런 말에도 라파엘은 차분한 표정으로 고개를 저었다.

"큰 뜻을 품은 자는 마지막까지 자신을 아끼는 법이다."

"……."

그 뒤틀린 에고와 자기애에 라헬과 라팔은 입을 다물어 버렸다. 나도 할 말이 없어 멍하니 보자 라파엘이 말을 걸어왔다.

"유제아, 이게 마지막은 아니다."

"어째서?"

"이 영겁의 싸움은 끝나지 않아. 천사와 몬스터란 대결 구도야 종말을 맞이할 수 있겠지. 이 행성의 끝과 함께. 그 뒤에는 우리는 다시 우주를 떠돌게 될 것이다. 그리고 새로운 형태로 재탄생해 무한한 싸움을 이어가겠지. 지금까지 그 흐름에 변화는 없었어."

비록 라파엘이란 존재는 사라지지만, 그는 언젠가 다른 형태로 부활할 거란 확신을 갖고 있었다. 천사들의 비밀을 생각하면 사실이기도 하고.

하지만 나는 고개를 저었다.

"그 흐름은 지구에서 달라질 거다. 너희 싸움은 끝날 거고, 라파엘이란 존재는 다시 태어나지 못하고 영원히 잠드는 거지."

"훗, 가능할 거라 보는가?"

작게 웃는 라파엘은 별다른 감정을 보이지 않았다. 이전에 녀석이라면 이런 소리에 발끈하겠지만, 지금은 뭔가 초연한 표정이다.

"할 수만 있다면 그것도 나쁘지 않겠군. 너무 오래 싸웠다. 이대로 잠든다 해도 별다른 불만은 없다."

"그래…?"

"유제아, 네놈이 성공해서 그런 일이 일어나는 것도 기대해 보마. 다시 태어났다가는 이 더러운 성격이 얼마나 더 꼬일지 모르겠거든."

"죽음이 두렵지 않나?"

"두려울 리가. 우리는 우주에서 태어나 다시 우주로 흩어져 갈 뿐이다……. 너희 인간도 다르지 않아."

태연한 그에게 나는 물었다. 안산 사태를 후회하지 않냐고. 그러자 라파엘은 고개를 저었다.

"후회할 일은 고작 그것만이 아니겠지. 지난 싸움의 기억은 대부분 잊었지만 후회할 일이 수도 없이 많다는 건 알겠다. 하지만 그렇다고 해서, 눈을 감지 못할 건 없지."

"그러냐?"

"후회 가득한 삶이나, 후회 없는 삶이나 종이 한 장 차이다. 중요한 건 죽음을 맞이하는 태도일 뿐."

"이 쓰레기 같은 놈이 죽음을 앞두고 뭔가 깨달은 척하네."

"…멋대로 생각하라. 유제아."

그 말을 끝으로 라파엘은 입을 다물었고, 내 쪽을 보지도 않았다. 곰곰이 우리의 대화를 듣던 다른 천사들은 침묵했다. 저마다 생각에 잠긴 듯하다.

　그때 능천사 리베리엘이 참수 준비를 끝내고 앞으로 나섰다. 그의 폭넓은 참수검이 서늘한 빛을 사방에 뿌리고 있었다.

　"이것은 신에 뜻에 의한 것이다."

　리베리엘은 그리 말하며 검을 휘둘렀고, 라파엘의 목이 떨어졌다. 이어서 라헬과 라팔도 처형됐다. 그것으로 안산 사태는 끝이 났다.

　며칠 뒤에 아주 파격적인 소식이 헌터와 천사들을 뒤흔들었다. 대천사 라파엘의 죽음에 대한 화제가 아직 식기도 전이었다.

　"들었나? 하얀 거인이 특사를 보냈다더군."

　"뭐라고? 몬스터가 우리에게 특사를? 대체 뭘 협상하려는 거지?"

　"선전포고? 무조건적인 항복?"

　몬스터 진영에서 이런 공식적인 특사를 보내는 건 극히 이례적이었기에 여기저기 소란스러워졌다. 결국 유제아를 비롯한 지휘부가 특사를 받아들이기로 결정하자 다들 준비를 하느라 부산해졌다.

　특사가 오기 몇 시간 전.

　미카엘라 역시 몸단장을 하고 있었다.

　하지만 그녀의 몸단장은 일반적인 의미와는 많이 달랐다. 보통 공식적인 자리에 나서기 전 몸단장이라 하면, 위엄과 품위를 보이기 위해 스스로를 꾸미는 걸 말한다. 하지만 지금 미카엘라는 완연한 병색을 가리기 위한 작업에 가까웠다.

"쿨럭!"

짧은 기침과 함께 미카엘라의 입에서 검은 피가 쏟아졌다. 그 끈적끈적한 피는 그녀의 그림같이 아름다운 우윳빛 상반신 위로 미끄러져 흘렀다.

하나 그녀의 피부는 평소와 달랐다. 투명할 정도로 깨끗한 피부에 검은 색 혈관이 여기저기 흉하게 지나는 게 보였다.

또한 눈가에 그림자도 아주 짙었다.

"갈수록 가리기 힘들어지는구나…."

아직까지는 화장과 마법으로 망가져 가고 있는 육체를 효과적으로 숨기고 있었다. 메타트론이나 스이엘, 유제아 같이 그녀와 아주 가까운 이들조차 잘 눈치채지 못했으니까. 가끔 유제아가 걱정스러운 듯 보는 게 느껴졌지만 아직 이상한 점은 알아채지 못한 것 같았다.

"정말 지독해."

현재 미카엘라는 저주에 삼켜지고 있었다. 대군주 르카가 마지막으로 남긴 극악한 저주다. 그는 죽기 전 분명, 미카엘라가 가장 행복한 순간은 보지 못하리라 저주했다.

분명 저주를 잘 막았다 싶었다. 유제아가 대천사인 미카엘라를 지배하는 특이한 방법을 써서 말이다. 하지만 그건 완벽한 방법이 아니었다. 시간이 지날수록 저주가 다시 미카엘라를 좀먹기 시작했다.

이후 미카엘라는 저주에서 벗어날 방법을 찾으려 했다. 하지만 태양이 가진 정화의 힘에도 불구하고 대군주급이 마지막 생명력을

짜내 건 저주는 간단하지 않았다.

심지어 칼두두의 저주조차 공을 좀 들이면 어렵지 않게 해결하는 미카엘라의 솜씨를 고려해 볼 때 말이다.

'이제는 받아들여야겠다. 이 숙명을.'

미카엘라는 낙담하고 체념하고 있었다. 물론 그녀가 처음부터 맥없이 포기한 건 아니다. 남몰래 저주를 해결하기 위해 갖은 노력을 했다.

최근에 갖게 된 황금빛 사슬을 다루는 능력은 사실 공격을 위해 만든 게 아니다.

저주를 유형화해 사슬로 묶어놓기 위해 개발된 힘이다. 하지만 실패했고 미카엘라는 죽어가는 중이다.

사슬 능력은 생각지도 못하게 공격에게 큰 효과를 발휘 중이었다. 즈굴의 방어가 대단했는데 그렇게 쉽게 박살낼 줄은 미카엘라도 몰랐다.

'이젠 방법이 없어.'

주변에 말하고 도움을 구해볼까 생각한 적이 없는 건 아니다. 하지만 저주에 관해 전문가인 자신도 답이 없는 상황. 말해봐야 걱정이나 끼칠 뿐이겠지.

'소녀의 주인님이 무슨 짓을 할지 모르고….'

사실 그게 제일 걱정이었다.

유제아의 무모한 작전은 미카엘라의 근심이었으니까. 지난 번 칼두두와 즈굴을 저지하기 위해 혼자 출동했다는 소리를 들었을 때 정신이 나갈 뻔했다.

그렇다고 대천사 바라카엘을 앞두고 유제아에게 갈 수도 없는 노릇. 속이 썩어갔는데 유제아가 무사히 돌아왔다는 말에 전력으로 날아갔던 기억이 났다.

그 이후 이어진 부끄러운 기억에 미카엘라는 살짝 볼을 붉혔다.

"나라면 거절하지 않는다고 했지…"

차갑게 식어가는 그녀의 심장에 잠깐 따뜻함과 행복의 온기가 퍼졌다. 첫날밤이라니, 상상만 해도 행복했다.

하지만 그건 어쩌면 꿈으로 남겨둬야 할지도 모른다. 지금 중요한 건 그게 아니었다.

'오래 못 버텨.'

저주가 이미 목 끝까지 차오른 상황. 미카엘라는 이미 자신의 운명을 받아들였다. 그렇다면 목표는 하나다.

"어떻게 해야, 마지막까지 소녀의 주인님께 도움이 될까?"

연인이나 반려로 곁에 있어주고 싶다는 그녀의 소망은 포기해야 했다. 그건 메타트론에게 맡기는 수밖에.

미카엘라는 자신의 바람을 포기하는 대신 자기만이 할 수 있는 일이 뭔가 생각했다.

'이 남은 생명력을 불태우면 적어도…….'

거기까지 생각하던 미카엘라는 고개를 저었다. 복잡한 생각은 나중에 정리하자. 일단은 신색을 회복한 뒤에 하얀 거인의 특사를 맞아야 했다.

생각지도 못한 자가 특사로 오게 됐으니 자신의 건재함을 보이는 게 좋았다.

"유제아 의장님. 특사가 도착했습니다."

대천사들과 회의를 하고 있던 나는 올라온 보고에 자리에서 일어났다.

"다들 나가보죠."

내가 엉덩이를 떼자 대천사들이 고개를 끄덕이며 따라 일어났다. 그리고 우리는 찾아온 특사를 만났는데 생각지도 못한 광경에 입을 다물고 말았다.

"바라카엘⋯! 믿을 수가 없군."

내 곁에 서 있던 대천사 가브리엘이 절망감 어린 목소리를 토해냈다. 진중하고 늘 흔들림 없는 가브리엘이 이런 태도를 보였으니 다른 대천사들의 심경은 어떨지 짐작할 만하다.

"왜? 놀라서 벌린 주둥이가 안 다물어지는 건가? 흐흐히힛!"

눈앞에서 바라카엘. 아니, '바라카엘이었던 것'이 기괴한 몸을 꿈틀거리며 기분 나쁜 목소리로 답해왔다.

나는 눈살을 찌푸릴 수밖에 없었다.

"악몽에서 기어 나온 것처럼 생겼군."

본래 바라카엘은 천사 중에서도 괴이한 존재였다.

마치 누더기처럼 몸을 꿰맨 자국이 가득했고, 추하기로는 몬스터 못지않았으니까.

하지만 지금은 더해졌다.

도망갈 때 몸이 엉망이었다는 얘기는 들었다. 팔다리가 다 날아갔었다고. 그런데 다시 나타난 그는 몸의 손실된 부분은 몬스터의 몸으로 대체한 혐오스러운 모습이었다. 구더기 같은 하반신에, 팔다리의 역할은 문어 같은 촉수더미가 대신하고 있다.

　이제는 도저히 천사라고 할 수 없는 괴물 같은 모습이다.

　나는 묻지 않을 수 없었다.

　"바라카엘. 그 끔찍한 외형이 새로운 주인을 섬기게 된 대가냐?"

　사실 특사로 바라카엘이 오게 된다는 소리를 들었을 때 놀라지 않을 수 없었다. 설마 도주했던 대천사가 하얀 거인의 휘하로 들어갔을 줄이야. 모두 그의 배신에 치를 떨었다.

　그런데 아예 외형까지 몬스터가 돼버렸을 줄이야. 바라카엘은 내 비난에 콧방귀를 끼었다.

　"유제아, 편협한 네놈의 시각으로는 이 미학을 이해하지 못하겠지. 그저 끈적거리면 혐오스럽게 바라보는 좁은 안목으론 말이야."

　"아주 자랑스럽다는 듯 얘기하는군?"

　"물론이다! 이것은 훌륭한 기능의 집합체이다. 동시에 확장된 가능성이다!"

　바라카엘은 자신의 몸에 난 촉수를 일제히 움직여 보였다. 확실히 전투력은 뛰어날 것 같다. 싸우는 상대가 보자마자 질겁할 테니까.

　"이런 모습에 미학을 느끼지 못한다니 유제아 네놈의 안목이 얼마나 형편없는지 알 수 있지."

　"음, 그런 거라면 계속 형편없었으면 좋겠군."

　"카하핫. 머저리 같은 소리를 하는군. 이 몸은 진정 자유로워졌다.

그간은 천사란 굴레에 묶여 신체를 개조하고 싶어도 마음껏 할 수가 없었지. 하지만 이제 그런 한계는 사라졌다! 더군다나 주변에 필요한 재료도 널려 있다."

바라카엘은 현재 상황이 아주 맘에 든다고 했다. 심지어 자신을 쫓아내줘서 고맙기까지 하다고.

"몬스터의 규칙에 의해, 필요한 신체가 있다면 패죽이고 빼앗으면 그만이다. 너희 가증스러운 천사들처럼 율법이니, 도덕이니 하는 것들에 얽매일 필요가 없지. 나는 처음부터 잘못된 진영에 속해 있던 거다. 이제야 자신의 자리를 찾았다는 느낌이다. 크하하하하!"

시끄럽게 웃어대는 바라카엘과 그를 따라온 몬스터. 우리는 눈살을 찌푸릴 수밖에 없었다. 나는 한숨과 함께 고개를 저었다.

"자기 적성을 찾았다니 다행이네. 그래도 네놈 근황 따윈 궁금하지 않으니 가져온 이야기나 꺼내놓지."

"어이쿠, 그래야겠군. 크흐흐!"

그 말과 함께 바라카엘은 촉수로 휘감고 있던 두꺼운 석판을 하나 던졌다.

쿠웅.

묵식한 소리를 내며 떨어진 그것에는 몬스터의 언어가 적혀 있었다. 보자마자 나도 알았다.

이건 하얀 거인이 보내온 선전포고문이었다.

나는 입꼬리를 올렸다.

"몬스터답지 않게 이런 절차를 지키는군."

"크흐흐, 새 주인께서는 고풍스러운 분이시라. 전할 말이 있나?

유제아."

"물론이다. 가서 전해라. 이번에 끝장을 보자. 내 아버지의 원수."

"호? 그런 관계가 있었나? 주인께서 이 싸움을 더욱 즐기실 수 있겠군. 아비에 이어 그 아들마저 죽이는 것만큼 즐거운 일은 없지."

"나 역시 기다리고 있다. 복수의 시간을."

"그래, 그대에게도 운이 따르기 바라지. 유제아."

바라카엘은 촉수를 몇 번 돌리더니, 허리를 숙여 인사를 해왔다. 과거 대천사였던 시절을 흉내 낸 모양인데, 구더기 같은 하반신을 갖고 있어 괴이하게만 보였다.

그렇게 바라카엘은 돌아갔다.

나는 그의 뒷모습을 보며 복수를 맹세했다.

하얀 거인.

이제 끝장을 볼 시간이었다.

동시에 품에 손을 넣어 다르쿠다가 몰래 건네준 그녀의 나침반을 만지작거렸다.

(7권에 계속…)

가출천사 육성계약 6

초판 1쇄 발행 2022년 8월 18일

저자 박제후
일러스트 ICE

편집 이열치매
마케팅 이수빈

발행인 원종우
발행처 (주)블루픽

주소 (427–060) 경기도 과천시 뒷골로 26, 2층
전화 02–6447–9000 **팩스** 02–6447–9009
메일 bpwebnovel@bluepic.kr **웹** bluepic.kr

ISBN 979-11-6769-161-3 02810 **(세트)** 978-89-6052-630-3

Metatron
© 2016 Park, Jehu
Published in Korea